アメリカ文学史のキーワード

巽 孝之

講談社現代新書

はじめに

本書は、一〇世紀後半、北欧のヴァイキングたちが、のちにアメリカ大陸と呼ばれる空間を一瞥し「ヴィンランド」と名付けた時以来、ほぼ一千年の時間をめぐるアメリカ文学史である。なぜ一千年なのか。この設定を無謀に感じる向きも当然あろう。アメリカ合衆国が今日わたしたちの知る国家としての原型を創りあげたのは、一七世紀前半から始まるピューリタン植民地時代より一八世紀後半の独立革命を経た共和制時代へおよぶ過程であるから、ふつうならアメリカ史そのものをせいぜい過去四百年のなかに置いて出発するのが、旧来のアメリカ文学史の常識であった。

けれども、それはあくまで、白人でアングロサクソンでプロテスタント、すなわち通称WASPを中心とする家父長制下の歴史観にすぎない。WASPがアメリカ合衆国の建設とともに「近代的人間像」の確立に決定的な力があったのは事実だが、しかし今日、人種のサラダ・ボウルを成すアメリカ合衆国の内部では、むしろWASP中心の常識こそ、じつはアメリカ史最大の非常識であったことが判明している。

げんに、一九八〇年代を経て勃興した多文化主義やポスト植民地主義の波を受けて、アメリカ文学史は一気に複雑化した。カリフォルニア大学リヴァーサイド校（当時）教授エモリー・エリオットが編纂者となった『コロンビア版アメリカ合衆国文学史』（一九八八年）にしても、ハーヴァード大学教授サクヴァン・バーコヴィッチが編纂者となって二〇〇〇年現在も続刊中の『ケンブリッジ版アメリカ文学史』（一九九四年—）にしても、一五世紀末のコロンブスによるアメリカ大陸発見をひとつの重要な起点に定めている。たしかにこの起点は、アメリカをめぐる物語が紡ぎ出され、のちのアメリカン・ドリームやフロンティア・スピリットが導き出されるための重要な契機であった。

しかし、コロンブス自身がアメリカをアメリカとして認識していなかったとすれば、彼よりさらに五百年ほどさかのぼる時代のヴァイキングたちが、アメリカならぬヴィンランドを認識した時点へ、ヨーロッパによる世界戦略の原点へ立ち返ることも、見逃すわけにはいかない。アメリカン・ドリームは、アメリカがまだアメリカでなかった時代から、すでに始まっていたのではないか。この時間軸上の問いは、アメリカ的価値観が全地球的に浸透した現在にあって、以下の空間軸上の問いと密接にからみあう——アメリカニズムはいまや、アメリカ以外の諸共同体によって——ヨーロッパ的植民地主義の対象であった被植民者たちをも含む多様な共同体によって根本的に創り直されようとしているのではないか。

以上の問題系から出発する本書は、グローバリズム以後の時代にふさわしいアメリカ文学史のかたちを模索する試みである。そのためにわたしは、これまで常識だった時代区分を、踏襲しつつもかなりのていど再編成せざるをえなかった。

たとえば、従来のアメリカ文学史の章構成なら、おおむね以下キーワードで進行する。
①ピューリタニズム ②リパブリカニズム ③ロマンティシズム ④リアリズム ⑤ナチュラリズム ⑥モダニズム ⑦ポストモダニズム
だが本書では、まさにこの配置をそのまま問い直す「非常識」の戦略を選んだ。
①コロニアリズム ②ピューリタニズム ③リパブリカニズム ④ロマンティシズム ⑤ダーウィニズム ⑥コスモポリタニズム ⑦ポスト・アメリカニズム

アメリカ文学といえば二〇世紀のイメージがあまりにも強いかたには、ひょっとしたら現代文学への重点が軽すぎるかのような印象を与えるかもしれない。しかし、まさにそのような印象から成り立つアメリカ文学史そのものが、じっさいには北欧系、南欧系、英国系の植民地主義を経た一千年の物語のなかで形成されており、そしてほかならぬ現代文学のなかに、そうした一千年のアメリカを意識するものが決して少なくないことを、わたしは本書の至るところで例証した。

一千年のアメリカ文学史は、決して遠く無縁なものではない。むしろそれは、全地球的現在のまっただなかで、いまも着実に根をおろし、新たなる千年紀を迎えようとしている。

目次

"Kathy, I'm lost," I said
Though I knew she was sleeping
I'm empty and aching and I don't know why
Counting the cars
On the New Jersey Turnpike
They've all come to look for America
All come to look for America

———Paul Simon, "America"

第1章　コロニアリズム

ヴァイキング船／©ORION PRESS

一九九二年、中国系アメリカ人劇作家デイヴィッド・ヘンリー・ウォン（一九五七年―）は、クリストファー・コロンブスのアメリカ発見五百周年を記念して、音楽家フィリップ・グラスとの共作になるオペラ『大航海』を完成し、リンカーン・センターで初演した。

ウォンは一九八六年にいわゆる蝶々夫人をパロディ化した服装倒錯劇『M．バタフライ』でトニー賞を受賞した新進気鋭で、同作品は以後デイヴィッド・クローネンバーグの手で映画化も施されたから知る人も多いと思うが、彼の執筆した『大航海』は時間と空間を超える壮大な舞台となり、SFXを駆使した演出によって凡百のコロンブス物語の水準をはるかに凌ぐ。その予兆は、すでにプロローグにおいて、明らかに天才理論物理学者スティーヴン・ホーキング博士をモデルにした車椅子の「科学者」が据えられていることからも推察される。彼によれば、これまで未知の大陸を求めた航海者たちはみな、船も燃料もお粗末なうえに体力にも知力にも問題があったが、しかし手足の不自由な彼自身、娘が生まれた時に限ってほんの一瞬だけ自分の肉体を実感し、ほんの一瞬だけ肉体も惑星も宇宙も精神も境界を超えて溶け合うのを実感したと告白する。そして彼は呟く――「大航海が赴くのは、大いなる想像力が赴くところだ」。

ポストモダン・コロンブス

全三部から成るオペラは、コロンブスを軸にした地球の過去・現在・未来を扱う。第一部は氷河期の時代に宇宙を大航海するうちに地球へ不時着した異星人が春の祭典を祝う地球原住民《ネイティヴ》たちと出会う顚末を、第二部はずばり西欧史上の大航海時代にコロンブスがスペイン王室の命を受け、成功したら地位も財産も権力も与えるという約束でインディアスへ旅立つ回想を、第三部は二〇九二年、すなわちコロンブスのアメリカ発見六百周年の年に、第一部の異星人たちが残した方向指示機能をもつ水晶を双子の考古学者が再発見し、異星生命のありかを突き止め、それをめざす宇宙探検が始まるまでの過程を、それぞれ物語る。

ウォンの戯曲《リブレット》が異色なのは、ひたすらに世俗的栄光を渇望するコロンブスに向かって、スペイン女王イサベルが膨大な聖書の引用を試み、自らを神の子イエスを孕《はら》む聖母マリアであるかのようにふるまう展開を含んでいる点だ。かくして確約を求める航海者に対し、彼女は告げる――「わたしはさまざまに姿を変えるかもしれぬ、顔も変えるかもしれぬ、しかしそれというのも唯一の義なる目的のため、そう、汝らが行う航海はまさしく我が名によってなされ、汝らが果たす発見はすべて我が栄光のためになされるということのためじゃや。わたしこそ汝らの女王、わたしこそ汝らの愛、わたしこそ汝らの唯一の神」。

ただしこのオペラの第三部は、コロンブスとアメリカ原住民インディオたちとの出会いそのものは描かない。その代わり、すでに彼ら植民者が原住民たちを抑圧してしまったという前提で、第三部の直後にいささか衝撃的なエピローグが付される。時は一五〇六年、死の床に横たわるコロンブスのもとへ女王イサベルが訪れ、依然しして自分への報奨を執拗に要求する彼に対し、三行半《みくだりはん》を突きつけるのだ。

歴史的に正確を期すなら、この「一五〇六年」という日付は、すでに女王イサベルが没して二年後に属する。コロンブスの最初の航海が、一獲千金《いっかくせんきん》のみならず、イスラム勢力に侵されていない未知の世界へのキリスト教布教をも目的として謳ったために多くの聖職者が賛同し、結果的にスペイン王室の全面的援助を得ることになったのはよく知られるところだ。じっさい一四九二年八月から九三年三月におよぶこの第一次航海が図らずも「東洋への新航路」を実現したため、ポルトガル勢力を出し抜こうとしていたイサベルを大いに喜ばせることになるのだが、ほんとうのところ、続く第二回の航海以後は、植民者側と原住民の抗争がエスカレートするばかりか、けっきょくろくな金銀の収穫も得られなかったせいで、スペイン王室の心は徐々にコロンブスから離れていく。しかも、さいごまで彼に寛大だった女王イサベル本人も一五〇四年には他界したため、コロンブスは以後、念願の総督の世襲権も得られないまま、失意のどん底で息を引き取るというのが、通常の伝記的結末である。だが、ウォンの描くイサベルは、コロンブスの死の床へ亡霊として現れ、いまの彼がほとんど「異端審問」の対象であることを思い知らせる。

「おまえの奢《おご》り高ぶった信仰やとんでもなく物欲しげな態度こそは、神どころか倨傲《きよごう》のもたらしたものなのだと、いわゆる虚栄の天使ルシファーの落とし子なのだということがわからないかえ? おまえはルシファーの名において、新世界を凌辱《りようじよく》し、原住民たちを奴隷に仕立てて船倉に詰め込むだけ詰め込んで帰ってきたのだから」

もともと当時のスペインはイスラム系とユダヤ系を駆逐するという強制改宗運動の渦中にあり、今日ではスティーブン・マーロウ（一九二八年―）が一九八七年に発表した『秘録 コロンブス手稿』のようなポストモダン歴史改変小説のように、コロンブスがユダヤ人だったという仮定から織り紡がれた傑作も生まれているから、右のイサベルによるコロンブス批判は、必ずしもゆえなきものではない。だが、少なくとも『航海誌』では敬虔なキリスト教徒を貫いているコロンブスが、仮にこのような悪罵を浴びせかけられたら大いにショックを受けるであろうことは、想像に難くない。かくして彼は、以下のように思索する。

「神が存在しないかもしれないというのに神の御心を求めようとするのは、馬鹿げたことだろうか？

混沌を原理に創られた宇宙において秩序を求めようとするのは、無益なことだろうか？

いつかすべての被造物に込められた意図を探りあてたいと願うのは、虚しいことだろうか

――たとえそこに茫漠と広がるのが哀れな人間の魂ばかりであったとしても？

最初にアメーバが自由を求めた時代から、ユリシーズやイブン＝バトゥータ（一〇世紀中世アラブの旅行家）やマルコ・ポーロやアインシュタイン、さらにそれ以後に至る時代まで、わたしたちが知ろうと努めたのは、誰よりもわたしたち自身にほかならない」（傍点引用者）

コロンブスが二〇世紀相対性理論の科学者「アインシュタイン」にふれるところに、留意したい。これは、死ぬ間際にイサベルの亡霊に出会うといったたぐいの幻想と同一視してすまされる部分ではない。ここでの彼はすでに、一五世紀大航海時代のジェノバ人というよりも、あらかじめ地球創世から二一世紀にわたる時間と空間を超えた主体として語っている。生前の彼は壮大な夢を実現しようと大航海に乗り出し、植民地主義者特有のさまざまな誤謬を免れないまま生涯を終えた。最大の汚点は、原住民との確執はもちろん、彼が死ぬまでアメリカ大陸をアジアだと信じ込んでいたことだろう。その意味で、彼は真のアメリカ発見者ではない。だが、以後五百年が経ち、ほかならぬアジア系アメリカ人劇作家ウォンは、必ずしもポスト植民地主義の視点から一方的な皮肉を込めるわけではなく、むしろ時間と空間の限界を超えようとするあらゆる時代のあらゆる大航海者のすがたの中に、コロンブスの肖像を再創造しようとする。

スペイン帝国の歴史は新大陸発見以前・以後で分かれるが、コロンブス的想像力はアメリカ以前・以後を問わない。極論を恐れずにいうなら、そもそも広くアメリカン・ドリームと呼ばれている成功の夢は、アメリカがアメリカになる以前の時代から始まっている。今日、サクヴァン・バーコヴィッチ編の『ケンブリッジ版アメリカ文学史』を代表としてアメリカ文学史をアメリカ発見から説き起こす記述が増えているのは、たしかにそこにひとつの特異点を認めているからかもしれない。しかし、二〇世紀末のわたしが前提にしたいのは、むしろコロンブスによって何らかの歴史的特異点すらも相対化してしまうパースペクティヴが明らかになったのではないか、コロンブス的に北米を東洋と見誤るような空間錯誤《アナロキズム》はアメリカ内外のありとあらゆるフロンティア・スピリットを明るみに出したのではないかということだ。グラスとウォンのオペラは、まさにこの点をふまえたアメリカニズムの根拠を、アインシュタイン＝ホーキング以後の宇宙論が可能にする時間錯誤《アナクロニズム》の視点から、生き生きと描き出すのに成功した。

アメリカン・ドリームの起源

大航海時代にはアメリカそのものが異国情緒の対象「アジア」であり、往々にして「男性侵略者を待ち受ける裸の女」として表象されたから、コロンブスの旅はエキゾティシズムとコロニアリズムをとくに区分していない。以後、一六二〇年にメイフラワー号が到着した時にも、アメリカは何より神から賜った大いなる摂理に支えられる「新たなるカナンの地」にほかならず、巡礼の父祖《ピルグリム・ファーザース》たちの旅も同様、ピューリタニズムとインペリアリズムをとくに識別していない。それは、アメリカが発見され植民されたからといって、まだ今日でいうアメリカには——代表的な民主主義国家には——とうていなりえていなかったという端的な事実を示唆する。

しかし、かといって建国以前のアメリカがアメリカ的でなかったとは思わない。現実の旅から飛躍して架空の旅を想像するというよりは、熱狂的幻想に駆り立てられて現実の旅を敢行するプロセスのほうが、いっそうアメリカン・ドリームに接近するのではあるまいか。コロンブスが新大陸をアジアと信じ、ピューリタンたちが原住民であるインディアンを荒野の悪魔と見なしたことは、そしてそうした熱狂的幻想が長くアメリカ的言説空間を支配してきたことは、アメリカではいまもなお、アメリカ以前の時代からの「架空の大航海」が継続中である可能性を傍証するだろう。アメリカン・ドリームの起源を辿れば辿るほど明確に浮上して来るのは、むしろドリームランド・アメリカのすがたなのである。

そのように考える時、イギリス系にもスペイン系にもはるかに先立つ段階で、アメリカがスカンジナヴィア系の手で「発見」された時の物語を、思い出さないわけにはいかない。

古代から中世初期にかけての時代、スカンジナヴィア系こそが西方への探検航海における最大の覇者であった。とくにヴァイキングは商人および戦士として、当時知られていた世界のほとんどへ乗り込み、侵略し植民地化し、言語的影響を与えていった。イングランドやアイルランドはもちろん、何よりも注目すべきは、自国が人口過剰になりアイスランドやグリーンランドへの植民を行っていくその必然的な過程において、航路を外れ今日でいう北米大陸沿岸へ、すでに一〇世紀の時点で到達した者たちがいるということであろう。そのころにはグリーンランドこそが最も西に位置する地域として認識されていたので、ヴァイキングたちが西暦九八五年ないし九八六年ごろ、今日ではニューファンドランド付近（あるいはニューイングランド付近）ではなかったかとされる北米海岸を一瞥したのは、まさに画期的な発見だったはずだ。もちろん、その新しい土地の大きさなどは、当時の彼らには理解しようもない。おそらくは大陸ならぬ巨大な島のひとつであるかのように認識したはずであり、とくにぶどう《ヴァイン》が生い茂るため「ヴィンランド」と命名するに至る。じっさいには古代スカンジナヴィア語で「ヴィン」(vin)は「牧草地」の意なのだが、のちの一四世紀にサーガが書かれるようになった時代にはその原義が忘却されてしまう。

そうしたスカンジナヴィア系の覇権が一五世紀には衰弱して、入れ代わりに台頭してくるのが、スペイン系の勢力だった。コロンブスがアメリカ発見者として名前をとどめるのは、まさにこうした覇権交替時代の寵児であったためである。それでは、こうしたスカンジナヴィア系のサーガが中世ヨーロッパに蔓延していたとしたら、たとえばコロンブスが自らの大航海以前の段階で古代アメリカすなわちヴィンランドの噂を聞きつけていた可能性はないのだろうか。コロンブスの息子フェルナンドによるコロンブス伝には、父親が書いたとおぼしきこんな注記が引用されている。「一四七七年二月、わたしはタイル島(Tile Island)から百リーグほど彼方へ漕ぎ出した」。この「タイル島」とは当時「極北の地」すなわち「世界の果て」(Thule)と見なされたアイスランドの謂であり、当時の文脈に照らせば、コロンブスは「世界の果ての果てをめざした」と豪語していることになる。もちろん、この注釈がほんとうにコロンブス本人の手で書き込まれたものなのかどうか、その信憑性を問う傾向はいまも根強い。にもかかわらず、当時は仮に違法であれ一五世紀ヨーロッパの海港諸都市すなわちアイスランドとブリストル、ブリストルとポルトガルといった地域でさかんに交易が行われており、その過程でヴァイキング・サーガが広く流通していった。したがって、とりわけアイスランド人がそのサーガの中にあの忘れ難いヴィンランドの物語を据えていたのは、想像に難くない。コロンブスがそんなコミュニケーション・ネットワーク内部で、ごく自然にヴィンランドの噂を聞きつけた可能性は、決して低くない。このことは、コロンブスがアジアと見誤った新大陸のヴィジョンに、スカンジナヴィア系ヴィンランドのイメージが多少なりとも混ざりあっていた可能性を示唆する。

ヴィンランド・サーガの進化論

　さまざまな航海者たちが未知の大陸をめざし、その経験が記述された結果が、今日わたしたちが歴史と呼ぶ体系である。だが、仮に歴史《ヒストリー》(history)とはけっきょく物語《ストーリー》(story)に、それも救世主の物語《ヒズ・ストーリー》(his story)にすぎないという俗説を受け入れるならば、何らかのイデオロギーをあらかじめ植え込まれた航海者たちが従来の常識を超えるような現実に直面した時、何らかの物語学的操作を行ったであろうことは、容易に推測がつく。

　彼らはとりわけ、大航海の体験談を当時のキリスト教世界に最も広く流通するようなかたちで、あくまで当時の基準で「おもしろい」と思われる物語に仕立てあげ、後世に残した。一九世紀半ばの北米拡張主義政策高揚期には、ピューリタン系アメリカにとって大陸膨脹が神から与えられた「明白な使命」(Manifest Destiny)にほかならぬものと見なす視点が提起されるが、じつは一〇世紀のヴァイキングや一五世紀のコロンブスの段階から、キリスト教普及を軸に、まったく同様の植民地主義的使命を帯びていた航海者たちは、決して少なくない。

まずヴァイキング・サーガを一瞥しよう。

サーガというジャンルは、北欧民族が先祖の功績を称えるために主として一三世紀に栄えた歴史的物語で、中世アイスランドでは最大に有益なる娯楽をもたらす国民文学として確立した。当時のヴァイキング世界全体のあらましを知るためにはこれ以上に魅力的な読み物はないのだが、ただし事実と虚構が混淆《こんこう》する場合が多いため純然たる歴史学的資料としては留保を付さねばならない。とりわけ北米大陸の発見者について、『グリーンランド・サーガ』(一二世紀後半)や『赤毛のエリックのサーガ』(一三世紀中葉)の双方では重大なる記述上の矛盾が潜む。

たとえば『グリーンランド・サーガ』第二章「ビャルニ、西方に陸地を見る」では、氷河のあるグリーンランドとは異なる「平坦で樹木が生い茂っている陸地」が記述され、風が静かになったため航海者ビャルニ・ヘルヨルフソンの乗組員たちはそこへ上陸して薪や水を得ようと提案するも、ビャルニ自身は「べつにどちらも不足していないから」という理由で遮っている。じつはこの場所こそが北米だったのだが、彼の関心はむしろ、父が暮らしたというグリーンランドのほうにあった。

かくて第三章「レイフ、ヴィンランドを探索す」はビャルニがその航海体験を、帰国後、ノルウェイの統治者だった赤毛のエリックに物語るところから始まる。未踏の大地発見熱が沸騰していた時代、血気盛んだった赤毛のエリックの息子レイフ・エリクソンが、ビャルニの話を黙認するわけがない。レイフはさっそくビャルニから船を買い取り、三五名から成る探検隊を組織し、自分の父を説得する。

レイフは父親エリックにも探検隊を指揮してほしいと懇願したが、父親はどうも気乗りがしないようすだった。聞けば、年は取ってくるし、かつてならともかく、いまはもう航海上の苦難には容易には耐え切れないだろうという。レイフはにもかかわらず、ともあれ父さんは一家の中でもいちばんの幸運（luck）の持ち主なのだから、と説得した。そしてとうとう、父は息子に根負けした。

準備が整うや否や、エリックは目と鼻の先にあった船に馬で乗りつけた。ところがその馬が蹴つまずき、エリックは放り出されて、足を負傷してしまった。（ペンギン版五四―五五頁、傍点引用者）

このため、運悪く父には同行してもらえないことになったが、しかしレイフは航海を決行し、北米付近に到達する。そして、現在ではバフィン島付近と思われる地帯を「ヘルランド」(Helluland=平らな石板があったことから"Slab-land"の意)、現在ではラブラドル付近と思われる地帯を「マルクランド」(Markland=樹木が生い茂っていたことから"Forest-land"の意)、さらには、上陸し家屋まで建てた現在のニューイングランド南部にあたる土地を「ヴィンランド」と命名した。このサーガの第五章には、さらに獣皮で造った舟（skin-boat）すなわちインディアンのカヌーへの言及も見られて興味深い。以上、ビャルニ・ヘルヨルフソンが最初の北米目撃者で赤毛のエリックの息子レイフ・エリクソンが最初の探検航海者であるという事実の連鎖は、もう明らかだろう。ところが『赤毛のエリックのサーガ』では、そもそも第五章が「レイフ、ヴィンランドを発見す」と題されており、こう記述される。

準備万端整ったレイフは航海に乗りだし、海上ではたえまない困難に遭遇しながらも、ついにそれまで存在するとは思いもしなかった陸地に到達する。そこには自然播種の小麦が成り、葡萄の木はもちろん、樹木の間には楓も見えた。彼らはそれらの一部をもぎ取り持ち帰った。(中略)

レイフが発見した土地を自分たちも探しにいこうという話が、たちまち持ち上がる。こんどの探検隊を指揮するのは、レイフの弟であるトルステイン・エリクソン、知識も豊かで人望も篤い人物だった。赤毛のエリックにも誘いが来たのは当然で、それは人々が彼の幸運(luck)と先見の明を強く信頼していたからである。最初は気乗りがしないようすだったが、しかし友人たちから強要されて断れなくなった。(中略)

エリックは旅立ちの朝、金銀のぎっしり詰まった箱を隠し持つ。ところが馬に乗って出かける道すがら、いくらも行かないうちに、落馬してしまい、手足ばかりか肩を負傷して、痛みのあまり叫び声をあげる。その結果、彼は自分の隠し持った財宝を持っていくよう、妻に

伝えた。これらの金銀を隠匿したがために天罰を受けたのだと、エリックは説明した。（ペンギン版八六—八七頁、傍点引用者）

抜き出した部分を比較すれば、『グリーンランド・サーガ』と『赤毛のエリックのサーガ』のちがいは一目瞭然だ。前者ではビャルニ・ヘルヨルフソンが北米の最初の発見者であり、それを聞きつけたレイフ・エリクソンが最初の探検者になるべく赴くことが明記されているのに、後者ではレイフ・エリクソンこそは一〇〇〇年に偶然最初の発見者となった人物であり、それを聞きつけた彼の兄弟トルステインが後発部隊を出発させるというかたちで記述が進むのだから。現在では、両者の矛盾を和解させるかたちで、ビャルニが最初の発見者、レイフが最初の探検者とまとめられることが多いが、しかしテクストを精読すれば、後者からは前者を意図的に改竄《かいざん》した形跡が浮上する。にもかかわらず後者『赤毛のエリックのサーガ』のほうが古典的なサーガ形式に近いため前者『グリーンランド・サーガ』以上に信憑性の高い資料として容認されていったというのが、ペンギン版『ヴァイキング・サーガ集』を編纂したアイスランド人研究者マグナス・マグナッソンおよびアイルランド人学者ハーマン・パルソンらの見解である。

それではいったい、どのような点に「サーガとしてのおもしろさ」があったのか。ここで右にいう「幸運」(luck)が、当時は人間の内面的性質の一部として世代から世代へ遺伝する条件とさえ考えられていたことについて、前者『グリーンランド・サーガ』よりも後者『赤毛のエリックのサーガ』の方が明確にしている点が着目に値しよう。とりわけ傍点を付した部分を比較してほしい。前者では、息子レイフは父の幸運の御利益《ごりやく》を得ようとするが、あいにく落馬事件が起こる。それ以上の説明はない。ところが後者では、息子トルステインが同じく父の幸運の御利益を得ようとするも、赤毛のエリックは当時のキリスト教アイスランドでは御法度とされていた財宝隠匿《いんとく》を行ったがために落馬事件が天罰として起こるという、はっきりした宗教的因果関係が付与される。部分の因果関係を押し出すことこそ物語をおもしろくするための秘訣を成す。ヴァイキングが北欧から北米大陸へ航海する途上、鯨を海竜と見誤ったらしい報告があるが(そこには北欧神話で巨木の根元に巣くうとされる悪竜ニドヘグやその他の無名な蛇たちの反映があったろう)、それすらも、物語をおもしろくするための意図的な、ひいては確信犯的な事実改竄だったかもしれない。

ヴァイキング生存戦略

いま注目すべきは、右に検証したヴァイキング的物語学が決して過去の遺物ではなく、むしろ二〇世紀末の現在にまで連綿と生き延び、一九八八年には英国作家トム・ホルトが現代に甦ったヴァイキングたちを主役にしたメタ・サーガ『疾風魔法大戦』(邦訳・早川書房)まで発表しているという、もうひとつの歴史である。わたし自身、かつて西海岸はサンディエゴ近郊からヴァイキング船の残骸が掘り出されたという「噂」を耳にした。そうしたフォークロアがまことしやかに流通していく背後には、すでにコロンブス以前の段階で北欧系がアメリカ西海岸まで到達していたと主張するスカンジナヴィア的無意識が胚胎《はいたい》している。これは、瑣末な自民族尊重主義の問題ではない。逆に、ここから出発するナショナリズムがなければ、今日でいういかなるアメリカニズムも成り立たないのだ。

アメリカ文学史をふりかえるなら、たとえば一八三七年にデンマーク王立古代北欧協会の重鎮カール・クリスチャン・ラーヴンによる『古代アメリカ』*Antiquatates Americanae*と題する本が北米で出版され、同書がコロンブス以前にスカンジナヴィア系こそが最初のアメリカ発見者であったと主張したことは、ひとつの結節点であった。ジョゼフ・モルデンハウアーは、この時代がちょうどアメリカン・ルネッサンスと通称されるアメリカ・ロマン派勃興期に重なる点に注目し、同書の出版が当時ちょうど完成間際だったエドガー・アラン・ポウの架空旅行記『ナンタケット島出身のアーサー・ゴードン・ピムの体験記』（一八三八年）に作用しなかったはずはないという前提から、従来の地球空洞説一辺倒の影響を問い直す。その視点をさらに拡大すれば、同時代の博物学者ヘンリー・デイヴィッド・ソローの代表作『ケープ・コッド』（一八六五年）が、なぜ古くは一〇世紀にヴァイキングたちがアメリカ大陸に漂着した時のヴィンランド・サーガから説き起こし、一七世紀のピューリタン巡礼父祖《ピルグリム・ファーザーズ》たちの物語、それに一八世紀の独立革命神話《リヴォリユーショナリー・ミュトス》に至るまで、アメリカ史の広大な廃墟から断片群を拾い出し巨大な百科全書として組み直さなくてはならなかったか、その事情も容易に判明しよう。

こうしたヴィンランド・サーガをふまえるならば、アメリカにおける文学と歴史が、ことのほか密接に連動していることが浮上する。スカンジナヴィア系植民史を組み込むアメリカ文学史がある一方、限りなく文学的レトリックに近い偽りのスカンジナヴィア系アメリカ史が紡がれる場合も、決して少なくない。

たとえば、一八九八年には、スウェーデン系の農場主オーラフ・オーマンによって発見されたミネソタ州ケンジントンのルーン碑文にまつわるエピソードが誕生している。もともとミネソタ州全体が膨大なスカンジナヴィア系移民から成立しており、一八九三年のシカゴ万博ではマグナス・アンデルセンがノルウェイから北米までヴァイキング船レプリカで航海するという企画が話題を呼び、全米のスカンジナヴィア系移民がヴァイキング熱一色で染まっていた。したがって、そうした状況下、オーマンがルーン文字をいっしょうけんめい独習したあげくに一四世紀風ルーン碑文の贋作《がんさく》を造り上げ、あたかも当時一三五四年のヴァイキング遠征が現在のミネソタ州近辺にまでおよんでいたかのような印象を与えようとしたのは、ごく自然の成り行きだろう。それは、オーマンがこの疑似碑文を自然に捏造《ねつぞう》したように、世紀末当時の北欧系アメリカ人全員があらかじめそうした試みを——たとえ偽物であっても——自然に容認しうる気分にあったことを意味する。その結果、今日ではオーマンがルーン碑文を「発見」したことになっているダグラス郡の中枢アレクサンドリア市には巨大なヴァイキング像が建立され、その楯には「アメリカ発祥の地」と刻み込まれているほどだ。したがって、ミネソタ州セント・ポールに一八九六年に生を享けたジャズ・エイジの寵児スコット・フィッツジェラルドが、当時のヴァイキング熱を目撃したのは当然であり、だからこそ彼は一九二五年の傑作小説『華麗なるギャツビー』第一章において、主人公ジェイ・ギャツビーの敵役となるトム・ブキャナンに「ゴダードという男の『有色人帝国の勃興』」なる本について「そいつの考えはだな、おれたちは北欧人種（Nordics）だというんだ」と語らせたのではあるまいか。

同じことは、一九五七年、バルセロナの書店が匿名の依頼人から購入した『ヴィンランドの地図』が、のちに古書店の手を介してロンドンへ渡り、一九六五年にはイエール大学図書館で展示されるに至ったものの、けっきょく贋作と判定されたエピソードにも、あてはまる。この文書は、一二四五～四七年の間に、時の教皇インノケンティウスⅣ世の命を受けて実現した東西最初の交流を記す『タタール見聞記』の内部にしまいこまれており、当時の識者は一四四〇年代あたりのものだろうと鑑定した。ただし製本が妙に近代的なのと、『見聞記』と『地図』の虫食い穴の質が合致しないために、長く疑念をさしはさまれてきたのはたしかで、最終的には『見聞記』はともかく『地図』に使われたインクを精密調査したところ、案の定、どんなに早くても二〇世紀初頭、一九一七年にならなければ開発されていないはずのアナターゼのかたちで二酸化チタンが大量に検出される。

かくして一九七四年一月二六日、イエール大学は最新の化学技術を駆使した分析により、『地図』が何者かの工作による偽物であったことを、新聞紙上で報告するに至った。このスキャンダルは、表面的に見れば、信憑性の高い『タタール見聞記』の内部に贋作版『ヴィンランドの地図』をまぎれこませ、スカンジナヴィア系がすでにコロンブスの発見など先取りしていた可能性を匂わせようとした、明らかに民族主義的な謀略と映る。この時、スカンジナヴィア系アメリカの偽史は限りなく文学テクストに近い境地へ肉薄した。

『コロンブス航海誌』の戦略

一五世紀にはスカンジナヴィア系の覇権が衰弱し、代わってスペイン系の勢力が台頭する。先に述べたように、当時といえばヨーロッパの海港諸都市すなわちアイスランドとブリストル、ブリストルとポルトガルといった地域でさかんに交易が行われており、その過程でヴァイキング・サーガも広く流通したから、コロンブス自身がごく自然にヴァイキングの発見した新大陸すなわちヴィンランドの噂を聞きつけた可能性は、決して低くない。

とはいえ、コロンブス(一四五一—一五〇六年)がその『航海誌』(一四九三年、ラス・カサス版一五五二年、邦訳・岩波文庫)とともにアメリカ発見者として名前をとどめているのは、まさにこうした覇権交替時代の寵児として、何よりも世界そのものを物語として読もうとする者、すなわちツヴェタン・トドロフも一九八四年の『他者の記号学』(邦訳・法政大学出版局)でいう、「キリスト教の世界制覇」を志すほど強い信仰に裏打ちされた解釈者の役割を貫いたためである。ふつう我々はアメリカという大陸が物理的にまず存在して、それを一四九二年、イタリア人コロンブスが発見することになるという時間的順序《ストーリィ》を念頭に置くけれども、彼自身を基準とするなら、むしろ中世的宣教《カトリシズム》という物語的秩序《ディスコース》があったからこそ、アメリカはあくまでその物語の効果としてもたらされたのだ。その意味で『航海誌』は「神への感謝」を随所に秘めた典型的な信仰告白ないし回心体験記（conversion narrative）であり、「新大陸」はその信仰に応えた神の賜物《たまもの》にほかならない。ピーター・ヒュームも『征服の修辞学』（一九八六／九二年、邦訳・法政大学出版局）でいうように、当時、コロンブスのめざしたアジアの象徴する「オリエントをめぐる言説」と食人種を代表とする「野蛮をめぐる言説」とは、黄金という記号によって結ばれていたから、「キリスト教信仰」がもたらす「神の賜物」が「新大陸の黄金」に直結するという道筋には、何のふしぎもなかった。それは一四九二年一二月二三日の日誌において、黄金への夢をますます募らせるコロンブスが以下の祈りを捧げているところからも推察されよう――「すべてをその御手に有せられる我らが主よ、わたしを助け給い、何なりと御心にかなうものをわたしに与えられますように」。

しかし同時に印象深いのは、あたかもヴァイキングたちの野心的なキリスト教普及を反復するかのように、敬虔なるコロンブスが、いかなる苦難に遭遇しようとも、原住民インディオたちをむしろキリスト教に「改宗《コンヴァート》」させる点において、なみなみならぬ自信に満ちあふれていたことだ。たとえば一〇月一六日の日誌には「わたしは、彼らはどんな宗教も持っていないと思います。彼らは物わかりが非常に良いので、すぐにもキリスト教徒になるものと信じております」と記されているが、同じ言明は一一月二七日にも繰り返されており、さらに一二月二六日になると一歩踏み込んで以下のように断言するに至っている——「特にわたしは、両陛下が彼らをみなキリスト教徒にされ、かつ、その臣下とされるようにと神に願いおりますので、すでに彼らを両陛下の民として扱っているのであります」。
ここには明らかに、コロンブス自身の信仰告白のみならず原住民に対する植民地主義的な(奇遇にも彼のスペイン名「コロン」自体が「植民者」を意味する)、しかしその範囲においてはごく自然な「改宗実践記録《コンヴァージョン・ナラティヴ》」を見出すことができる。

ラス・カサスのいないアメリゴ

ここで決して見逃せないのは、先の引用にもかかわらず、コロンブスの航海誌手稿の原本が残存しておらず、それはあくまでバルトロメー・デ・ラス・カサス神父が原本をもとに要約した六七枚の手書き原稿でしかないという厳然たる事実である。テクストには随所に神父の介入が見られ、コロンブスは当初は一人称で語るも徐々に「提督」という名を持つ三人称へと化していく。わたしたちはコロンブス当人というよりも、ラス・カサスによって再創造されたコロンブスの声を漏れ聞くしかない。だが、メアリ・キャンベルもいうように、『ヴィンランド・サーガ』には不可能だった『コロンブス航海誌』最大の達成は、まさしくそれが書かれたのがグーテンベルク印刷術の発展期であったためにテクストが幅広く散種された点にある。大航海時代には、旅行者の世界を拡大し非神話化するような政治史が形成されていたが、それと同時に、ジョン・マンディヴィルらの奇想天外な記述も効を奏して、旅行記というジャンルが隆盛する文学史も構築されつつあった。コロンブスが横断したのは大西洋の両岸のみならず、当時の植民地政治史と旅行記文学史とのはざまだった。

そして、そう考えれば考えるほど、いちばん奇妙なのは、にもかかわらずコロンブスがけっきょくは自らの名前を——たとえば「コロンビア」というかたちで——新大陸に刻み込みキリスト教世界に定着させるには至らなかったということであろう。たしかにコロンブスは一五〇六年に死ぬまで新大陸を日本付近であるかのように信じ切っており、「インディアス」と命名していたのだから、正確なところアメリカの発見者とはいえない。

ところがイタリア・ルネッサンス最盛期のフィレンツェに生まれたアメリゴ・ヴェスプッチ（一四五四—一五一二年）は、きわめて合理的な推論によって、これが世界の第四の部分を成す「新世界」（mondus novus）であることに思い至る。彼は一五〇一年から〇二年にかけて、ポルトガル国王のもとで行った第三の航海の結果、アメリカ大陸の東岸を下り南緯五〇度にまで到達しているが、これはマルコ・ポーロが東方からの帰路、東アジアからインド洋へ出るのにせいぜい赤道付近まで南下すればじゅうぶんであった経験とは矛盾する。つまり南緯五〇度まで南下してもまだ南端が見えぬこの陸地は、すでに第一の航海（一四九七—九八年）で見た北米と合わせて南北両半球にまたがる広大な規模をもつこと、しかも教養人がその原住民を観察すれば風貌から生活習慣に至るまでアジアとはまったく異なっていることが、徐々に判明してきたのである（色摩力夫『アメリゴ・ヴェスプッチ』中公新書、九三年）。

肝心なのは、コロンブスのように原住民を野蛮人と決めつけるのではなく、アメリゴが彼らの中に独自の文化を看破していることだ。「西欧などでは大いに珍重される黄金や宝石や真珠といった財宝も、ここの連中にとってはあまり意味がない。せっかくこうした財宝が自らの土地から獲れるというのに、そのための努力もしなければ、そもそも価値を認めていないようなのだ」（マイラ・ジェーレン他編『アメリカ英語文学選』二二頁）。彼はこうした判断を含む航海記を一五〇五年または〇六年ごろ出版の第六書簡に記す。そして、これに絶大な感銘を受けたライン河付近ではサン・ディエ修道院の若き地理学者たちが、プトレマイオスの『地理学』を改訂する目的で一五〇七年に『世界地理入門』を出版し、そこでこの「新世界」を歴史上初めてアメリゴの女性形「アメリカ」の名で呼ぶ。幸い同書は好評で売れ行きを伸ばし、同年のうちに七刷を重ね、しめて合計七千部がヨーロッパ中に行き渡ることになった。

もちろん、コロンブスの死没が一五〇六年、『世界地理入門』の出版が一五〇七年であってみれば、ラス・カサス神父がそこに何らかの策略を嗅ぎ取ろうとしたのも無理はない。彼はアメリゴが一五一二年に亡くなったあと、『インディアスの歴史』（一五六二年）の中で、アメリゴが自らの航海年代を改竄してまでコロンブスの南米大陸発見を横領しようとしたこと、その結果、あたかもアメリゴ本人が南米の発見者であるかのような印象をサン・ディエ修道院の人々に与えたことを、激しく非難した。ラス・カサス神父はアメリカ発見者としてのコロンブスの名誉を死守しようと躍起になったのだ。ところが、そうした煽動的代弁者をアメリゴ本人は持たなかったので、神父の批判はあるていど功を奏し、アメリゴはあたかも歴史的極悪人のように人々の記憶に刻まれてしまう。存命中のコロンブスは思い込みばかり激しい金と権力の亡者と見られていたのに死後は英雄扱い、他方、存命中のアメリゴは知性にあふれながら富も名誉も求めない高潔なる人格者と見られていたのに死後は泥棒扱いなのだから、何とも人生とは、いや歴史とは皮肉なものである。

けれど、じっさいのところアメリゴは「新世界」なる呼称を提唱したにすぎず、サン・ディエ修道院の『世界地理入門』は彼の意図とまったく離れた次元で編纂された。アメリゴ・ヴェスプッチに謎が多かったのは事実だが、新世界命名については何の責任もなく、彼本人も生涯そのことを知らなかったとさえいわれる。「アメリカ」なる呼称を編み出したのは、同書執筆グループの若き地理学者マティアス・リングマンであったとする説が強い。彼の命名があまりにも美しい響きを備えていたので、以後広く流通したにすぎない。活字印刷術の勃興期、コロンブスは中世キリスト教信仰に根ざす旅行記というジャンルに貢献したが、アメリゴは近代理性に培われた地理学というジャンルに貢献したのである。

民族の移住と文化の伝達

かくして「アメリカ」という記号は一気に西欧世界に広まり、一五〇九年にドイツ作家セバスチャン・ブラントの『愚者の船』(原著一四九四年)の英訳版でちらりと言及されるのが、最初の英語圏でのお目見えとなる。しかし、正式なアメリカ論が英語圏で印刷されるのは、ドイツのブロードサイドに基づく一五一一年の無署名文書を待たなくてはならない。

これは未知の土地である。いかなる識者もまだ書き記しておらず、知識を持ち合わせているわけでもない。その土地の名を、アメリカという。そこでわたしたちは、かつて見たこともないような鳥獣を目の当たりにした。原住民たちにはいっさいの国王も君主も神も存在しない。すべてのものは共有されている。男女を問わず、頭も首も腕も膝も脚も鳥の羽根で覆っているのだが、それはすべて美しく飾り立てるためだという。いっさいの理性を欠いた野獣のようだ。しかもこの連中ときたら、お互いの肉を食い合う。何しろ、男が自分の妻や子供たちを貪るのを、この目で見たのだ。まるで豚のように人間の肉体をいぶすのである。この土地の人口密度が高いのは、病気で死ぬことがないために、ふつう三百歳以上まで生きられるからだろう。水に潜って魚を獲ることができるため、魚には不自由しない。互いに戦うこともある。老人たちが若者たちと連れだって、二手に分かれ、戦場で争い、やたらに武器を繰り出して殺し合うのだ。形勢有利になった側が相手方を捕虜にする。捕虜は殺され食べられてしまい、それもなくなると、こんどは生きている兵士の皮を剝ぐ。この連中も食べられてしまうのだが、しかし誰より長生きする場合もある。というのは、連中が高価な香料や薬草を持っていることがあるからで、その御利益のために甦り、病人も癒してしまうからだ。

（『アメリカ英語文学選』四三―四四頁）

一瞥しただけでも、コロンブス的な野蛮をめぐる言説が再び息を吹き返し、こんどは黄金ならぬ不老不死をめぐる言説と手に手を取っているのがわかるだろう。じっさいルイス・モントローズもいうように、ウォルター・ローリー卿（一五五四？―一六一八年）は一五九六年の自著『壮麗で豊饒なギアナ帝国の発見』で、アメリカの先行発見者たるスペイン人への対抗意識を深めるあまり、肉体上は処女王でありながら政体上は男性的権力をふるうエリザベス女王に忠誠を誓いつつ、他方、アメリカ大陸については、これを女性転じて娼婦と見なし、父権制的支配のイデオロギーをふるう。コロンブスは一四九三年のサンチェス宛の書簡で、新大陸原住民を新しいアダムとイヴにたとえ、この土地を新しいエデンにたとえたが、後発者たるイギリス勢力は、アメリカそのものを裸で待ち受ける女性と見るスペイン的言説を敢えて反復することにより、後れを埋めようとしたのかもしれない。そして、そのような植民地主義的気分があったからこそ、かのウィリアム・シェイクスピア（一五六四―一六一六年）も戯曲『テンペスト』（一六一一年頃執筆、一六二三年公刊）の後半で、明らかにアメリカを意識し、のちに二〇世紀作家オルダス・ハックスリーに引き継がれる「すばらしい新世界」（brave new world）のイメージを描き出したのだと思う。

スペイン系とイギリス系の覇権闘争は、今日、植民地文学の本質に関わるだろう。ウィリアム・ブラッドフォード（一五九〇―一六五七年）の『プリマス植民地の歴史』（一六三〇―五〇年執筆）にはるかに先行する一六一〇年、いまだブラッドフォードたちがオランダで時間をつぶしていたころ、今日でいうウェスト・テキサスにおいてガスパー・ペレス・ド＝ヴィラグラは『ニューメキシコの歴史』を書き残している。両者の差異は、ひとつの言説闘争を示す。

たとえばピューリタニズム的言説が旧約聖書の出エジプト記を予型《タイプ》にしながらインディアンを荒野の悪魔と見なし、西へ西へ駆逐するという行動に出た一方、カトリシズム的言説は創世記を予型《タイプ》と捉えインディアンを高貴な没落者と見なし、抑圧するよりは改宗させるという戦略を選ぶ。もちろん、両者の言説は決定的に闘争するようでありながら、仮にキリスト教的物語学という大枠に準じて再読してみる限り、ともに征服という言説を正当化しようと試み、聖書神話とギリシャ・ラテンの古典神話を深層構造において連携させ、より大なる言説闘争を展開しようとするかのように映る。

ところが文化史家リチャード・ワスウォの意見を援用するなら、西欧民族にとって、「民族の移住《マイグレーション》」とは「文化の伝達《トランスミッション》」とあいまってごくごく合理的な生活形態だったのに対し、アメリカ先住民族にとっては、そもそも移住に西欧的美徳などまったく付随しないばかりか、人間の無限適応性を前提にした「自然支配」にしても征服・拡張・探究といった「帝国主義」にしても、はたまた歴史や自由意志といった「変化指向」にしても、信じ難い言説でしかない。移住を受け入れるか否かをめぐる言説の内部に、伝達を信じ翻訳を信じる西欧的資本主義政策を受け入れるか否かという究極の選択肢が刷りこまれている。ここで激突し闘争しているのは、植民者の夢と原住民の夢なのだ。だが、この「見果てぬ夢」がなければ、そもそも「アメリカ」が存在するということ自体がありえなかったろう。

第2章　ピューリタニズム

映画「スカーレット・レター」より／©ORION PRESS

キャプテン・ジョン・スミスの遺産

多文化主義とともにグローバリズムが浸透しつつあるいまもなお、アメリカ的精神の深層においてピューリタニズムという神話は衰えていない。それはたとえば、レーガン元大統領夫人のオカルト趣味批判からブッシュ元大統領の湾岸戦争宣戦布告、さらにクリントン大統領とモニカ・ルインスキーの不倫スキャンダルに至るさまざまな事件の背後に、絶えず見え隠れする。

ふりかえってみれば、すでに二〇世紀初頭、フロイトの精神分析を歓迎した時点で、アメリカは性に関する画期的な思考を受け入れるとともに伝統的なピューリタニズムから脱却し、その傾向は六〇年代対抗文化におけるフリーセックス思想によっていっそう拍車がかかったはずである。にもかかわらず、ピューリタニズムが決して根絶やしにされることがないのは、必ずしも厳格な倫理偏重のせいばかりではあるまい。むしろ、神への信仰という大義名分のもとにたえず何らかの仮想敵を捏造しつつ、勤勉を重ねて共同体の拡充を図っていくという物語構造そのものが、あまりにもわかりやすいがために絶大な影響力をふるい、結果的にアメリカニズムの根幹を形成してしまったためではないだろうか。

これをピューリタニズムの形骸化と呼ぶのはたやすい。けれども、だからこそ折にふれて、こうした古い古い物語が自動的に稼働し噴出するメカニズムが注目されるのだ。それは冷戦解消以後、アメリカン・ナラティヴの枠組みがアメリカ以外の文化圏でも再利用され再循環されるようになったグローバリズムの時代だからこそ、いっそう意義を増す。

歴史的に比べてみるなら、コロンブスのアメリカ発見とピューリタン・アメリカの発生は、時代こそ違え、その構造においてほぼ相似形を築くだろう。ひとまずカトリシズムという物語が存在したからこそ一四九二年、イタリア人コロンブスは新大陸を発見することになった。それとまったくパラレルを成すかたちで、ピューリタニズムという物語がまず存在し一七世紀初頭のジェームズ一世による弾圧強化があったからこそ、いわゆる巡礼の父祖《ピルグリム・ファーザーズ》たちは当時信仰の自由が保証されていたオランダのライデン滞在を経て一六二〇年、アメリカ東海岸はプリマスの地を踏み、上陸前には乗組員たちのあいだで合衆国憲法の原型と目されるメイフラワー盟約を取り交わす。この時、たしかにピューリタンたちはイギリスを追い出されてきたのだが、しかしいっぽうで、この最初のアメリカ植民には、自らの運命を「イギリス追放」どころか「黙示的使命」と読み直そうとする物語的秩序が確実にあり、これを彼らは「歴史的事実」として正しく定着させようと試みたのだ。ピルグリムズにとって、旧大陸からのニューイングランド移住は出エジプト記（予型《タイプ》）に対応する原型《アンチタイプ》であり、この地に新たな神の都市（国）を建設することこそ、神から与えられた任務にほかならない。このように、世俗史と救済史の弁証法の上に成り立つ物語のうちに、アメリカ・ピューリタニズム特有の修辞学「予型論《タイポロジー》」(typology)が形成されていく。

もちろんイギリス系のアメリカ進出という動きに限っていうならば、正確なところ、メイフラワー号にはるかに先立ち、大航海時代の波を受けた北米探検が、一四九七年のジョン・キャボット以来数多く行われている。一五八四年にウォルター・ローリー卿が派遣した探検隊はノースキャロライナのロアノーク島に上陸し、ヴァージニアの命名者となり、のちに一六〇七年にジェームズタウンに上陸したキャプテン・ジョン・スミス（一五八〇頃―一六三一年）はヴァージニア植民地経営に邁進、一六〇八年には総督に選ばれている。一六一四年には、彼がヴァージニアのみならずニューイングランドからも収穫を得て持ち帰ったため、それらはスミス作成の『地図』とともに、のちのピューリタンたちへ甚大な刺激を与えるに至った。

キャプテン・ジョン・スミスをいちばん有名にしたのは、彼がアメリカ・インディアンのパウハタン族に捕まり、いまにも処刑されそうになったところを、族長パウハタンの娘ポカホンタスの捨て身の懇願によって救われたというエピソードであろう。ここにこそ、いまではディズニー映画になるほど有名な、いわゆる「インディアン捕囚体験記《キャプティヴィティ・ナラティヴ》」の起源がある。もっとも、この時のインディアンによる処刑というのは、文化人類学的には異種族間養子縁組を意図した疑似処刑のひとつでしかない。ポカホンタスの名前にしても、彼女がやがてタバコ栽培に成功したイギリス人ジョン・ロルフと結婚し、一六一六年にはロンドン社交界の花形となりレディ・レベッカと改名したために、彼女の華やかな歩みを目撃したスミスが一六二四年出版の『ヴァージニア、ニューイングランド、サマー諸島の歴史』の中で、いわば有名人の過去を暴露するようなかたちでその実名に言及したものにすぎず、ほんとうのところスミスの捕囚体験記自体が相当に眉唾ものであることを付記しておかなくては、公正を欠く。彼は「インディアンの女」に身を投げ出させた「白人の男」という植民地主義的英雄譚を、事実として定着させようとしたのである。マイラ・ジェーレンもいうように、スミスには誇大妄想的にして自己宣伝的な部分が強く、派手な演出に訴えつつ活字媒体上で「自己再発明」していくため、ここにのちの建国の父祖のひとりにして法螺話《ホークス》(hoax)の達人であったベンジャミン・フランクリンの人格的原型を見るのは、決して難しくない。

今日ならば、いかにもタブロイド新聞好みのレトリックだろう。けれど、前章のヴァイキング・サーガでも見たように、どんなにいかがわしくとも、多くの人々がいちばんおもしろがる物語がいちばん広く事実として流通する可能性は高く、まさにその可能性に賭けた点において、北米植民者たちは共通する。げんに、スミスの時点においては多分に悪戯心によって語られたのかもしれないインディアン捕囚体験記は、のちのピューリタン共同体においては、それに先んじて確立していた「回心体験記《コンヴァージョン・ナラティヴ》」と密接に関連する真摯《しんし》なかたちで発展している。メアリ・ホワイト・ローランドソン（一六三六―一七一一年）らの『崇高にして慈悲深き神はその公約を守りたもう』（一六八二年）が物語るとおり、インディアンに捕まりながらも迂余曲折を経て最終的には救われるという経験は、何よりも神の摂理の賜物であり、自らの信仰を再確認する絶好の試練として物語化される。以後、インディアン捕囚体験記は、インディアンを「荒野の悪魔」と見なして撲滅を図る牧師たちの計画どおりピューリタン植民地内部でセンセーションを巻き起こし熱狂的に読まれることになり、今日のメロドラマからホラーに至る煽情文学《センセーショナリズム》すべての先駆を成す。昨今のアメリカ文学史家の中にはさらに一歩踏み込み、まさにこの代表的なアメリカン・ナラティヴこそは以後本国へ伝わりイギリス小説の起源を成したのではないかと推測する者まで存在する。

事実が物語を生むのではなく、物語が歴史を生むこと——あらゆる植民地主義的発想に付随するこの論理は、以後、本質的に英国国教会を堕落したものと見なした分離派であるプリマス植民地の共同体においても、政治的自治権は主張しているにせよ英国国教会の枠内にとどまった非分離派であるマサチューセッツ湾岸植民地の共同体においても、連綿と貫かれていく。

丘の上の町

それでは、アメリカ・ピューリタンの信仰の基本的条件は何か。一六一八年、オランダのドルトレヒト(略称ドルト)で採択された以下の五つの信条を参照してみよう。

(1)「人間はアダムとイヴ以来本質的に堕落した存在であり原罪から免れないこと」
(Total Depravity)

(2)「人間がいくら努力しても神は無条件の選びによってしか救済しないこと」
(Unconditional Election)

(3)「限られた人間に対してしか贖罪《しょくざい》が与えられないこと」(Limited Atonement)

(4)「そのようにしてもたらされた恩寵に対して人間は決して抵抗しえないこと」(Irresistible Grace)

(5)「このように救済され回心を得た聖徒が倦まず生き抜くこと」(Perseverance of the Saints)

最後の項目にある「聖徒」はいわゆる聖人《セイント》と同一ではなく、教会の構成員を意味する。当時は、正式な「見える聖徒《ヴィジブル・セイント》」になろうとしたら、いわゆる回心体験を教会の中で、人々の見ている前で口述する行為が要求された。そうした条件を満たさなければ真の信仰心の持ち主として認めないという制度であるから、今日の視点からすればかなり強硬に響くかもしれないけれども、しかしそこには、すべての真のキリスト教徒はキリストと一心同体であるところの教会を構成するための、誰一人欠けても成り立たない肉体的部分なのだという確固たる前提がある。

その前提を再確認したのが、マサチューセッツ湾岸植民地初代総督ジョン・ウィンスロップ(一五八八—一六四九年)が一六三〇年にニューイングランドへ向かう大西洋上、アーベラ号の上で行った、有名な「丘の上の町」のヴィジョンを含む説教「キリスト教的慈愛の雛型」である。ウィンスロップの抱く理想的な共同体は、ピューリタンたちの合意を促すとともに、キリストの愛の力によって成就される神との契約を強調するものであったが、このテクストを精読するなら、彼が何よりも共同体全体の肉体性を繰り返し説いているのが判明しよう。そうした文脈を念頭に置きながら読み進むと、あの「丘の上の町」もまったく別の様相を呈する。というのも、ウィンスロップは「われわれはひとりの人間として合体しなくてはならない」「われわれは同胞愛によって互いを歓待しなくてはならない」と語りながら、以下のように続けるからだ。「わたしたちは自分たちが丘の上の町（City upon a Hill）になること、世界中の人々の目がわたしたちに注がれていることをふまえなくてはならない」。

一般に、ウィンスロップのこの言葉は、アウグスティヌスの「神の国」に連なる具体的な都市の構想であるかのように受けとめられることが多い。ところがじっさいのところ、ここで「丘の上の町」のメタファーで語られているのは、真のキリスト教徒が集合した帰結としての巨大な「肉体」である。そこに属する者はみな、ひとつの肉体全体に貢献することが義務づけられる。ここには疑いなく、ピューリタニズムがひとつのユートピアニズムへと転じる瞬間がある。だが、あらゆるユートピアニズムのご多分に漏れず、この論理は、まったく同時に完全なる肉体を惑わす異物や異端者を一種の疫病と見て一斉に排除していく恐るべきテロリズムの可能性もまた、培養せざるをえなかった。

反律法主義論争

その名のとおり、純粋《ピュア》なるものを追求するピューリタニズムが不純物を排除しようと躍起になるのは、いまもむかしも変わらない。しかし、まさしくそれこそがＷＡＳＰと呼ばれる典型的アメリカ人の精神性を構築したとするならば、今日において、そうしたＷＡＳＰ（白人《ホワイト》アングロサクソン系プロテスタント）と非ＷＡＳＰのあいだの文化的差異にこそ「アメリカ性」が浮上する場合も、決して少なくない。

一七世紀のピューリタン植民地は何よりもキリスト教信仰を中核に据える神権制社会だったから、その歩みは、ピューリタンにとっての異分子との終わりなき戦いであった。共同体内部で教義に異議を申し立てる信仰上の異分子もいれば、共同体外部から時折彼らを襲撃したり捕囚したりする民族的な異分子もおり、さらには同じキリスト教でもカトリックを信じる宗派上の異分子も加わって、悩みの種は尽きることがなかったのである。

ここではまず、前掲ウインスロップの総督在職期間に発生し、その収拾には彼自身も積極的に加担した、いわゆる「反律法主義論争《アンチノミアン・コントロヴァーシー》」Antiromian Controversy（一六三六年一〇月―三八年三月）を一瞥し、まさにその時代に、ピューリタン的レトリックがいかに異分子を一挙に粉砕しようと試みたか、そのいきさつを検証してみよう。

反律法主義論争の引き金を引いたのは、アン・マーベリー・ハチンソン（一五九一―一六四三年）という女性である。彼女は、のちに一九世紀アメリカン・ルネッサンスの代表的作家ナサニエル・ホーソーンが代表的ロマンス『緋文字』（一八五〇年）の異端的女性主人公ヘスター・プリンを人物造型するさいにモデルのひとりとして準拠し、同作品の中にその名を書き込んだことからもわかるとおり、救済のために信仰だけを重要視したため、当時の主導的牧師ジョン・コットンらに「牧師を中傷する者」とみなされて、マサチューセッツからロードアイランドへと放逐される羽目になった。当時の神学には、いわゆる神の救済に関して「恩恵の契約」(a Covenant of Grace) を強調し「義認」(justification) を優先させる信仰至上主義と、それは倫理的生活を重ねて「業の契約」(a Covenant of Works) を守り「聖化」(sanctification) を経ることで得られるとする救済準備主義があり、ハチンソンはとりわけ前者の立場を優先させ後者の立場に鋭い一撃を加えたのだった。というのも、先に引いたドルトにおける五つの信条を参照すればわかるように、地上において人間が美徳を重ねさえすれば神によって救済されるという発想は、そもそもピューリタン自身が定めた「選び」や「恩恵」の条件に反しているからである。

じつはジョン・コットン自身も、当初は道徳的生活を重視しすぎる救済準備主義を軽蔑し、あくまで神の聖性のみを追求することを説き、ウィンスロップの「丘の上の町」と共振するかたちで「わたしたちこそは、聖霊がそこに住まうにふさわしい神殿、聖霊に役立つべき下僕《しもべ》」と述べており、だからこそハチンソンの尊敬を一身に集める例外的牧師たりえたのだが、しかし論争が紛糾するにつれて、彼はウィンスロップら当時の政治的指導者たちとの間で交渉をくりかえさなくてはならなくなり、とうとう倫理的生活の結果としての「聖化」が「義認」をもたらす手助けにはなるという線で妥協し、最終的には体制側の立場から、ハチンソン追放に加担せざるをえなくなるのだ。それはピューリタニズムが完全無欠のユートピアを達成するためには不可欠な、最初期の理論的テロルであった。

異端者と異民族と

一七世紀植民地時代には、異端審問の嵐が吹き荒れた。

かつて新しい歴史学の旗手カルロ・ギンズブルクは『チーズとうじ虫』(一九七六年)の中で、一六世紀イタリアにあってキリスト教を相対化しかねない混沌のヴィジョンを把握したために異端審問にかけられる粉屋メノッキオをとりまく歴史を語り、我が国でも遠藤周作は『沈黙』(一九六六年)の中で、一七世紀の鎖国初期に来日したポルトガル人宣教師が執拗な弾圧とともに殉教か棄教か二者択一を迫られる物語を語ったが、まったく同じ構図はほぼ同時代のアメリカにもあてはまる。キリスト教的予型論に準じてこの地上に神の都市を実現するという宗教的使命感は、いわゆるWASPがこの新大陸を我がものとするための最良にして最悪の口実を支えたけれど、しかしそれはとりもなおさず、一定の理想に貫かれたユートピアニズムの内部では、いささかでも異端分子が現れたら徹底的に叩きのめすテロリズムが稼働する可能性を示す。アメリカはいまでこそ「自由(liberty)の国家」として名を馳せるものの、少なくともこの時代における反律法主義論争において封圧されたのは、一六三八年三月におけるジョン・コットンによるアン・ハチンソン批判にも見られるとおり、個人の自由意志そのものであった。教会の制度に従わず自分勝手に男女が集会を行うなら、それはやがて自由転じて性的放埒をも許容する快楽主義(libertinism)を導くものと考えられたからである。通常の異性愛に基づく結婚制度から外れた性行為が蔓延すれば、それはたちまち、せっかく築きかけた神権制共同体を危機に陥れてしまうからである。そして、まさにこの地点において、反律法主義を標榜したハチンソンと、その同時代である一六四〇年代に、姦通罪を犯し娘パールを出産したかどで弾劾される『緋文字』の主人公ヘスター・プリンは通底する。「しかし、もしパールが精神世界からの贈物でなかったとするなら、事情はかなり変わっていたはずである。そうでないならば、彼女はアン・ハチンソンと手をたずさえて、新興宗派の女教祖としてその名をとどめることになったろう。彼女には、ある面で、預言者めいたところがあったので、ピューリタン社会の基礎をくつがえそうとしたかどで、当時の厳格な法廷によって死刑を宣告されていたかもしれず、それはまた大いにありうることであった」(『緋文子』第一三章、傍点引用者)。

ここで興味深いのは、こうしたピューリタン的無意識においては、宗教的異端審問の論理と異民族迫害の論理が、寸分たがわぬかたちでからみあっていたことだろう。ハチンソンと並ぶ異端者としては、やはり魂の自由を謳ったために追放され、一六三六年のプロヴィデンス居留地を経てロードアイランド州建設者となるロジャー・ウィリアムズがいるが、彼はのちに「受洗したからといってキリスト教徒が生まれるわけではない」(一六四五年)なる論考において、ピューリタンがむやみにインディアンを改宗しようと試み、うまくいかなければためらうことなく虐殺してしまうという動きを憂えていた。当時は聖書をインディアンの言語に翻訳する作業がさかんだったが、それと同時に、そもそも異民族改宗のために宣教する行為自体がナンセンスではないかと問う立場も存在したのである。

そのゆえんを知るには、新歴史主義的ピューリタン学者アン・キビーによる『ピューリタニズムにおける物理的形象の解釈』(一九八六年)が役に立つ。一六三七年、ピューリタンの総会議がアン・ハチンソンを「牧師を中傷する者」とみなしてマサチューセッツから追放するべく宣告したまさにその年に、ピューリタンたちは並行して、現在のコネティカット州ミスティック近辺で、アメリカ・インディアンのピーコット族に対する大虐殺を試みようとしていた。それは、初期アメリカ・ピューリタンの犯した最も極端な差別行為である。しかし、まさにこの虐殺を誘導した社会的コードこそ、逆にピューリタン文化を保持するためにはかけがえのない内在的価値だった。キビーは、ここで比喩形象《フィグーラ》の視点から、ハチンソン追放事件とピーコット族虐殺事件のあいだに、宗教改革期特有の偶像破壊傾向の名残を認める。追放にせよ虐殺にせよ、当時のピューリタンが異端と見れば物理的な危害を加えることに必然性を感じていたのは、偶像という物理的なかたち《フィグーラ》を壊すことでのみ自分たちの信仰の正統性を確認してきたためであった。ハチンソンは、彼女の教会制度よりも個人的信仰を優先させる主張が「歪んだ意見」(misshapen opinions)として非難されたことからもわかるとおり、あくまで比喩的にピューリタンとしての彼女の信仰のかたち《フィグーラ》が異なって見えたがゆえに追放されたのだったが、いっぽうピーコット族は、あたかもイコンが実際の人間とちがうかたちをしているからこそ破壊されるように、文字どおりWASPとしての人間とは異なったすがたかたち《フィグーラ》をしていたからこそ、撲滅されなければならなかったのである。

自分たちとは異なるもののかたち《フィグーラ》を持つ者、それはすべてピューリタンたちにとって追放し根絶すべき悪魔だったのだ。

セイラムの魔女狩りとは何であったか

以上、確認してきた一六三〇年代の異端審問の構図は、やがてニューイングランド植民地全体を巻き込むほどの大きなうねりを成す。そして一六九二年にはとうとう、セイラムの魔女狩りという集団ヒステリアのかたちで爆発する。ひとまず、史実を追ってみよう。

そもそも事の発端は、セイラムの牧師サミュエル・パリスの家で働くバルバドス島出身、黒人とインディオの混血である女性奴隷ティテュバ(Tituba)の演じたヴードゥー教の呪術にある。子ども好きのティテュバは、白人社会での苦行を忘れるために、九歳になるパリスの娘ベティやベティの従姉妹アビゲイルをはじめとするパリス家の少女たちと楽しく遊ぶのを常とした。ピューリタンの親たちは子どもを甘やかすことを嫌ったため、ベティにとってはティテュバこそ親代わりであり乳母であり、いくらでもわがままをきいてくれる存在だった。この過程で、ティテュバはバルバドス島ゆかりの伝説や民謡、そして何よりも運勢占いをはじめとするヴードゥー教系の魔術を披露することになった。かくして一六九二年のはじめ、ティテュバは、水晶球がないため、コップの中に水を入れ生卵を落として降霊術めいた遊びをしたのだが、やがて少女たちはじっさい亡霊を目撃したといいだした。やがてティテュバの噂が街中に広まり、彼女を慕う少女たちが魔法にかけられた症状をきたして、いわゆる魔女狩りフィーバーへと発展していく。その結果、一五六人が魔女容疑者となり、内三〇人が有罪、四四人が自白し（させられ）、一九人が処刑されるに至る。

繰り返すが、ティテュバはたんに白人の娘たちを楽しませようとヴードゥー的呪術を演じてみせたにすぎない。ところが、ティテュバという異教徒が黒人文化特有の呪術のかたちをいったんセイラムへ導入するやいなや、それはたちまち彼女個人の制御を離れ、ピューリタン共同体がかねがね怯えていた「異質なる他者」への恐怖を煽り立てていく。ティテュバ個人には何ら政治的意図はなかったにしても、それは偶然にもピューリタンたちがいちばんふれられたくなかったところを、いってみればいちばん痛いところを突いたのである。

そのことを説明するには、今世紀に入り、劇作家アーサー・ミラーがセイラムの魔女狩りと反共産主義運動《マッカーシイズム》いわゆる赤狩りとを重ね合わせて執筆した戯曲『るつぼ』（一九五三年）の中にも登場する魔女狩り推進者のひとり「偉大な牧師コットン・マザー」の威力について、ふれなくてはならない。コットン・マザー（一六六三―一七二八年）は当時のマサチューセッツにおいて学識・政治力ともども名門中の名門といえるマザー・家の一員として生まれ育った。彼の家系には、代々ボストン第二教会の牧師を務める伝統があり、父親インクリース・マザーはハーヴァード大学学長さえ兼任するというエリートだった。コットン自身も一六七四年、わずか十一歳のころにはもうハーヴァード大学入学資格を満たし、厳しい試験をパスして入学を果たす秀才だった。もちろん彼個人の足取りを辿れば、魔女狩りの危険さをじゅうぶん意識した発言を拾うことも不可能ではない。にもかかわらず、コットン・マザーというのはまさしく植民地時代の寵児であるがゆえに、魔女狩りを含む当時のアメリカ史そのものを体現せざるをえなかった。

じじつ、マザーこそは、その主著『アメリカにおけるキリストの大いなる御業――ニューイングランド教会史』(一六九四―九八年)において、荒野のインディアンをキリストの誘惑者サタンとみなし、初期アメリカの他者恐怖《ゼノフォビア》を紡ぎ出すのに最も重要な役割をはたした人物にほかならない。そして、インディアンたちはカナダ国境付近に進出していたフレンチ・カトリックと親交を結んでいたから、マザーが大いに加担した「インディアン捕囚体験記」普及の最終目的は、ピューリタンの同胞たちがインディアンを経由してカトリックへの改宗を迫られることのないよう、大いに人々の警戒心を掻き立てる点にあった。

折も折、ちょうど一六八八年当時、マサチューセッツのピューリタンたちは、そうした他者恐怖を高揚させずにはいられないような事件を経験している。一六六〇年の王政復古の結果、ジェイムズ二世によってマサチューセッツ湾岸植民地の自治権を認める勅許状がいったん撤回されたので、イギリス本国政府は、強大になりつつあったマサチューセッツの力を封じ込めるために、まずコネティカットなど他の植民地の設立を助け、七五年のインディアンとの激戦「フイリップ王戦争」のさいにも援軍を送らなかったばかりか、やがてマサチューセッツとニューハンプシャーとメインを統合し、八六年には、エドマンド・アンドロスを総督として任命した。この新しい総督が、マザーらの最大の悩みの種となった。というのも、アンドロスは従来のピューリタンたちの土地の権利を脅かす政策を打ち出したばかりか、フロンティアをインディアンの攻撃から守ろうともせず、むしろインディアンとの和解を企んで失敗するばかりだったからだ。かくしてマザーたちは、アンドロス総督がひそかにフランス軍はおろかフランス軍と手を組むインディアンたちとさえ共謀しているのではないかと推測し、反撃活動に出る。大半のニューイングランド人にとって、英国国教会などというものは「隠れカトリック」以外のものではなかったし、一七世紀の感覚では、独裁政府といえばすぐさまフランス君主制やローマン・カトリックが連想された事実を付言してもよい。すなわち、アメリカ・ピューリタンたちがアンドロス総督を批判することは、そっくりそのままフランス的なるもの、カトリック的なるもの、そしてそれら両者と交易上相性のいいインディアン的なるもののすべてからニューイングランド植民地を死守する決意を示した。その結果、一六八九年四月一八日、ボストンの人々はアンドロスを取り押さえ、とうとう「革命」を起こす。したがって、コットン・マザーやジョン・パーマーらハードコア・ピューリタンたちにとっては、アンドロスが「人民の財産も自由も侵害する」（[Andros] invaded the Property as well as Liberty of the Subject）者として記録されたのと同じく、魔女もまた犠牲者の肉体と財産を「侵害し（plunder）略奪する（invade）」者と映ったのである。

まとめるならば、セイラムの魔女狩りは、必ずしも超自然的な現象を扱った事件でもなければ、ある日突然、何の前ぶれもなく勃発した事件でもない。前掲『緋文字』が九五年にデミ・ムーア主演の「スカーレット・レター」として再映画化されたのに引き続き、『るつぼ』も九六年に前者の衣装や設定を借り受けながらウィノナ・ライダー主演の「クルーシブル」として再映画化されたが、双方を観比べたかたは、ふたつの物語があまりにも通底していることに気づかれたことと思う。じっさいカリフォルニア大学バークレー校仏文学教授を務める黒人女性作家マリーズ・コンデは一九八六年にポストモダン歴史改変小説の傑作『わが名はティテュバ――セイラムの黒い魔女』(英訳版一九九二年)を発表し、ブラック・フェミニズムの観点から奴隷体験記《スレイヴ・ナラティヴ》の伝統を甦らせるばかりか、ともに虐待されてきたティテュバとヘスター・プリンが牢獄でレズビアン的交流を結ぶという絶妙の展開まで盛り込んでみせた。『緋文字』と『るつぼ』を併置するならば、過剰なまでに通俗的な三角関係の背後より、「私的家族生活《プライヴェート・ファミリー・ライフ》」に迫る危機を共同体全体を脅かす危機と見て排除しようとする神権制排外主義が浮かび上がってくる。

つまりセイラムの魔女狩りというのは、すでに一六八〇年代までのニューイングランド植民地において、インディアンやカトリックやアングリカンや、そしてもちろん逸脱的なセクシュアリティなど、人種的にも宗教的にも政治的にも性差的にもさまざまな危機が発生し、その結果、あらかじめとてつもない他者への恐怖が、すなわち「外部の圧力」(Foreign Power) を疫病のごとくに懸念する不安がじゅうぶんに育まれていたために、それが混血黒人女性奴隷ティテュバのちょっとした悪戯心を引き金に、一気に爆発したものと見るのが正しい。神権制社会内部の他者であった彼女は、まさにいつかは爆発しなくてはならなかった集団的わだかまりを、期せずして噴出させてしまったのである。仮に彼女自身が引き金を引かなくても、やがて誰かが無理にでも引かされていたことだろう。

以来、三百年以上を経た二〇世紀末のパースペクティヴからするなら、セイラムの魔女狩りというのは何ともナンセンスな「愚行の世界史」の典型のように見える。たしかに「外部の圧力」への憤懣が高まっていたこと、しかもそれがイギリス側の介入に起因していたことに思いを馳せる限り、それはあまりにも以後の独立革命と構造的に類似する。にもかかわらず、セイラムの魔女狩りが外部の帝国に反攻する独立革命になりえず、あくまで共同体内部への血の粛清に終わったゆえんは、仮に神権制が限界を迎えていたとはいえ、啓蒙主義思想のほうも完全には熟したとはいえない、甚だ不完全な時代であったからである。

それでは、独立革命を経た今日のアメリカは、ほんとうに魔女狩りを免れえたのだろうか。必ずしも断定できまい。魔女狩りは、黄禍論や赤狩りを経て日本叩きや同性愛者狩り、大統領批判といったかたちで、いまもさまざまにすがたを変えては、現代のそこここから噴出してやむことがないのだから。

アメリカ的主体の多元的起源

かくまでもアメリカン・ピューリタニズムがさまざまな紛糾をもたらしてきたのは、ほんらいピューリタンでないものを無数に、それも無理矢理にでも内部に封じこめようとしてきたからである。そもそも、アメリカ人の起源がピューリタニズムにあるという前提そのものが、じつのところあまりにも人工的な、にもかかわらずそれを信じてさえいればさまざまな点で好都合な幻想であった。従来のアメリカ文学史がピューリタニズムから語り始めてきたのも、二〇世紀半ば以降、ペリー・ミラーらによるピューリタン再評価が大きく影響したからにすぎない。かてて加えて、一九三〇年代から四〇年代に至る学界を席巻したアメリカ新批評は、作家でも歴史でもなくテクストのみを相手にするというその身振りによって、ピューリタニズムが伝統でも制度でもなく聖書のみを相手にしてきた構図に、偶然にもぴったり合致し、ピューリタニズム的言説の再特権化に一役買った。

しかし、少なくとも一九八〇年代以降、たとえば新歴史主義や多文化主義、ポスト植民地主義が勃興したのちには、ほんらいペリー・ミラーの後継者であったはずのサクヴァン・バーコヴィッチ自身が、カナダ的およびユダヤ的視点を中心にアメリカ文学史の起源はピューリタニズムに限らないこと、アメリカはべつにピューリタンが建設したものではなく一六九〇年代になってもマサチューセッツさえピューリタン中心の植民地ではなかったことを強調するようになっている。もともと一六〇七年、最初のイギリス系植民地となったのはじつはヴァージニアであったし、一六三〇年ごろ、イギリスで弾圧されたカトリックがボルティモア卿の指導のもとに移住してできた植民地こそは、今日のメリーランドであった。また、一六三五年にはトマス・モートン（一五七九―一六四七年）がメリーマウント植民地の建設にあたり異教的な祝祭をふんだんに取り入れ、ニューイングランドの自然環境そのものを快楽主義的に讃美する「ニューイングランドのカナン」を執筆した。旧来ピューリタン文学の枠内で語られてきた詩人たちでも、エドワード・テイラーは一六八二年から一七二五年までキリストの体を主題にした膨大な瞑想詩を書くが、その部分がクォールズのカトリック系『寓意画集』に立脚していることはすでに明らかにされている。前述したインディアン捕囚体験記が隆盛をきわめたのも、単純に異民族を恐れた結果というよりは、インディアンの背後に彼らとは比較的相性のいいカトリック勢力が垣間見えたからである。

したがって、セイラムの魔女狩りのような内ゲバは、ピューリタンが自らの共同体を強化するどころか、自己内部の矛盾を、ひいてはアメリカの多元的起源を露呈するのを促進した。そしてそれは、敬虔なるピューリタンたちにとっては、とりもなおさず世俗化と信仰心衰退の予兆であり、だからこそ抜本的な信仰復興運動が切望されたのだった。かくして、一七世紀後半から一八世紀初頭にかけてピューリタン神権制の衰退（declension）を目撃したコットン・マザーの時代は一八世紀中葉、世俗化のさなかで「大いなる覚醒」（The Great Awakening）を訴えるジョナサン・エドワーズの時代へと転換する。

これは、宗教的価値観と科学的価値観の両極に引き裂かれる激動の時代だったかもしれない。だが、少なくともこの時期を経由しない限り、のちに啓蒙主義思想がアメリカ独立革命を起こし、民主制の寵児ベンジャミン・フランクリンの時代が来ることもなかったであろうことは、疑うべくもない。

マザーからエドワーズへ

コットン・マザーがマサチューセッツに生まれハーヴァード大学に学んでボストン第二教会の牧師を務めたいっぽう、ジョナサン・エドワーズ（一七〇三―五八年）はコネティカットに生まれ、イエール大学卒業後にはマサチューセッツへ赴き、ノーザンプトンの教会で牧師職につく。マザーとエドワーズのちがいをいちばんよく指摘したのは、長篇『アンクル・トムの小屋』で有名な一九世紀女性作家ハリエット・ビーチャー・ストウであろう。彼女は一八六九年に『オールドタウンの人々』という小説を発表したが、その中に以下のようなくだりが見られるのである。

ニューイングランドの由緒正しい家族には、一貫して憂鬱に陥る傾向がみられるけれども、そのことを巧みに表現したのがコットン・マザー博士、そうあの旧き良きニューイングランドの祖母《グランドマザー》 (that delightful old New England grandmother) であった。彼女がいかにこの地方の幼年時代の物語を子守歌代わりに聞かせたか、その意義をよくかみしめるには、ニューイングランドが現在どのていど大人になったかをじゅうぶん理解しようとする姿勢が必要である。そう……ニューイングランド植民地時代初期の牧師たちは、いかに読書量を誇り学識があるとはいえ、神学者というより政治家にならざるをえない部分があった。……信仰告白にしても、宗教改革時代当時の形式そのままに捉え、それ以上に思い巡らすことはしなかったのである。ところが、ジョナサン・エドワーズの時代を迎えて、そのような惰性は終わった。エドワーズこそは、合理主義的方法論の分析手順を応用して既成のピューリタン教義を再吟味しようとした最初の人物であった。（二六二―二六三頁、傍点引用者）

つまり、マザーが古典的なピューリタン教義に束縛されながら啓蒙主義に惹かれていったとすれば、エドワーズははじめから啓蒙主義的な方法論に立脚したうえで、逆にそれをピューリタン教義再構築のための最大の手段にしたということになる。たしかにマザー自身、コペルニクスやデカルトなどの影響を被ったのだが、いっぽうエドワーズには、ロックやニュートンをむさぼり読んだという記録がある。早熟の天才であった彼は一三歳でイエール大学に入学すると、ロックの『人間悟性論』やニュートンの『プリンキピア』『光学論』をいちはやく読み、ノートをつけてバークレーの観念論とほぼ同じ結論を引き出していたという。つまり、エドワーズはロックからは経験論的感覚的心理学を獲得し、いっぽうではニュートン自身がいきづまった地点から出発して、観念論と実在論の和解を自分なりに試行錯誤したのであった。彼の神学的体系は、すべてこのような啓蒙期の特質を自分の言葉で語りなおし、ペリー・ミラーいうところの「感覚の修辞学」(The Rhetoric of Sensation) に翻訳したものとみなしてよい。

だが、問題はそこから引き出されたエドワーズの宗教的実践が、ラディカルにすぎた点にある。ストウ夫人にしても、さらに両者を比較して、マザーは穏健だがエドワーズは厳格にすぎるという結論に達している。それは、すでにみたとおり、男性であるはずのマザーの性別を女性にねじかえてしまい、むりやり「ニューイングランドの祖母《グランドマザー》」と呼んでいることからもわかるとおりだ。今日フェミニスト批評からも再評価されているストウ夫人にとって、たとえ男性であっても、自らのイデオロギーとぴったり同調する人物については、女性として扱うのが最大のホメ言葉であり、マザーはまさにアメリカの「グランドマザー」(grandmather) として最大級の賛辞を受けたことになる(ちなみに、ストウによるこの駄洒落は、時に表記が混乱して「メイザー」とか「メザー」とか綴られる人名マザーMatherの最も正確な姓名発音に関し、最も有益な示唆を与えてくれる)。

それにひきかえ、エドワーズはなぜ「厳格にすぎ」たのか。それに関しても、ストウ夫人の『オールドタウンの人々』を再び引用するのが得策だろう。

ジョナサン・エドワーズといえば、その内面において詩人としての資質と形而上学者としての資質を統合した人物であり、加うるに彼の経験と感性といったらダンテやミルトンさえ比べものにならないぐらいすさまじい部分があるのだが、そのせいだろうか、彼が犯した過ち(the error)というのは、まさに彼個人の性質からする宗教的経験をほかの人々を計る尺度として強引に当てはめようとしたばかりか、それを使ってピルグリム・ファーザーズの制度を改革しようとしたところに求められる。(四一六頁、傍点引用者)

ここでいう「過ち」の意味するところを嚙み砕くならば、「半途契約《ハーフウエイ・コヴエナント》」(half-way covenant)の問題に尽きよう。半途契約《ハーフウエイ・コヴエナント》――これは、いわゆる洗礼を受けてのち物心つくようになってから、宗教的信仰心の真のめざめ「回心」が得られなかった場合でも教会員として認めようという制度である。たしかにキリスト教では、幼児洗礼を受けた者が、一定の年齢に達して信仰心が固まれば、洗礼に次ぐ秘蹟「堅信」の儀式にあずかるのが約束事となっている。しかし、ものは考えようで、いったん洗礼を受けたのであれば、そのあと回心があろうとなかろうと、教会側はあくまで魂の平安を保障すべきだとする見方が当然出てこよう。それが、半途契約《ハーフウエイ・コヴエナント》の思想である。そしてマザーの場合、この半途契約《ハーフウエイ・コヴエナント》に対して、積極的にプロモートする立場にあった。しかも、エドワーズの祖父にあたるソロモン・ストダートにしても、半途契約《ハーフウエイ・コヴエナント》を必要以上に評価したのだ。これは、明らかに回心を得た有徳なる者たち、すなわち「見える《ヴィジブル・》聖徒《セイント》」たちだけで教会を構成するという神権制の根本原理を転覆する発想であった。ストダートの場合、ふつうの半途契約《ハーフウエイ・コヴエナント》では、教会員になることは認めても聖餐を受けることだけは許さなかったのを、とうとう回心がなくても聖餐を受けることができるよう制度改革してしまったほどである。

ところが、その孫ジョナサン・エドワーズはちがった。このような祖父を持ったがゆえの根源的な反動だったのだろうか、彼は回心をこそ最も重要な教会員資格と見なして、厳格なる「怒れる神」に象徴されるピューリタニズムの復活をもくろむ。その最も顕著な実例が、一七四一年にコネティカットはエンフィールドの教会で行った有名な説教「罪人は怒れる神の御手のうちに」であり、これは地獄の業火を強調するものであった。前掲ペリー・ミラーが「エドワーズこそはピューリタニズムの精髄である」と評価したゆえんである。彼はそのうえで、信仰心復興のためにアメリカ全土にわたる「大いなる覚醒」プロジェクトへ赴く。これは、エドワーズが道徳改革と福音主義《エヴァンジェリカリズム》とをたずさえて登場したのち、一七三三年あたりから四四年ごろまで継続したムーヴメントを指す。これはヨーロッパにおいて一七三〇—六〇年のあいだに起こった類似現象と完全に共振したものとみてよい。

ここで一応、エドワーズの業績をまとめるのに、彼が「大いなる覚醒」をいかに演出したか、それは結果的にいかなるダブルバインドへ陥ったか、以後のアメリカ文学思想史を輪郭づける意味でも、その論点をメモしておくのも無駄ではないだろう。

(1)アメリカ民主主義精神の覚醒（ペリー・ミラー、アラン・ハイマート説）

エドワーズは一七三三年八月以降の説教において「心の感覚《センス・オヴ・ザ・ハート》」を強調する。これは、回心というのが階級や人種、それによってちがいが出るかも知れぬ「理性」の問題ではなく、あくまで「心」の問題であることを説くもので、結果的に「救済の民主化」を促進することになり、教会員たちにも大いに喜ばれた。

(2)アルミニウス主義"Arminianism"の理論的排斥

これはダニエル・ホイットビーとジョン・テイラーを理論的指導者とする自由神学であり、神を合理的勧誘を行うものとみなし、人間は主体的意志をもってそれを受けるか拒むかの選択を任されている、とするものだ。エドワーズはそれを論駁しようとするあまり「自由意志もまた、神があらかじめ予定したものである」と断言してしまったため、「それならば神は罪をも造りたもうたのか」というアルミニウス主義者側の再反論をも、いやいや認めざるをえなくなる。こうしたアルミニウス主義者批判を含む彼の理論形成を明らかにしたのが、代表作となる『意志の自由論』(一七五四年)および『原罪論』(五八年)である。

(3)公衆の面前における回心・信仰告白の要求

これが、半途契約《ハーフウエイ・コヴェナント》を反古にする思想であり、本質的に(1)に対する矛盾である。エドワーズはもともとすべての教会員にこれを課そうとしていたが、大覚醒が下火になったのち、反エドワーズ勢力が勃興してきた時期に、再度この思想を主張したため予想以上の猛反対にあい、結果的に教会を追放される。その結果、ニュージャージー大学(いまのプリンストン)総長という役職につき、折しも流行っていた天然痘を憂えて、種痘を受けるも、まさにそれがもとで死んでしまう。コットン・マザーがジェンナーにはるかに先立ち種痘の促進者のひとりであったことを考えると、これ以上の皮肉はない。

ここで昨今のエドワーズ研究に立脚するならば、彼の回心強調主義が、(2)とも通底するやや独特な「傾向性」(disposition)理論に貫かれていることは、見逃せない。それによれば、たとえば椅子はそれがまず存在してその諸属性が産出されるのではなく、あらかじめ何らかの諸法則が存在するからこそ、その結果として実体化しているものにすぎない。回心もまた、神による恩恵の注入によって、内的な心の感性と慣性あるいは内的傾向性が変革された結果にほかならない。今日では、森本あんりのように、これをローマ・カトリック教会に深く学んだ結果と見なし、エドワーズをピューリタニズムの精髄どころか宗派を超越した全キリスト教主義《エキュメニズム》の体現者と見なす向きもある。そのパースペクティヴに照らせば、エドワーズが促進したのは「心の感覚」を中心とするアメリカ民主主義ばかりではなかったといえるだろう。一見、古典的ピューリタニズムへ退行するように見える彼の「回心強調主義」もまた、その内部に潜む多文化的キリスト教の可能性を解き放つ効用があったことを、忘れてはなるまい。

第3章　リパブリカニズム

アメリカ切手第１号に描かれたフランクリンの肖像

マザー、エドワーズ、フランクリン

一七世紀から一八世紀へ至る世紀転換期にピューリタン神権制の盛衰をくぐり抜けたコットン・マザーから、一八世紀中葉、大覚醒に象徴される信仰復興運動を指導したジョナサン・エドワーズへ至る道において、信仰心喪失はいうまでもなく啓蒙主義思想の勃興と裏腹であった。医学者ウィリアム・ハーヴェイや物理学者アイザック・ニュートンの科学的体系は、やがてアメリカ独立革命以降の共和制政治体系へも深い影を落とす。

ここで興味深いのは、ピューリタン神学における先端的知性が必ずしも科学的知見を退けるのではなく、むしろ大いに取り込み、宗教的思索とのあいだに妥協点を求めるべく大胆な類推を行っていたことだ。たとえばマザーが一六九二年のセイラムの魔女狩り以後、一七二一年にはのちのイギリスのエドワード・ジェンナーに七五年も先んじて一種の悪魔払いとしての天然痘接種を編み出したり、同年の『キリスト教科学者』においては新大陸内部の自然事物を記録してそこに「第二の聖書」を見出したりしていたことは、よく知られる。マザーにつづくエドワーズも、たとえば自然科学的観察を中心にした「蜘蛛の手紙」(一七二三年)においては飛行する蜘蛛を克明に研究しながらもその季節ごとの生態学に「造物主の大いなる叡智」(七頁)を認めつつ、他方、最も著名な説教「罪人は怒れる神の手のうちに」(一七四一年)では「人間が蜘蛛などの悍《いき》ましき昆虫を火にくべるように、神もまた人間を地獄の落とし穴に吊り下げている」(九七頁)というかたちで、観察対象であった蜘蛛を再び宗教的寓喩によって再解釈してみせる。マザーが『聖職への手引』(一七二六年)の中で「文学は摂取し過ぎると毒になる」といういかにもピューリタン的な文学批判を行ったように、エドワーズもまた「宗教的情動論」(一七四六年)の中で回心へ至る恩寵に満ちた情動を強調するあまり、想像力を砂上の楼閣として批判する。科学的観察は宗教的体系へ再回収され、文学的活動は神学的制度を脅かすものとして忌み嫌われるという構図。代表的ピューリタンが「崇高なる神への敬虔」を守るべき秩序と定め、「人間的自己への依存」を混沌への第一歩と定めた経緯を、ここに再確認することができるだろう。

だが、まさしくそうした啓蒙主義的時代に苦悩するハードコア・ピューリタニズムが、やがてマザーやエドワーズを耽読することで自己形成し、果ては建国の父祖《ファウンディング・ファーザース》の代表格にして「すべてのヤンキーの父」とさえ呼ばれるベンジャミン・フランクリン(一七〇六—九〇年)に至ると、コロンブスの卵にもたとえられる一大変貌を遂げる。

マザーがハーヴァード大学卒の牧師、エドワーズがイエール大学卒の牧師という経歴と比較対照するならば、フランクリンはボストン生まれにもかかわらず何しろ一七歳で家出して印刷工に弟子入りしているためまったく教育がないけれども、にもかかわらず以後の彼が、マサチューセッツでもコネティカットでもなく、クエーカー教徒を中心にしたフィラデルフィアを主たる舞台に活躍していったことは、のちに神権制社会から独立革命を経て共和制社会を迎えるアメリカ史に鑑《かんが》みて、あまりにも興味深い。一八世紀半ばの都市人口に即しても、すでにボストンの一万六千人、ニューヨークの二万五千人を超え、フィラデルフィアは一三植民地の中では最高の三万人もの住民を抱えていた。かくして、名実ともにフィラデルフィアへ覇権が移行しつつあったこの変革期に、フランクリンはいわば時代精神のパラダイム・シフトを実現する時代の寵児として登場したのだ。具体的にいうなら、この時フランクリンの思想は、のちにドイツの社会学者マックス・ウェーバーの手になる社会学的聖典『プロテスタンティズムの倫理と資本主義の精神』(一九〇五年)がまさしくそのタイトルそのものによって暗示するように、ピューリタン信仰生活の「敬虔」(piety)の裏にはあらかじめ、のちに資本主義発展に大いに寄与することになる「勤勉」(industry)というプラグマティックな倫理が隠し込まれていたことを、あまりにもあざやかに例証したのである。

ふりかえってみれば、たしかにマザーは『善行論《ボニファキウス》』(一七一〇年)であらゆる職業(calling)に就いているキリスト教徒を対象にさまざまな助言を試み、神への敬虔を保ち隣人に対しては「自己否定」(self-denial、七八頁)の美徳を発揮するよう勧めていたし、エドワーズも『決意《レゾリューションズ》』(一七二二年)において、何ごとも神の助けなしにはなしえないという謙譲の立場から、同じく人間個人以上に「神の栄光」(God's glory)と「全人類の幸福と利益」(the good and advantage of mankind in general、二七四頁)を優先させるよう勧めていた。ところがまったく同時に、マザーは同書で主人に対する奉公人の務めを神に対するキリスト教徒の務めにたとえつつ「従順」(Obedience)「誠実」(Honesty)「勤勉」(Industry)「敬虔」(Piety)からなる四つの労働原理(七一頁)を詳《つまび》らかにしており、エドワーズもまた前掲論考でキリストへ向けた自己の魂の厳密な点検のために「勤勉」(diligence) が必要であることを説きつつ、他の美徳の達成についても「勤勉」と同義を成す動詞群 (strive, endeavor, exercise myself, 二七四―二八一頁) を多用している。「敬虔」は神を中心にした超越的美徳を支えるが、そこから派生する「勤勉」がむしろ人間を中心にした世俗的価値を支えてしまうという逆説に、両者のテクストを熟読したであろうフランクリンは心から魅了されたにちがいない (彼がまだ一六歳当時にペンネームのひとつとして採用した「サイレンス・ドゥーグッド」Silence Dogoodなる未亡人名も、マザーの『善行論』副題 *An Essay to Do Good* のあからさまな反映だろう)。

かくして、新聞人・科学者・発明家・政治家・文筆家として植民地時代きってのマルチタレントとなるフランクリンは、いわばその成功の秘訣を『自伝』(一七七一―九〇年) の中で、有名な以下の一三の徳目にまとめる――「節制」(Temperance)「沈黙」(Silence)「規律」(Order)「決断」(Resolution)「節約」(Frugality)「勤勉」(Industry)「誠実」(Sincerity)「正義」(Justice)「中庸」(Moderation)「清潔」(Cleanliness)「平静」(Tranquility)「純潔」(Chastity)「謙譲」(Humility)。さらに彼は、これらの徳目が習慣になるようにと考え、一挙にすべてを実践することはせず、まずは毎週どの曜日にどの徳目を破ったかを小さな手帳に記録し、つぎに一週にひとつの割合で徳目を獲得していこうと決心した。そのうえ、一日二四時間をどう過ごすかという時間表も作り、朝五時の起床とともに「今日はいかなる善行をなすべきか」、夜一〇時の就寝前には「今日はいかなる善行をなしたか」と設問することにした (第六章「一三徳樹立」)。

彼はすでに一七三二年の時点で、先のヴィジョンに基づきアメリカ的立身出世の雛型を体現するかのような仮想人格を作り出し『貧しきリチャードの暦』シリーズを書き始めるが、これが廉価パンフレット形式のチャップブックでも流通して庶民のあいだでも好評を博し、とうとう五七年まで何と四半世紀のあいだ連綿と書き継がれることになる。中でも最後の一編として著名な「富へ至る道」(一七五七年)は、以下の印象的な一節を含む。

そういえば、わたしたちは、何と多くの時間を必要以上に睡眠に使っていることでしょう。貧しきリチャードの言葉を借りれば、「眠っている狐には、鶏は一羽もつかまらぬ」ことも、「寝たいなら、墓場に入ってからで少しもおそくはない」ことも忘れて。時間というものが、この世の中でもっとも貴重なものであるとしますなら、貧しきリチャードも申しておるように、「時間の浪費こそ、いちばんの贅沢」に違いありません。別の場所で申しておるように「時間ばかりは、いったん失くしたらさいご、見つかりっこない」わけですし、わたしたちがふだん言っている「まだまだ時間は十分」は「いつもきまって時間切れに終わる」からです。こういう次第ですから、お互いに元気を出して何か仕事を、それも有益な仕事をやろうではありませんか。それだけの覚悟を持って勤勉でありさえすれば、労少なくして一層多くの仕事もできようというものです。(中略)他人を信用して、一切をその人の手に任せるようなことがありますと、身の破滅をきたす場合が少なくありません。貧しきリチャードの暦も申しておるように、「俗事に関する限り、人が救われるのは、他人を信頼しないことによってであり、神を信仰することによってではない」からです。これに反して、自ら進んで自分の面倒を見ようとするのは、有利なことです。貧しきディック（リチャード）も申すように、「力は勇気ある者に」、「至上の幸福は有徳の士に」授かると同様、「学問は勉強家に、富は用心深い者に」授かるからであり、また「忠実で、しかも自分の気に入るような召使いがほしくば、自ら自身の召使いになれ」というわけです。（傍点引用者）

自伝のタイム・パラドックス

「富へ至る道」は、右の引用からもわかるとおり、フランクリンが一七四七年に「若き職人への助言」を書いた時より長く根本に据えてきた「時は金なり」「信用は通貨なり」「貨幣は繁殖し子をもたらす」という発想がみごとに開花したものである。

ここで注意したいのは、ひとつには彼の徹底した「時間」へのこだわりが、人生の初期における過ちは、あたかも誤植のように以後の人生においていくらでも修正可能という、考えようによっては驚くほど反動的な修正主義転じて歴史改変の姿勢を形成したことで、この論理はフランクリンによって創始されたアメリカにおける自伝ジャンルにしっかりと根をおろすことになる。『自伝』の前半でも、兄との衝突や金の使い込みなどを「人生における誤植（erratum）」とたびたび形容していることからもわかるように、彼にとって時間が貴重なのは、功成り名を遂げさえすれば、若き日の恥辱など晩年になっていくらでも改竄し美化することさえできるからであり、この着想こそは、のちに立身出世少年を描くホレイショ・アルジャー(一八三二―九九年)の物語『おんぼろディック』(一八六七年)などを経由しつつ、今日へ至る代表的アメリカ人の精神を形成していく(フランクリンの「貧しきリチャード〈=ディック〉」がアルジャーの「おんぼろディック」へ影を落としているのはあまりに明らかだろう)。過去の自分を改竄してしまったら現在の自分は成り立たないが、にもかかわらず現在まで生き抜いてきた自分だからこそ目下の理想どおりに過去の自分を作り変える権利を持つのである。

むろん、このようなタイム・パラドックスは詐欺師《コンフィデンス・マン》的だ。しかし、ふりかえってみれば、詐欺師的な性格を除外してしまったら、そもそもアメリカにおいて「丸太小屋《ログハウス》から大統領官邸《ホワイトハウス》へ」を信条とする立身出世のヒーローたちは成立しないのではあるまいか。そして文筆家フランクリンこそは、元印刷工であり活字文化の可能性も限界も知り尽くしているだけに、たとえば「ナイアガラへ行けば鯨が滝上りをしている」といった法螺話《ホークス》やインディアン捕囚体験記のパロディ、はたまた未婚の母ポリー・ベイカーなる仮想人格に依拠したプロト・フェミニズム物語などを次々に発表することのできた文学的詐欺師であり、だからこそ典型的なアメリカン・ヒーローたりえたのであった。そうした活字メディアの魔術師にとって、極端な話、自伝ジャンルとは時間を遡り歴史に介入することを許すタイム・マシンの一種にほかならない。そうしたフランクリン的時間観は以後、マーク・トウェインの歴史改変小説『アーサー王宮廷のコネティカット・ヤンキー』（一八八九年）はもちろんのこと、今世紀におけるロバート・A・ハインラインのSF小説『夏への扉』（一九五七年）やロバート・ゼメキス監督のハリウッド映画『バック・トゥ・ザ・フューチャー』シリーズ（一九八五―九〇年）などへ、最も忠実なかたちで受け継がれていく。

信仰ではなく信用を

もうひとつ着目すべき点は、先の引用における後半の傍点部分からも明らかなように、フランクリンが啓蒙主義時代の風潮に即して、すでに神への信仰すなわち敬虔の美徳を否定し、人間がむしろ自分自身に依存するべきであるという個人主義的なヴィジョンを明らかにしていることだ。旧来の神権制が神を絶対視する君主制だとすれば、こうした理神論は神を相対化して自然の原理を優先させる点で民主制を用意した。この方向は、むろんトマス・ジェファソンの草稿執筆になる「独立宣言」の概念とも共振するし、のちに一九世紀半ばのロマン主義時代を代表する超越主義者ラルフ・ウォルドー・エマソンが「自己信頼」Self-Relianceとして定式化することになる概念をも早々と先取りする。ただし、かくまでもピューリタン神権制における宗教的信仰（belief）を否定しながらも、本質的に人間がものを信じる気持ち（confidence）を弄ぶ詐欺師（confidence-man）フランクリンは、それに代えて民主制を支えるべき経済的信用（credit）を特権化してみせた。その意味で、彼が実現したパラダイム・シフトの意義は、神権制を支えた「信仰の積み重ね」から宗教的原義は剝奪しても構造的機能自体はそっくりそのまま温存し、民主制における「信用の積み重ね」によって巧みに置き換えた点に求められよう。そう、神権制では、禁欲を守り勤勉を重ね信仰を蓄積することで神からの「召命」(calling)を全うすれば天国が保証されるという論理が支配的だったのに対し、民主制では、まさに同じ禁欲から勤勉へ至る手続きを経ても、信用を蓄積することで神から恵まれた「天職」(calling)を貫き個人の資本を集積すれば最終的に国家全体の利益へ貢献するという論理へ、力点が移動するのだ。

マックス・ウェーバーは、まさにこうした力点移動を可能にした背景として、ひとつにはルターが聖書翻訳において召命と天職双方を兼ねる"Beruf"の一語を選択したこと、もうひとつには資本主義社会における職業倫理がそれ自体宗教的な自己目的と化していることを喝破《かっぱ》する。「信用のできる立派な人という理想、自分の資本を増大させることを自己目的と考えるのが各自の義務と見る思想において、営利は処世術でもなければ物質的生活の要求を満たす条件でもなく、それそのものが高度に倫理的な人生の目的なのである」(『プロテスタンティズムの倫理と資本主義』第一章第二節)。かくして、フランクリンが手帳に書き留めたような日々の戒めは、のちに一九二〇年代ジャズ・エイジの寵児スコット・フィッツジェラルド『華麗なるギャツビー』(一九二五年)の主人公にまで受け継がれるほどに、アメリカ的伝統の根幹を成す。ギャツビーが轢き逃げ犯人とまちがえられて死んだのち発見された彼の日記には、フランクリンよろしくこう書かれていたからだ。「禁煙すること。一日おきに入浴すること。毎週一冊、良書を読むこと。毎週三ドル貯金すること。親孝行すること」(第九章)。

ちなみに、ウェーバーが一九〇五年に出版した『プロテスタンティズムの倫理と資本主義の精神』がアメリカの社会学者タルコット・パーソンズによって英訳出版されたのは、一九三〇年のことであった。二五年までの段階でフィッツジェラルドがウェーバーのドイツ語原著に関する噂をどのていど聞いていたのか、それは定かではない。だが、まさにウェーバー思想が時代に適《かな》っていることを期せずして裏書きしたのが『華麗なるギャツビー』だったとしたら、それが表象するジャズ・エイジの精神を英訳者パーソンズが浴びていないはずはあるまい。

隠喩としてのファミリー・ロマンス

共和制から現代へ至るアメリカ文学において一貫した特徴をなしているのは、一方では影響力絶大なる「親」にこだわりながらも、他方ではあえて権力と絶縁した「子」の境遇を好む姿勢である。ジェリー・グリズウォルドが一九九二年に出版した古典児童文学研究の名著『家なき子の物語』(オックスフォード大学出版局)は、その序論においてアメリカ独立革命を「エディプス的反抗期に入った子どもの成長物語」であり「頑固親父とすねかじり息子との親子喧嘩」と定めたが、ほぼ同じころ柴田元幸もエッセイ「父と歴史」(一九九三年初出、一九九七年新潮社刊『愛の見切り発車』所収)で、一九七〇年以降のアメリカ小説が「父」を批判するか尊重するか非現実化するかは個々の作家と「歴史」との関わり次第で決まることを指摘した。

なるほど、今日ではアメリカ文学の本質的構造をこのように錯綜した親子関係、すなわちひとつのファミリー・ロマンスのかたちで読み直すことは珍しくない。その根源には伝統的なキリスト教における神と被造物の力学が潜んでいたはずだが、しかしそれに準拠する神権制が危機を迎えた一八世紀半ばの啓蒙主義時代には、神に従うようでいて一線を画す、つまり万物の造り主としての神は信じるけれども、いったん造られてしまったあとは超自然の奇跡を待ち受けるよりも自然の法に任せるという理神論（Deism）の風潮が濃厚になる。コットン・マザーもジョナサン・エドワーズも宗教的な「父」にこだわり、結局はそれを抜本的に乗り越えることはできなかったが、しかし啓蒙主義の寵児ベンジャミン・フランクリンはそうした父型《ファザーフィギア》をビジネス上の「先行者」として翻訳し、自らが乗り越えるべき対象とみなして、じっさい乗り越えてしまった。フランクリンは「兄」を超え、「上司」を超え、「博士」の称号さえ実力で奪い取り、そしてとうとう北米植民地が自らの父である「イギリス」から独立する手筈さえ整える。かくしてピューリタン植民地を中心にした「父の時代」は、アメリカ独立革命という「子の時代」によって修正を余儀なくされる。アメリカ独立革命が必ずしも宗主国と植民地のあいだの戦争ではなく、むしろ植民地内部における世代間の内乱ではなかったかとする見解がいまなお説得力をもつゆえんは、ここにある。

その文脈に置き直すなら、子どもとしてのアメリカを代表するフランクリン自身もまた、もうひとりの「父」として自らの「子」に克服されていくという世代交代は、歴史の必然であった。フランクリンはあたかも理神論的自然観を実現するように私生児《ナチユラルチャイルド》ウィリアムをもうけ、彼は一時は父にとってかけがえのない片腕となるが、にもかかわらずこの息子は、独立革命前夜には皮肉にも王党派に与《くみ》して父を裏切る。さらにウィリアム自身もまた私生児テンプルを得るのだけれど、この子は祖父からも実父からも溺愛されながら文化的資質だけは受け継がず、浪費と放蕩の果てに私生児エレンをもうけていく。以後のフランクリン家の末裔には日本人の血すら含まれるほどだ。

他方、フランクリンに勝るとも劣らないのは、混血黒人女性奴隷の愛人サリー・ヘミングスとのあいだに複数の私生児をもうけた第三代アメリカ大統領トマス・ジェファソンであろう。これについては一九世紀黒人作家ウィリアム・ウェルズ・ブラウンが小説『クローテル――大統領の娘』(一八五三年)で、二〇世紀黒人女性作家バーバラ・チェイス=リボウが『サリー・ヘミングス』(一九七九年)『大統領の娘』(一九九四年)二部作、および北米マジック・リアリズム作家スティーヴ・エリクソンが『Xのアーチ』(一九九三年)において物語化し、主導的ジェファソン学者たちはそれを悪質な噂として真っ向から否定してきたものだが、一九九八年にはとうとうDNA鑑定によってジェファソンの黒人系末裔の存在が確認されている。フランクリンとジェファソンは、まさしくそれぞれの以後の私生児《ナチユラル・チャイルド》=自然児を含む家系図そのものによって、父権的中央集権をカッコにくくり、国民という名の自然を信頼する理神論思想、すなわち共和主義思想《リパブリカニズム》を如実に反映したといえよう（ちなみに、正反対の立場がアレクサンダー・ハミルトンやジョン・ジェイ、ジェイムズ・マディソンらのように親英的で商工業を中心に考え、神のごとく強力な父親像による統一国家を期待して合衆国憲法作成に加担した連邦主義思想《フェデラリズム》である）。

アメリカ文学史上興味深いのは、このように独立革命前後の時代が「父」と「子」の関係をがらりと変質させるとともに、国家の成り立ちを「家族」一般のメタファーによって語る方法論をも初めて確立したことだろう。その起源を考えるためには、まず当時勃興した最大の文学的メディアであるパンフレットについて、ふりかえってみなくてはならない。

パンフレットの文学

一八世紀のアメリカは、ほとんど四半世紀ごとに人口が倍加した。一七七六年の時点に限ると、ボストンの一万六千人、ニューヨークの二万五千人に比して、フィラデルフィアはあいかわらず一三植民地内部でも最大人口の四万人を抱えている。そのうちほぼ全員が奴隷である黒人は一八パーセント、アメリカン・インディアンは八千人にも満たない。

こうした人口増大に比例するように、一七七五年の時点で三七種類にものぼる新聞が大部数で発行されるようになった。植民地人が独立革命への意識をもつようになるのに、新聞はきわめて重要な役割を演じる。きわめつけは、一七六五年の印紙条例が、植民地の新聞はすべて印紙付で課税された特殊な紙に印刷するよう要求したため、〈ペンシルヴェニア・ジャーナル〉をはじめとする新聞群が激越な反対運動をくりひろげたことだろう。一七六〇年代以前においてアメリカ植民地人は自分たちを依然イギリスに従属するマサチューセッツ人とかヴァージニア人というふうに考えていたが、とくに六〇年代半ば以降になると、イギリスの圧政を非難する新聞・雑誌の論調が明らかに購読者全般へ作用し、これをもって彼らは初めて自らをアメリカ人として認識するようになるのである。

加えて、この時代に注目すべきは、正式な教育制度がまだニューイングランドに限られていたとはいえ、識字率の低かった植民地時代とはちがい、大半の白人には書物を読む能力が備わり、とくに一七六〇年代後半のフィラデルフィアには一六もの夜学が開設されて読み書き計算、簿記を教えていたことだろう。しかもこのころは印刷技術の発展により、高名な書物の廉価縮約版としてのチャップブックが、当初はイギリスから輸入されたが、一七六二年、ジョージア州サヴァンナを皮切りに、一三植民地が印刷工場を持つようになるとやがてアメリカでも独自に出版されるようになり、植民地時代以降のアメリカにおける大衆の読書生活に甚大な影響を与えた。何しろ、そのままでは難しくて読めない書物でも、チャップブックというパンフレット形式で再編集されれば、値段は安いし内容も易しくアレンジされているのだから、まださほど教育程度の高くなかったアメリカでは、大人にも子どもにも喜ばれたことは想像に難くない。現代日本に置き換えれば、これは少年少女世界名作全集のような総ふりがな付きリトールド版が薄い文庫サイズで駅のキオスクや街のコンビニでもかんたんに手に入る、という感覚だろうか。イソップ童話からダニエル・デフォーの『ロビンソン・クルーソー』、それにフランクリンの「富に至る道」まで、チャップブック形式はアメリカ民主主義にふさわしい公平なる知識の再分配を実践した。

こうした新聞メディアの発展とチャップブック形式の人気が交わるところに、政治的パンフレットというジャンルが興隆するのは、当然であった。一七七六年以前には四百ものパンフレットが英米問題について激論を交わしたが、その種類としては大まかにいって、タウンゼンド諸法条例やボストン大虐殺などを中心に反英感情をつのらせるもの、パンフレット同士で口汚なく論争するもの、それに愛国主義者たちが祝日などに行う記念説教や特別講演を中心にしたものに分けられる。ただし、当時は「独立宣言」発布以前であるから、ロック哲学がアメリカに浸透していたため、「独立」よりも「人権」に関する議論のほうが主流を成す。イギリス国民と同じようにアメリカ植民地においても自然にして絶対不可侵の人権をもつことが、強く望まれたのである。つまり、必ずしもイギリスと政治的に切断する必要はないが、本国と同じだけの権利を与えてほしい、というのが大多数の気分であった。当時最も人気のあったパンフレット作家にはジョン・ディキンソンがおり、彼の「ペンシルヴェニア農夫からの手紙」(一七六七―六八年)は、プルタークからキケロ、マキャヴェリまで膨大な古典を引用しながらも、議会の圧力に抵抗しアメリカの自由を強調した点で、広く愛される作品となる。そして七六年以後になると、ようやく「独立」への意識が高まり、ジェイムズ・マディソンなどはピューリタン第一世代のブラッドフォードやウィンスロップらの予型論的レトリックを再利用しつつ、ジョージ・ワシントンを新たなるモーゼとして再定義するに至る。

では、「人権」から「独立」への決定的転回を促した言説は何か。ここで、フランクリンによってイギリスからアメリカへ渡ることになり、そのパンフレット活動によってジェファソンへ影響を与えた建国の父祖のひとりトマス・ペインを見逃すことはできない。

『コモン・センス』から『独立宣言』へ

トマス・ペイン(一七三七—一八〇九年)は、イギリスはセットフォードのクエーカー系コルセット職人の息子として生まれたが、三七歳でアメリカへ赴くまでの彼の人生は、挫折の連続であった。労働者階級としては珍しく中学へ行くことができたのに一三歳になると父親の見習いにならねばならないわ、船乗りになる夢をかなえようと一九歳の時には私掠船に乗り込むも夢破れて一年でロンドンへ戻ることになるわ、収税吏の娘と結婚するも家業の倒産のために夜逃げしたあげく妻に先立たれてしまうわ、のちに自身が収税吏になって賃金値上げ要求をするも失敗してしまうわで、この歴史的著名人の前半生ときたらハクもつかなければうだつもあがらず何よりも家族そのものが崩壊してしまっており、まったくろくなことがない。ところがこれだけのダメ男が、たまたま科学への興味を共有する友人ジョージ・ルイス・スコットによりアメリカの巨人ベンジャミン・フランクリンを紹介されたことで、一発逆転のチャンスをつかんでしまうのだから、運命とはわからないものである。彼は〈ペンシルヴェニア・マガジン〉の雑誌記者としてたちまち頭角を現すのだ。やがてペインはフランクリン本人に向かって、自分が編集を任されてからというもの購読者数が増大し、彼の手になる匿名記事の大半が広く愛読されていると豪語するほどになる。

そうした準備段階を経て、一七七六年一月に登場したのが、アメリカにおけるプロパガンダ文学の古典『コモン・センス』にほかならない。これこそは事実上、最初の「独立宣言」であるのみならず、何といってもイギリス的なるもののすべてを否定することによりアメリカへの夢を語った文書として意義を持つ。じっさいのところ移住したばかりのペインにはアメリカの実情などろくにわかっていなかったのだけれども、彼は自ら母国イギリスによって人生を破綻させられたという辛酸を嘗めていたし、その挫折感が深かったからこそアメリカ独立の中に自分自身の起死回生を夢見たにちがいないのである。

かくして『コモン・センス』は、ジョン・ロック以来培われてきた政治と育児のアナロジーを、みごとなまでに国家と家族のアナロジーへと刷新した。主題的には人権・自由・独立をとことん擁護する文章だが、しかしその手法が、パンフレット形式を用いて読者の情緒を徹底的に煽りたてるセンセーショナリズムに基づくことは、留意してよい。

しかしそれでもなお(イギリスの)暴行を許すことができるというのなら、お尋ねしたい。諸君の家は焼かれたことがあるか。諸君の持ち物は目の前で打ち壊されたことがあるか。諸君の妻子は身を休めるベッドや命をつなぐパンに困ったことがあるか。諸君の親や子はかれらの手で殺害されたことがあるか。そして諸君自身は自分だけが落ちぶれながらも生き残るというみじめな境遇に陥ったことがあるか。もしそうでないというなら、このような体験をした人間について、とやかくいう資格はない。だがこんな体験をしながら、それでもなお人殺しと握手できるなら、諸君は夫、父、友人、または恋人の名に値しないのだ。この世の地位や肩書がなんであろうとも、諸君は心情においては小心者であり、また精神においては権力に媚びへつらう人間でしかない。（ペンギン版　八五頁、傍点引用者）

批評家エリザベス・バーンズは一九九七年の著書『共感の合衆国』の中で、こうしたペインの大衆感情操作が、家屋崩壊にまつわる経済的損失感と家族崩壊にまつわる心理的喪失感とを巧妙に絡み合わせて成り立っている点に着目し、それがいかに共和制下のアメリカ文学史へ影響したかを説く。

じじつ、一七七六年の七月にはジェファソンによる草稿執筆で公布される「独立宣言」が、ペインの影響もあらわに人権と自由と独立の「理念」を謳い、それと同時に、一七世紀以来のインディアン捕囚体験記のレトリックを活用し、あたかもアメリカというういたいけな娘がイギリスという暴力的な男にさんざんたぶらかされてきたかのように読まれる「物語」を切々と訴えた。すでに一七七五年当時には、げんに家族崩壊したハンナ・スネルという女戦士がジャンヌ・ダルクよろしく大活躍して一躍アイドルになっていた時代である。すなわちジェファソンの筆になる「独立宣言」というテクストは、じつのところペインの示した隠喩としてのファミリー・ロマンスをさらにお涙頂戴《センチメンタリズム》の文脈で発展させたひとつの感傷小説《センチメンタル・フィクション》として、念入りに仕上げられたのである。

コネティカット・ウィッツ

アメリカ独立革命が公式に残した最大の文学的仕事が独立宣言と合衆国憲法であったとしたら、非公式にもたらした最大のテクストとしては、一七八六年から翌年にかけて複数の著者たちにより〈ニュー・ヘイヴン・ガゼット&コネティカット・マガジン〉誌に一二回連載された「アメリカ古文書」を挙げることができる。この連載は、当時オハイオから発掘されたという鳴り物入りの『アナーキアッド』なる古代叙事詩に基づく点が最大のセールスポイント。著者たちは、この謎の古代詩人こそ、すでに将来復活するであろう「混沌と漆黒の闇の帝国」を、すなわち独立革命期のアメリカをあらかじめ幻視していたとうそぶいてやまない。たしかにそこには、以下のような詩行がえんえんと続く。「玉座をめがけて押し寄せるのは下劣なる子らばかり、議会の決断もまた暴徒たちをつけあがらせるようなものばかり／敵の一群は財力と権力を狙い、おまえたちを欺く。しかし他方、親しい友さえもおまえたちを侮る」。

ピューリタン神権制とは打って変わって、この時期に唱えられるアメリカ共和制には、英国詩人アレグザンダー・ポウプの影響下、ギリシャ・ローマへの回帰と擬古典趣味の形成が見られる。のちに第二代アメリカ大統領となるジョン・アダムズも一七六五年のパンフレット「教会法と封建法について」の中で、巡礼の父祖たちを中核とする初期アメリカ・ピューリタンたちを、たんに過激な宗教家ではなく西欧的封建制からの真の解放を求めた古典的教養豊かな啓蒙主義的知識人でもあった存在として抜本的に再定位した。以後の彼は、一七七四年から七五年まで〈ボストン・ガゼット〉紙に連載する親英派批判「ノヴァングルス」"Novanglus"において、当時の英国が本質的に帝国というよりは制限君主制であり、ひいては限りなく共和国に近いのだという再解釈を施し、ギリシャ人はもちろん、特にローマ人の植民地政策に多くを学ぶよう示唆していく。したがって前述の古代詩も、その正体は、ホメロスがトロイ攻防戦を謳った『イーリアッド』にならい『無政府風《アナーキアッド》叙事詩』の形式により「共和制アメリカ叙事詩」を気取った擬古典的作品であるのは、一目瞭然だった。

はたして、詩作品としては必ずしも高い評価を得られなかったにもかかわらず、政治的プロパガンダとしての効果は満点。そしてこの『アナーキアッド』の執筆者たちこそは、会衆派教会主義（Congregationalism）と連邦主義（Federalism）を共有する愛国主義者の一団かつイエール大学卒の俊才ぞろいということから、のちに「コネティカット・ウィッツ」（Connecticut Wits）の名で親しまれるアメリカ最初の自覚的な国民文学者集団にほかならない。その数はざっと一ダースを超えるが、中でも著名なのは、英雄詩体二行連句《ヒロイック・カプレット》を得意としたジョン・トランブルとティモシー・ドワイトおよびジョエル・バーロウの三詩人だろう。トランブルの『魯鈍歴程』（一七七二年）は当世風の色男（ディック・ヘアブレイン）や遊び女（ハリエット・シンパー）を風刺している点でも優れているが、わけても第一部の主人公でその名もトム・ブレインレスなる神学生を通し、せいぜいが卒業証書に書かれるていどしか意味のないラテン語を丸暗記することがいかにナンセンスであるかをつく。ドワイトはただひとり『アナーキアッド』共同執筆に直接関わっていないとされるけれども、しかし彼の『不実の勝利』（一七八八）は同作品と同じく、アメリカに悪魔の王国が再建され、民主主義によって不実が蔓延するさまを予見しながら、その要因をアメリカ人ならぬヨーロッパ系の異端者たち、たとえばジェファソンの師匠格であった理神論者ジョゼフ・プリーストリーらに求めるものであった。そしてバーロウに至っては、彼だけがのちに失効する連邦主義よりものちに勝利する共和主義へ転向したことからもわかるように、ヨーロッパよりもアメリカ独自の言語文化を創造することを深く意識しており、『コロンブスの幻視』（一七八七年）を加筆改稿した『コロンビアッド』（一八〇七年）において、歴史的な帝国盛衰のパターンを逃れるべき超歴史的救済を求め、キリスト再臨の可能性に賭けている。

アメリカ小説の起源

コネティカット・ウィッツがヨーロッパ文学やアレグザンダー・ハミルトン系の連邦主義に

偏り、けっきょくは以後のアメリカ文学史にほとんど影響を及ぼさなかったいっぽう、それに引き続きアメリカ独自の文学を求めたトマス・ジェファソン系の共和制小説家たちは、のちにリアリズム作家ヘンリー・ジェイムズや失われた世代の代表格アーネスト・ヘミングウェイにもその痕跡を残すようなアメリカ小説の枠組みを確立する。

一七八九年、合衆国憲法が制定された同じ年にボストンの詩人・随筆家・劇作家ウィリアム・ヒル・ブラウン（一七六五―九三年）が発表したアメリカ最初の小説『共感力』からフィラデルフィアの女優でもあったスザンナ・ローソン（一七五六―一八四〇年）の手に成るアメリカ最初の女性小説『シャーロット・テンプル』（一七九一年）、マサチューセッツ生まれの牧師の妻ハナ・フォスターによる『放蕩娘』（一七九七年）、それにニュー・ハンプシャー出身の議員の妻タビサ・ギルマン・テニー（一七六二―一八三九年）による『ドン・キホーテ娘』（一八〇一年）に至るまで、アメリカ小説の起源は、悪しきプレイボーイの手練手管に翻弄された純情娘の悲劇というパターンに即し、「愛と恐怖」へ訴えかけるメロドラマ的センセーショナリズムに潜む。

ここで興味深いのは、これらの小説すべてがモデルにしたとおぼしい決定的な事件が起こっていることだ。ブラウンの『共感力』前半の注釈が示す実話を参照しよう。

一七八八年七月二五日、マサチューセッツ州ダンヴァース（現在のピーボディ）のベル・タヴァーンに、三七歳の美しく家柄もよく聡明な女性エリザベス・ホイットマンが担ぎ込まれて子どもを産んだが死産、しかもそれに引き続いて本人も息を引き取ってしまった。これは、すぐにも〈セイラム・マーキュリー〉の一七八八年七月二九日号で報道され、広く知られるところとなったが、さてこのホイットマン嬢の悲劇がなぜ重要かといえば、それは彼女自身が大の読書好きだったからである。

「彼女は小説やロマンスにどっぷり浸って暮らしてきた。そのような虚構の悪影響で、彼女の頭の中には理想の男性像がすっかりできあがってしまい、そのため虚栄心と浮気心がふくらんで、せっかくのプロポーズも軒並み断ってしまう。というのも、彼女の思い描く理想像に照らす限り、もっと待てばもっといい男が現れるのではないかと信じてやまなかったからである」（ペンギン版　二三頁脚注）

じっさいブラウンの『共感力』は、中心を成す貧しい孤児の娘ハリオットと金持ちの青年ハリントンの恋愛物語の中へ、物語内物語として姉の夫マーティンと恋愛した結果、出産までしてしまうオフィーリアにまつわる不倫物語がはさみこまれるという変則的構成を採っているのだが、最終的にもとの物語へ戻ってみると、何とハリオットとハリントン自身が腹違いの兄妹だったことがわかり、そのことを知った彼女はあまりの衝撃のために死に、彼のほうも自殺に訴えることで父親からの真の独立を遂げていく。

ローソンの『シャーロット・テンプル』も、イギリス軍人モントラヴィルに大西洋を渡る途上で純潔を奪われ、ニューヨークに到着してからは棄てられて、女児を産むもまもなく死に至るシャーロットの聞くも哀れな生涯を語る。

フォスターの『放蕩娘』になると、実在の人物である先のエリザベス・ホイットマンElizabeth Whitmanと酷似した名前の持ち主エライザ・ウォートンEliza Whartonを主人公に、この男社会を手玉に取ろうとするしたたかなプレイガールが、当初、求婚者である牧師ボイヤー氏に肩すかしをくらわすも、やがて、彼の好敵手で名うてのプレイボーイであるサンフォード少佐が出現、彼女は彼の術中にはまって弄ばれ裏切られ隠遁を余儀なくされたあげく、慰めに来たサンフォード少佐とついに決定的な関係を結び、さいごには実在のエリザベスと同じく、宿屋での産褥死を迎えてしまう過程を綴る。

こうした物語群は、白人女性の囚われる悲劇的な運命を描く点でインディアン捕囚体験記《キャプティヴィティ・ナラティヴ》の発展型とも見られ、感傷小説とも煽情小説とも誘惑小説とも呼ばれるが、ストーリーだけ耳にするなら、いずれもあまりに典型的なお涙頂戴メロドラマのように響くかもしれない。すでにこの時点では、時にアメリカ最初の演劇と目されるロイヤル・タイラー（一七五七―一八二六年）の『好対照』（一七八七年）のように通俗的三角関係を扱うコメディですら、イギリスかぶれの男よりも本質的なアメリカ青年の方へ軍配をあげるその展開が、大好評をもって受け入れられていた。したがって、こうした一見したところ通俗きわまりない小説群にしても、一筋縄ではいかない。そう、新歴史主義批評家キャシー・デイヴィッドソンもいうように、イギリスの弾圧に堪え忍んできたという自覚をもつアメリカ人読者は、まさにそれゆえに、このようにみじめであわれでかわいそうな娘たちのシナリオにアメリカ自体の境遇を認め、同情し感情移入し、たっぷり思い入れる運びとなったのではあるまいか。

もともとジェファソン執筆の「独立宣言」最大のレトリックは、ほんらい個人的身体に属する「絶対不可侵の権利」を拡大し、人民たちの政体は効力のない政治形態をいつでも「変更し廃止する権利」を持つことを強調した点にある。エリザベス・バーンズにならうなら、そのように個人が国家へ情緒的にも心理的にも生理的にも本質的な共感を抱くよう仕向けるのが民主主義のレトリックであり、それなくしてアメリカ人の基本的性格はない。共和制小説に私生児出産や近親相姦といったモチーフがおびただしいのも、そうした悲劇の種子をばらまく尊大にして恥辱にみちた父親像を批判する傾向があったからであり、その背後に宗主国イギリスのすがたを透視するのは決して難しくない。げんに一七九〇年一月に創刊されて八年間続く共和制アメリカの代表的雑誌〈ニューヨーク・マガジン——文学の宝庫〉などは折衷主義および雑多主義の方針のため、おおむね2／3が論説(徳目論)、1／3が物語(ロマンス、失恋もの、誘惑もの)という構成であったが、とりわけロマンスの中には、女性の感性・感受性・無思想性をあげつらうものが多く、贅沢三昧の末に身を持ち崩すという、それこそ広く共感力を刺激するヒロイン像が目白押しであった。

共和制読書のアレゴリー

このような共和制文学の約束事をとことん洒落のめすかのように、テニーの手になる小説を読むことについての小説『ドン・キホーテ娘』が登場し、そこではエリザベス・ホイットマンの悲劇が、低級な騎士道ロマンスばかりを読み過ぎたために発狂してしまったあのラマンチャの男のパロディという体裁によって巧妙に再演出される。

本書の女主人公ドルカシーナ・シェルドンは、三歳で母親と死に別れた結果、ドン・キホーテ的夢想家の性格をもつようになった壮大なるカンちがい女で、父の悪影響をこうむり幼少期から五〇年近く、今日であればハーレクィン・ロマンスに属するジャンク・フィクションばかりを読みあさったあげく夢想癖がエスカレートしてしまい、現実と虚構の区別がつかなくなり婚期を逸してしまったのである。

もちろん文学史的に正確を期すなら、この時にはアメリカにおいて『ドン・キホーテ』を根本からパロディ化したペンシルヴェニア育ちのヒュー・ヘンリー・ブラッケンリッジ(一七四八―一八一六年)の『当世風騎士道』(一七九二―一八一五年)が、騎士ドン・キホーテと従士サンチョ・パンサの役割を、読書好きのキャプテン・ジョン・ファラーゴと、読み書きのできないアイルランド系ティーグ・オリーガンのふたりに割り振り、後者が政治的にも民族的にも社会的にも周囲から盛り立てられ、階級を上昇するようなチャンスをつかもうものなら、前者が根深い嫉妬にかられて徹底的に妨害し、口八丁手八丁でイジメ抜こうと試みていくさまを、抱腹絶倒のタッチで描き出している。これをもって、アメリカン・ユーモアとアメリカン・ブラックユーモアの文学は同時に出発したといっても、決して過言ではない。アメリカにおけるドン・キホーテ人気は、たんにアメリカ奴隷制とも通ずる中世的封建主義の伝統を皮肉るのみならず、そもそも共和制アメリカにおいて小説を読むとはどういうことなのか、それによっていかに現実と虚構を混同しがちな人間が生まれてしまうかを意識したブラッケンリッジやテニーら風刺精神にあふるる文学者たちによって支えられていたのであり、それはまちがいなく同時代読書制度へのアイロニーを含んでいた。

当時のアメリカ国民は高い識字能力を獲得するようになり、教会の説教や権威に裏打ちされた教訓を聞かずとも、自分で読みたいものを選び文学を楽しめるようになっていたが、にもかかわらず一部のメタパースペクティヴを備えた小説は、低級な読み物に耽溺するばかりでは人生にとんでもない支障をきたすということをも、こうした新興読者層一般に重々諭してやまなかったのである。

共和制時代において読み書き能力の向上がめざましいのは、白人だけにとどまらない。この新しい時代においては、前掲〈ニューヨーク・マガジン〉に代表される雑誌群が人民のための知識再分配を促進したことも手伝い、だれもが知識人たりえた。

だから、アフリカ出身の少女フィリス・ホイートリー（一七五四頃―八四年）のように、たまたま一七六一年、七歳ごろにボストンの仕立屋の家へ連れて来られて教育を受けたため、わずか

一二、三歳にして最初の詩「ニューイングランドのケンブリッジ大学へ」("To theUniversity of Cambridge, in New England" 一七六七年)を発表し、アメリカ初の黒人女性詩人となり、アメリカ黒人としては初の英語作品集『多彩な主題の詩集』(一七七三年)を出版した強者もいる。ちなみに、のちの黒人文学形成に力のあった黒人奴隷体験記《スレイヴ・ナラティヴ》も、ブリトン・ハモン一七六〇年の『ある黒人奴隷ブリトン・ハモンの異常な苦難と驚異的な救出』をもって嚆矢《こうし》とする。

第4章　ロマンティシズム

『白鯨』挿絵より

アメリカン・ロマンスの曙

一八世紀末、アメリカ小説史の起源を成す共和制小説が家族の悲劇によって感涙を誘うファミリー・ロマンスだったとするなら、それ以後、一九世紀との転換点を経て、その物語伝統は、アメリカン・インディアンへの恐怖がもたらす広義のゴシック・ロマンスと交錯する。批評家リチャード・チェイスもいうように、アメリカ小説の基本的伝統が必ずしも現実生活に根差したノヴェルではなく、奔放な想像力を活用したロマンスの方にあるとしたら、アメリカ小説はまさに共和制以後、ロマンティシズムの時代を迎えて初めて独自の路線へ踏み出したといえよう。そう、最初のアメリカ小説家はウィリアム・ヒル・ブラウンだったが、最初のアメリカン・ロマンス作家はチャールズ・ブロックデン・ブラウン(一七七一—一八一〇年)にほかならない。

じっさいこのもうひとりのブラウンは、一七九九年の『アーサー・マーヴィン』では、家庭の事情から家出し、悪徳と疫病の都フィラデルフィアにさまよいこんだ主人公アーサーが遭遇する殺人事件や権謀術数を生き生きと描き、つづく同年の『エドガー・ハントリー』でも、主人公エドガーが殺人を犯したとおぼしき夢遊病者と知り合ったばかりに、彼を追ってペンシルヴェニアの荒野へ足を踏み入れ、そこで白人の娘を捕虜にするインディアンたちと大乱戦を演じるという物語を展開している。ふたつの作品は一見異なる設定をもつように映るかもしれないが、しかし敬虔なるアメリカン・ピューリタンたちにとってはかねてより、「インディアンこそ最大の疫病」だったこと、仮にインディアンの集落そのものが疫病で全滅した場合には、それこそ神が白人社会を優先しておられる証拠と解釈されたことを、ここで再確認しておこう。ブラウンという作家の独自性は、そのようにほんらいは白人たちの外敵代表だったインディアンを、むしろ白人社会内部の闇を反映するものとして捉え返した点にある。それはとりもなおさず、イギリスとは異なる条件のもとにアメリカならではのゴシックが、ひいては、アメリカン・ロマンティシズム独自の想像力が展開していく最初のきっかけだった。

インディアンはひとりではない

文学史家フランシス・オットー・マシーセンのロマン派文学論『アメリカン・ルネッサンス』(一九四一年)が発表されてこのかた、アメリカ文学史はロマンティシズムを一九世紀中葉に位置づけてきたが、にもかかわらず昨今では批評家シャーリー・サミュエルズらの研究からもうかがわれるように、ロマンティシズムを共和制末期から南北戦争前夜までの比較的長いスパンで——つまり一九世紀中葉というよりも一九世紀前半から中葉にかけて六〇年あまりの歳月において——読み直す傾向が生まれている。

こうした半世紀以上の期間を設定してロマンティシズムを考え直すことに、どのような意味があるのか。こころみに、たとえば前述のチャールズ・ブロックデン・ブラウンの『エドガー・ハントリー』を念頭に置きつつ、それが採用した捕囚体験記ジャンルがいかに以後の時代ごとに絶妙な脚色を加えられ、あるいは抜本的に変形されてきたかを、再検討してみよう。とりわけ、アメリカン・ロマンス史上重要な役割を果たしたジェイムズ・フェニモア・クーパー（一七八九―一八五一年）の『最後のモヒカン族』（一八二六年）を中心とする皮脚絆《きゃくはん》物語と、リディア・マリア・チャイルド（一八〇二―八〇年）の代表的長篇『ホボモク』（一八二四年）を。

クーパーは一家がそこの大地主であり、のちに野球発生の地となるニューヨーク州クーパーズタウンで幼年時代の大半をすごす。イエール大学中退後は、海軍入隊を夢見て海でのロマンティックな生活を送るも、帰国後にはごくふつうの結婚生活に入り、独立戦争期のニューヨークを舞台に据えた小説『スパイ』で作家デビューしたあとは、主として「皮脚絆物語《レザーストッキング・テールズ》」の名で知られるシリーズ、すなわち皮脚絆をはき白人であるにもかかわらずキリスト教社会に背を向けインディアン社会に親しいナティ・バンポーを主役とした『開拓者たち』（一八二三年）、『最後のモヒカン族』（二六年）、『大草原』（二七年）、『道を拓く者』（四〇年）、『鹿狩人』（四一年）の五部作などによって、たちまち欧米で人気作家となる。一八三八年には、独立宣言に表明された理念をアイロニカルに分析した論考「アメリカの民主主義者」も残している。

さて、そんなクーパーの作品中でも何度か映画化された『最後のモヒカン族』は、イギリスとフランスが北米で覇権闘争を繰り広げたフレンチ・インディアン戦争（一七五五―六三年）を舞台に、ヒューロン族の凶暴なるマグワが白人娘コーラとアリスの姉妹をさらい妻に娶ろうとし、モヒカン族のチンガチグック、アンカス父子が彼女たちを救おうと奔走するも、さいごにはコーラとアンカスがともに命を落とし天国へ旅立つという物語である。ここでいちばん気になるのはやはり、インディアンと白人のあいだを行き来する特異な英雄ナティ・バンポーがホークアイの名で大活躍する点だろう。なるほどモヒカン族はアンカスの死で終わったかもしれないが、インディアンの精神はホークアイという混成主体の内部で、のちにフロンティアズマンと命名されるアメリカならではの新たな野性的人間像の内部で、脈々と受け継がれていくのだ。

同じことは、クーパーと同時代を生きた女性作家リディア・マリア・チャイルドにもあてはまる。彼女はマサチューセッツ州のパン屋の娘として生まれた。父親は兄のカンヴァース・フランシスには多くを注ぎ込みハーヴァード大学へ行かせたが、文学的影響を受ける彼女にはろくな知的教育を施していない。あまりにも文学に耽溺《たんでき》したので、親はそんな彼女を、女らしくするためと称しメイン州の姉夫婦のところへ追い払う。そのことが深い精神的外傷《トラウマ》となり、きわめて本質的なフェミニスト的意識を培うことになった。じじつ彼女は女子教育や児童教育をはじめ、女権獲得運動、奴隷制廃止運動にも心血を注ぐ。『やりくりじょうずの主婦』(一八三〇年)、『母の本』『女の子の本』(三一年)のような作法教育読本《コンダクト・ブックス》のたぐいも少なくない。編集者としても有能だったから、今日、再評価の進む混血黒人女性奴隷ハリエット・ジェイコブズの自伝原稿『ある奴隷娘の人生で起こった事件』(六一年)にいちはやく目を留め、序文を付して出版に手を貸したことでも知られる。

そんなチャイルドの作家デビューとなったのが、ピューリタンが植民してまもない一七世紀前半のマサチューセッツ州セイラムを主たる舞台とした長篇小説『ホボモク』である。主人公のメアリ・コナントはセイラムで病床の母の面倒を見ながら婚約者チャールズを待ち続けるが、ようやく到着した彼は英国国教会流《アングリカン》にふるまったため村から追放されてしまい、そのために彼女は自分に好意を示すインディアン青年ホボモクを受け入れ、森で結婚式を挙げる。しかも両者のあいだには、混血児さえもたらされるのだ。だが、やがて海で遭難したとばかり信じられていたチャールズがニューイングランドに帰還した時、彼女はホボモクと別れ、新たな混成家族を築くことになる。ここではインディアンであるはずのホボモクが白人的に描かれ、息子もまた白人エリートとしての教育を受けるうちにインディアンらしさを失っていく。クーパーが白人なのにインディアンに近いナティ・バンポー(ホークアイ)を描いた一方、チャイルドはインディアンなのに白人を彷彿とさせるホボモクおよびリトル・ホボモクを描く。だが、両者のめざすところは、一八一〇年代以来、テネシー州の軍事的天才アンドルー・ジャクソンの活躍によってインディアン掃討と黒人奴隷制拡大が増長していく時代に、白人でもなければインディアンでもない混成主体の可能性を占うことではなかったか。

さらに年月がたち、アメリカ文学におけるインディアン像はまた一変する。かのナサニエル・ホーソーンのボードン大学同窓生でありハーヴァード大学教授、ギリシャ・ラテン語にも通じてダンテの『神曲』の英訳もこなす、いわばロマンティシズム時代における文壇の帝王にしてボストン知識人《ブラーマン》(Boston Brahmins)の中心的な存在だった人物にヘンリー・ワズワース・ロングフェロー（一八〇七―一八八二年）が、その仕掛人だ。彼は、一八五五年にインディアンの民間伝承から着想し、フィンランドの叙事詩『カレワラ』から韻律を借りてアメリカならではの独自の叙事詩を計画、それを『ハイアワサの歌』として発表したのである。ロングフェローはもともとギリシャ神話を題材にした『ハイペリオン』（一八三九年）やアメリカ独立戦争を主題にした『ポール・リヴィアの駿馬』（一八六一年）など、国内外の素材を自在に料理した叙事詩を得意としていたため、『ハイアワサの歌』においてもヘンリー・ロウ・スクールクラフトによるインディアン研究の著作を参考にし、主人公の性格造型はオジブワ族、その名はイロコイ族から採用して組み合わせた。オジブワ族には半神半人として人間たちに生活の方法を教えながらもどこか間の抜けたいたずら者《トリックスター》マナボジョウなる文化英雄がおり、イロコイ族にも人間世界の混乱を鎮圧すべく天の支配者タレンヤワゴンが地上に降りて人間のすがたとなりハイアワサの名でオノンダガ族の娘と結婚する文化英雄がいる。かくしてロングフェローは両者を融合して、オジブワ族とダコタ族が手を結ぶ物語を仕立て上げた。作中、ハイアワサはこのように求婚する。「ながい年月の争いのあと、長年の不和と流血のあと、オジブワ族とダコタ族は平和な仲になっています。いつまでも平和であるように、もっと固く手を握るように、もっと心が結ばれるように、この娘さんを妻にください。ミネハハ、『笑う水』を、ダコタ随一の可愛らしい娘を！」（第十の歌「ハイアワサの求愛」）

ロングフェローらしい道徳意識にみちた叙事詩だが、しかしこの作品は出版後、二年間のうちに五万部が売れるという驚くべき売れ行きを示し、同時代作家・批評家たちからも高い評価を受けたばかりか、のちにフランス象徴派詩人シャルル・ボードレールがフランス語訳を試み、これはロベルト・ステペルの手で一八六〇年にミュージカル化されたし、チェコの作曲家ドヴォルザークがこの叙事詩に啓発されて交響曲『新世界より』を書き上げ、一八九三年に初演したほどだ。

むろん、この作品に先立ち、一八三五年にはアンドルー・ジャクソン大統領がインディアン諸部族をすべてミシシッピ川以西へ強制移住させるべく宣言しており、じじつそれから一〇年経った一八四五年には、ミシシッピ以東からはインディアンはひとりのこらず一掃された。だからこそロングフェローにとって、インディアンはすでに「恐れるべき者」ではなく「愛すべき者」と化したのかもしれない。だが、ここでいちばん注目すべきは、少なくとも世紀転換期、ブラウンの『エドガー・ハントリー』の時点では昔ながらのインディアン恐怖をふまえたうえで捕囚体験記の枠組みが採用されていたものの、やがてクーパーやチャイルドらの混成主体を経由した南北戦争前夜、ロングフェローの『ハイアワサの歌』の時点では、むしろインディアンへ好感を示し、彼らの部族を超えた交流の中にアメリカ国家そのものの進むべき道すら幻視されて、いわば雑婚体験記ともいうべき新たな枠組みが積極的に肯定されていることである。

統一者ハイアワサに救世主キリストを重ね合わせる手法に、インディアンのキリスト教化、ひいては明白なる白人のインディアン文化侵略を見て批判する向きもあるが、しかしこのことはまったく同時に、白人が異民族とのあいだに混成文化を形成していくことへの展望を物語ってやまない。

ペイル・フェイス、レッド・スキン

こうした視点をふまえて、たとえばアメリカ最初の職業作家ワシントン・アーヴィング（一七八三―一八五九年）を読み直してみたらどうなるだろうか。通常の文学史ではたえずニューヨーク派作家すなわち「ニッカーボッカー」であるアーヴィングと「皮脚絆物語」のクーパーとが並べられ、片や二〇代前半の若き日にはグランドツアーすなわちヨーロッパへの大名旅行（それはいわゆる留学の原型である）まで経験した「お坊ちゃま」、片や裕福な家に生まれながらもいちどは海へ出て武者修行しようとした「夢見る男」というコントラストで語られるものだが、じっさいにはアーヴィングも西部への夢を見たし、クーパーはけっきょく名門の跡継ぎとしての義務を全うしたのだから、人の将来とは誰にもわからない。

そんなアーヴィングの主要短篇集『スケッチブック』（一八一九―二〇年）といえば、アメリカ版浦島太郎というべき「リップ・ヴァン・ウィンクル」が中学英語教科書にも採用されているのであまりにも著名だと思うが、ここではそれと並ぶ短篇「スリーピーホローの伝説」（一八二〇年）を取りあげる。主人公はコネティカット出身の教師イカバッド・クレーン、彼が迷信渦巻くニューヨーク州タリータウンへ赴き、じっさいに民間伝承の首なし騎士に出会って行方不明になるという、いかにも本当のような嘘がまことしやかに語られる。だが、着目したいのは、恋愛沙汰をはさんでイカバッドを打ち負かす敵役ブロム・ボーンズの役割だ。イカバッドが北部の伊達男ヤンキー（その語源はアメリカ・インディアン語におけるEnglishの訛りJengeesだという）を代表する一方、ボーンズには西部開拓者的にしてインディアン的な豪快男フロンティアズマンが理念化されている。しかも、後者の勝利を描いたことで、作者はアメリカの将来をヤンキー（白人インテリ《ペイル・フェイス》）よりはフロンティアズマン（野性的な赤い肌《レッド・スキン》）に、すなわちインディアン的活力をも取り込んだ新しいアメリカン・ヒーローに賭けたのではあるまいか。一九世紀前半より西部開拓に尽力したフロンティアズマンたちがこぞって法螺話《トールテール》（tall tale）なる壮大な嘘に打ち興じたことと、時期同じくしてアメリカ拡張主義政策というロマンが勃興したことは、決して無縁ではない。

アメリカン・ルネッサンス

あらゆる革新的な概念は、それが提唱されてから定着するまでに半世紀以上の期間を要するものだ。たとえば一七七六年、トマス・ジェファソンは「独立宣言」を執筆してアメリカのイギリスからの国家的独立を訴えたが、それはようやく半世紀以上が経った一九世紀中葉に文化的独立のかたちで結実を見る。たとえば自然の中で自ら「一個の透明な眼球」となり神との合一を夢見る超絶主義哲学者ラルフ・ウォルドー・エマソン（一八〇三―八二年）が神よりも人間の主体を選び取る「自己信頼」（一八四一年）を書き、エマソンの弟子で文字どおり一八四五年から四七年の二年間、ウォールデン湖のほとりに小屋を建て孤独な隠遁生活を送ったヘンリー・デイヴィッド・ソロー(一八一七―六二年)が奴隷制とメキシコとの戦争に反対して「市民的不服従」(一八四九年)を発表したのは、まぎれもなく独立宣言の思想が浸透し再構築された証だろう。ジェファソン国家的独立観の背後にはイギリス人理神論者ジョゼフ・プリーストリーが三位一体を否定する人間主義的神学ユニテリアニズムの影響が如実だが、エマソンたちの文化的独立観の背後にはドイツ系啓蒙哲学者イマニュエル・カントの先験哲学をふまえつつユニテリアニズムをも克服しようとする身振りがあった。それはいうまでもなく、共和制という芽が、ロマン主義を待って大きく開花していく歩みだった。

かくして一九世紀中葉のボストンには、一方には当時の北部文壇の帝王ロングフェローや作家オリヴァー・ウェンデル・ホームズ、歴史家ジョージ・バンクロフトらを中心に、至って保守的な「お上品な伝統《ジェンティール・トラディション》」を担い「土曜《サタデイ》クラブ」を構成し機関誌〈アトランティック・マンスリー〉を発行するボストン知識人《ブラーマンズ》の一派が存在したものの、もう一方にはエマソンから教育者エイモス・オルコット、それに原型的フェミニストのひとりマーガレット・フラーに及ぶ急進的な超絶主義者《トランセンデンタリスト》の一群が勢力を成し、「超絶《トランセンデンタル》クラブ」を主宰するとともに雑誌〈ダイアル〉*Dial*を刊行、しかも社会改革運動の一環として実験的共同体ブルック・ファームまで運営していく。

このような超絶主義思想が、一九世紀中葉におけるアメリカ文学の一大収穫期を用意したのは、疑いえない。一九四一年、前述したハーヴァード大学教授マシーセンは、自らの弟子であったハリー・レヴィンからヒントを得て、この時代を呼ぶのに「アメリカン・ルネッサンス」"American Renaissance"なる新造語を編み出し、それはのちにアメリカ文学史上に定着することになった。マシーセンはその語を冠した著書『アメリカン・ルネッサンス——エマソンとホイットマンの時代における芸術と表現』(オックスフォード大学出版局、一九四一年)の序文において、これがアメリカ史上先行する何らかの価値体系の「復興《リバース》」を指すものではなく、むしろアメリカが最初の成熟期を迎え、芸術・文化全域にわたって自らの伝統を確認しえた時代、その結果あたかもヨーロッパ・ルネッサンス期の華やかさにも似て、アメリカ独自の文学が明るく花開いた「黄金時代」を表すことを明言する。かくして彼は、アメリカン・ルネッサンスの期間をあえて厳密に一八五〇—五五年の傑作輩出期に絞った。なるほど、この期間発表された主なものをたんに並べてみただけでも、たとえばエマソンの『代表的人間』(一八五〇年)からナサニエル・ホーソーンの『緋文字』(五〇年)や『七破風の屋敷』(五一年)、ハーマン・メルヴィルの『白鯨』(五一年)に『ピエール』(五二年)、ソローの『ウォールデン——森の生活』(五四年)、およびウォルト・ホイットマンの『草の葉』(五五年)まで、真の意味で「花開くニューイングランド」(ヴァン゠ウィック・ブルックス)の様相を呈している。

以後、数多くの批評家がこの有用なる概念「アメリカン・ルネッサンス」に肯定的にせよ否定的にせよさらなる改良を加え、この容枠を相当にゆるめていく。まずその期間について、論者によってはエマソンが牧師を辞任する一八三二年前後から南北戦争前後にあたる六〇年前後までのおよそ三〇年間を指すようになった。加えてそこに収められるべき作家について、いささかの再検討がなされ、たとえば民主主義的男性作家を優先するマシーセンが排除した南部貴族主義作家エドガー・アラン・ポウや北部女性詩人エミリ・ディキンソンが積極的に仲間入りさせられることになった。その結果、この期間はむしろイギリス・ロマン主義時代に対応するアメリカ・ロマン主義時代として、しかもヨーロッパにおける過去の文学的伝統を積極的に攻略し、アメリカ文学ならではの独立と独創が希求された時代として、記憶にとどめられる運びとなったのである。

たとえばエマソンはエッセイ「アメリカの学者」(一八三七年)などで新大陸独自の文化の必要を説きアメリカ的英雄理念にもふれたが、のちの『代表的人間』(五〇年)をトマス・カーライルの『英雄と英雄崇拝』(一八四一年)に触発されつつ執筆したさいには、ヨーロッパの「代表的人間」たちすなわちプラトン、スウェーデンボルグ、モンテーニュ、シェイクスピア、ナポレオン、及びゲーテの六名を扱いながら、彼らをアメリカ的文脈から巧妙に攻略し再構築し、著者自身は自らを懐疑家モンテーニュに自己同一化してみせた。エマソン的代表的人間像がのちにニーチェの超人思想を導き、ひいてはヒトラー的ナチズムをもたらすという、ごくごく単純な思想史的還元はよく指摘されるところだが、しかし少なくともアメリカン・ルネッサンスにおいては、新国家独自の文化を創出するためにこそ新たなる代表的人格が要請されたのだという一点を、忘れるわけにはいかない。

ヤング・アメリカの文学的独立

アメリカン・ルネッサンスは文学的にはロマン主義運動、思想的には超絶主義運動、そして政治的にはヤング・アメリカ運動の勃興期であった。ここにおいても、ジェファソン的民主主義を再利用しつつ伝統を攻略しようとする傾向が顕著であり、それはこの運動の機関誌〈デモクラティック・レヴュー〉*Democratic Review* に集う主要メンバー、すなわちエヴァート・ダイキンクやウィリアム・ジョーンズ、パーク・ゴドウィンらの活動、とりわけ一八四五年にのちにフロンティア開拓の原動力となる「明白なる使命《マニフェスト・デスティニー》」(Manifest Destiny) なる概念を広く知らしめることでも著名なジョン・オサリヴァンのヴィジョンによって確固たるものとなった。ヤング・アメリカ (Young America) は、単語としてはメンバーのひとりコーネリアス・マシューズによって着想され、スローガンとしては一八四〇年代、領土拡張の気運を盛りあげる意味で叫ばれはじめ、メルヴィルやホイットマンもその一員となり、最終的には一八四八年、民主党内部の運動としてアメリカ的理念・制度・影響力を浸透させるべく目論まれた歴史的装置である。カナダ併合を手初めに、この運動はアイルランドやシシリーの征服をもややヒステリックに謳った。

グローバルな世界戦略という見地に立つなら、『白鯨』の出版された一八五一年というのは、アメリカが「明白なる使命」のもとに領土拡張の膨脹気分を西漸運動に結実させ、西海岸の果てにハワイを、さらには捕鯨基地としての日本さえも射程に収めていた時期であり、まさにそのために我が国は五三年に開国を迫られる。もっとも、アメリカ内政上ではこれは、五〇年の政治的妥協があったにもかかわらず、いやまさにそれゆえに奴隷制是か非かをめぐる南北の対立がますますエスカレートした危機的な時期でもあった。

ここで強調したいのは、こうした超絶主義運動やヤング・アメリカ運動に代表されるアメリカ文学独立への気運が、多かれ少なかれアメリカン・ルネッサンスの文学全般に影を落としていた事実である。

たとえば、マシーセンからは南部貴族主義者ゆえに除外され、げんに超絶主義者にもボストン知識人にも敵意をむき出しにしていたエドガー・アラン・ポウ（一八〇九―四九年）にしても、アメリカ文学独立への使命感においては、誰にもひけをとらない。彼は、亡き恋人を悼む名詩「大鴉」（一八四五年）や、それを成立させた科学的創作法を明かす「構成の原理」（四六年）、美女再生譚の傑作短篇「アッシャー家の崩壊」（三九年）、ホラー小説の名作「黒猫」（四三年）などで広い人気を誇るが、しかし特筆すべきは、彼が推理小説ジャンルを出発させた「モルグ街の殺人」（一八四一年）の著者として、今日何よりも「推理小説の父」と呼ばれていることだろう。じっさい、以後の彼は同作品の名探偵オーギュスト・デュパンを主役に、「マリー・ロジェの謎」（四二年）、「盗まれた手紙」（四五年）と続く三部作を書く。ただし、その推理小説にしてからがポウ本人の言葉を借りれば「(多様なジャンルから成る)書物全体の一部分」(part of a whole)にすぎない。ポウという作家はまごうことなく「推理小説の父」ではあったが、決して「推理小説家」すなわち推理小説ジャンルの専門家ではありえず、むしろ技巧派の作家として、アメリカ文学の独立を望む批評家として、さらに〈サザン・リテラリー・メッセンジャー〉*Southern Literary Messenger*誌ほかの敏腕編集者として、誰よりも「ジャンルそのものの専門家」たらんとした人物であった。彼唯一の中篇『ナンタケット島出身のアーサー・ゴードン・ピムの体験記』(一八三八年)にしても、夢想癖の強い少年ピムが親友オーガスタスと海への冒険に乗り出し、その過程で船上の反乱や人肉嗜食、未開人の謀略、南氷洋の彼方の空洞地球突入などさまざまな危機をかいくぐる物語だが、ここで読者は法螺話《ホークス》、旅行記《トラヴェローグ》、心理小説《サイコロジカル・ノヴェル》、象徴主義《シンボリズム》文学、さらに科学小説《サイエンス・フィクション》までじつに多様な文学サブジャンル群に出会う。『ピム』もまた、あらゆるジャンルをふまえつつ未踏のジャンルをめざす、アメリカ独立精神および開拓者精神の産物なのである。

他方、その第一短篇集『トワイス・トールド・テールズ』(一八三七年)をめぐってポウがアメリカ独自の短篇小説理論を編み出すことになるナサニエル・ホーソーン(一八〇四―六四年)は、一七世紀末のセイラムの魔女狩りに加担した家系に生まれ、濃厚な「歴史意識」をもつアメリカ国民作家である。彼の作品はたえずピューリタニズムの倫理観に彩られ、現実と空想の中間領域で展開する。それはたとえば、ホーソーンが一六九二年のセイラムの魔女狩りをモチーフのひとつとして完成した傑作短篇「ヤング・グッドマン・ブラウン」(一八三五年)に明らかだ。邪悪な目的のためにセイラムの森へ入った主人公が、町では立派な人格と見なされてきた人々が秘める驚くべき悪に触れ、最愛の妻フェイスとともに信仰心《フェイス》のゆらぎに悩むという、ソロモン・ストダート流半途契約《ハーフウェイ・コヴェナント》(halfway covenant)の限界をつく思索の結晶。ここには、コットン・マザー以来アメリカン・インディアンを文字どおり荒野の悪魔(蛇)と見たててしまう差別的言語効果《スピーチアクト》ばかりか、ピューリタン学者マイケル・コラカチオもいうとおり、セイラムの魔女狩りの折に魔女を大量再発明した「生霊目撃《スペクトラル・エヴィデンス》」(spectral evidence)の言説、すなわち他人を魔女として誹謗中傷するさいに、仮に当人にはアリバイがあったとしても、第三者が「あの人の生霊が悪を働くのを見た」と断定してしまえば誰でも暴言によって簡単に魔女が造れるという、あのおぞましき催眠的言語効果《レトリック》が満ちあふれている。日常においては敬虔そのものを代表する老婦人グッディ・クロイスや牧師やグーキン執事までが森の中の異教的集会に出席しようとしているのを幻視するブラウンは、明らかに、セイラムの魔女狩りでセアラ・グッドやティテュバが生身の肉体を離れた生霊の姿で危害を加えたと証言するアビゲイル・ウィリアムズやアン・パットナムら狡猾なる娘たちの視点に立つ。

啓蒙主義における「光の時代」を経てもなお、呪われた歴史意識に残存する「闇の威力」。こうした強迫観念に駆られるように、ホーソーンはのちに代表作となる四大ロマンスを書き継ぐ。『緋文字』(一八五〇年)では一六四〇年代のニューイングランドを舞台に、冷徹なる医師ロジャー・

チリングワースの妻ヘスター・プリンと謹厳なる牧師アーサー・ディムズデイルとの不倫の顚末を扱い、『七破風の屋敷』(一八五一年)ではかつてマシュー・モールの持ち物だったこの屋敷が一七世紀末、ピンチョン大佐の根深い嫉妬とあくどい謀略によって略奪され、そのため子孫代々にモールの呪いがかけられていくという設定を施し、『ブライズデイル・ロマンス』(五二年)では、三流詩人マイルス・カヴァーデイルをはじめとする人々が近代都市ボストンを捨て、田園における実験共同体ブライズデイル農場にひとつのユートピアを建設しようとするも挫折してしまうという展開のうちに、超絶主義者たちによる理想主義的農場ブルックファームへの風刺を刷り込み、『大理石の牧羊神』(六〇年)では、初めてアメリカ以外、すなわちイタリアを舞台に定めつつ、プラクシテレスの牧羊神に酷似した不思議な男ドナテロが暗い過去をもつ女性画家ミリアムを助けようと引き起こすひとつの殺人事件をきっかけに、のちのヘンリー・ジェイムズへ受け継がれる国際テーマを開拓する。

このうち、ホーソーン家と関わりの深いセイラムの魔女狩りを最も濃厚に反映しているのは『七破風の屋敷』であり、二〇世紀におけるポストモダン作家トマス・ピンチョンの先祖の家系を中心に据えているのが興味深い。一見したところ同様な異端審問を反映しているかに見える『緋文字』は、たしかに反律法主義者アン・ハチンソンをモデルのひとりとしながらも、けっきょくはヘスターの胸に縫い付けられた緋色の文字「A」に象徴される姦通adulteryという話題を超えて、それこそジェファソンの「独立」からエマソンの「自己信頼」、ソローの「市民的不服従」へ至る系譜と連動するアメリカ的主体形成の可能性を力強く物語る。この「A」がアメリカAmericaそのものの行方を預言するゆえんである。

一八五〇年の妥協

あらゆる歴史ロマンスの例に漏れず、ナサニエル・ホーソーンが一六四〇年代のニューイングランドを舞台にした『緋文字』もまた、それが書かれた一八五〇年という現在における激動のアメリカ像を大なり小なり反映していることについては、すでに批評家サクヴァン・バーコヴィッチらの証言するところである。ホーソーン本人は『七破風の屋敷』序文で現実に即した「ノヴェル」と想像力の介入する「ロマンス」を明確に分け、自らのジャンルとして後者を選び取っているが、しかしだからといって、ほかならぬその想像力が作者の生きた同時代イデオロギーを反映していないということにはならない。

もちろん先に述べたように、当時のアメリカが明白なる運命やゴールドラッシュへの衝動に駆られる領土拡張主義政策の渦中にあったことは疑いなく、だからこそヤング・アメリカ運動のシンパであった詩人ウォルト・ホイットマン（一八一九―九二年）も代表詩集『草の葉』の代表作「ぼく自身の歌」で自らを「男ばかりか女の詩人」「一つの宇宙、マンハッタンの息子」「ぼくのつとめは拡大し応用すること」と歌うばかりか、まさにこの詩集テクストを一八五五年から九二年までたえず加筆改稿しては膨脹させ続けたのだ。がさつ《ヴァルガー》にして猥褻《わいせつ》、にもかかわらず革新的なヴィジョンを提示したこの文化破壊者《ヴァンダリスト》かつ政治的膨張主義者が両性具有的にして同性愛的でもあったことを考えるなら、彼の理想とするアメリカとはいっさいのタブーを解き放つもうひとつの時空間、彼自身が「カラマス」の中で夢見る「難攻不落の都市」(invincible city)にほかなるまい。だが、一九世紀中葉のアメリカが、そのような楽観主義を必ずしも手放しで歓迎できない苦境を迎えていたのもまた、事実なのである。

一八三一年の黒人奴隷ナット・ターナーの反乱をはじめ、三七年の経済大恐慌に付随する暴動の頻発、四八年のセネカ・フォールズにおける初の婦人参政権会議の開催、それに何よりも、ウィスコンシンやカリフォルニアが自由州として加入したことにより奴隷制を一部緩和しつつも逃亡奴隷法による取締強化を導入するという「一八五〇年の妥協」の実現が、同時代作家たちにもどこかすっきり割り切れぬ曖昧な気分をもたらす。しかも、一八四〇年代初頭にはピューリタン的倫理を死守するワシントニアン禁酒運動が活発になり、これはポウやウォルト・ホイットマンらに影響を与えるも、四五年には、その代表格ともいうべき禁酒講演者ジョン・バーソロミュー・ゴフが、ニューヨークのとある売春宿で酔っ払っていたのが発覚した。それと前後して、四四年にはニューヨークのアングリカン教会の司教ベンジャミン・オンダードンクが人妻数名を誘惑したかどで解雇されたばかりか、翌年にはその性的交渉の過程を赤裸々に綴った裁判記録がパンフレット仕様で出版され、広い読者の関心を集めている。ポピュリスト作家ジョージ・リッパード(一八二二―五四年)はそうした聖職者の退廃を暴露すべく、フィラデルフィアの歓楽の殿堂モンク・ホールの内部にみちあふれるエロスとヴァイオレンスを中心にしたゴシック・ロマンス『クエーカー・シティ』（一八四五年）を構想し、同書は一年間でしめて六万部が売れ、以後も四九年までには二七版を重ねるベストセラーとなった。一八四〇年代のアメリカに実在した不埒なる道徳家や牧師が当時のキリスト教信仰へ衝撃を与え、リッパードを経てホーソーンの『緋文字』を触発した可能性は、決して小さくない。

ここで肝心なのは、一八五〇年の政治的妥協とキリスト教懐疑が切っても切り離せないこと、だからこそアメリカン・ルネッサンスの作家たちがピューリタニズム批判としての超絶主義に共鳴し、美学的曖昧性を強調するレトリックを共有するに至ったことである。

白鯨は美白ではない

その好例が、ホーソーンの弟子格であった作家ハーマン・メルヴィル（一八一九―九一年）である。ろくな教育も受けず二〇歳で船員となり、海を「我がハーヴァード、我がイエール」と呼び、二五歳で書き出してからはひたすらに自分の文学を追求して採算を顧みず、生前は売り上げの点でも評価の点でもほとんど恵まれなかった作家だが、没後、二〇世紀に入るとイギリス文学史に拮抗しうるアメリカ文学史の構築が要請されるようになったため、一九二〇年代の再評価を契機に、一躍アメリカ文学史上、いやドストエフスキーやワイルドとも並ぶ世界文学史上の大作家として確固たる名声を築き上げた。かつてメルヴィルはホーソーンを「アメリカのシェイクスピア」と見なしたが、今日では弟子が師匠を凌駕する。

じっさい彼の執筆歴は、初期こそ『タイピー』（一八四六年）や『オムー』（四七年）のような純然たる海洋冒険小説が少なくないものの、一六世紀フランスの哲学者モンテーニュの懐疑主義的影響が『マーディ』（四九年）あたりから散見されるようになり、『白いジャケット』（五〇年）におけるシンボリズムが『白鯨』（五一年）で大きく花開く。

『白鯨』の物語は、その粗筋だけとれば、かつて自らの片足を食いちぎった白鯨への復讐心に燃える捕鯨船ピークォド号船長エイハブが、語り手のイシュメールやクイークェグをはじめとする多民族的乗員たちのすべてを巻き込むという単純明快なものだが、しかし他方、捕鯨を軸にしたグローバルな世界戦略という視点に立てば、本書は当時、領土拡張の膨脹気分に燃えるアメリカが西漸運動を促進し、西海岸の果てにハワイを、さらには捕鯨基地としての日本さえも射程に収め、げんに五三年、我が国に開国を迫るという壮大なプロジェクトが浮かび上がる。何しろメルヴィル自身がペリーとともに黒船の乗員になろうと考えたほどなのだから。

ホーソーンの『緋文字』は一八五〇年の妥協という曖昧なる内政下、ほんらい「姦通」adulteryを意味するAの寓喩《アレゴリー》を「能力」ableや「天使」angelをも意味するように徐々に曖昧化し象徴化していったが、他方、同書に感銘を受けたメルヴィルは同じ内政をふまえつつも、まったく同時に多文化的にしてグローバルな地政学をも意識していたため、最初から『白鯨』における「白さ」をいかなる意義にも容易には還元しえない多義的な象徴として設定した。美白ばやりの二〇世紀末日本ではいささか理解しにくいかもしれないが、同書第四二章「鯨の白さについて」“The Whiteness of the Whale”は、白鯨の白さが高貴や歓喜を呼び起こす限りなく神々しい色であるとともに、邪悪や恐怖を感じさせる禍々《まがまが》しい色であること、しかも最後の白鯨との死闘のあとイシュメールだけが生き残るのを予示するかのように、それが「白色人種の優位性」をも意味することに蘊蓄《うんちく》を傾け、あらかじめ白に関する多彩なる意義が並存するよう仕組まれている。超絶主義時代において白鯨という象徴《シンボル》が象徴たりえるのは、それが神と悪魔、信仰と懐疑といった矛盾律を一気に飲み込んでしまうからだ。そう、あたかもエマソンが「自己信頼」において述べた「馬鹿げた論理的不整合など小市民のたわごとにすぎない」という見解に忠実に従うように。かくしてマシーセンも指摘するとおり、エマソン的超絶主義を吸収したメルヴィルは、エイハブ船長の中に、神が人間のすがたを採る受肉《インカーネーション》(incarnation)ではなく、人間が自ら神と化す神格化《ディーフィケーション》(deification)を実現する。

以後のメルヴィルは、『ピエール』(一八五二年)や『詐欺師』(五七年)を経て『ビリー・バッド』(九一年)に至るまで、キリスト教への信仰と科学主義的な懐疑、キリストと反キリストの矛盾に悩み、まさしくその矛盾自体を、一八五〇年の政治的妥協を経て多文化社会へ変貌せんとしていたアメリカの本質に見定めた。

とりわけ注目しなくてはならないのは、『白鯨』はもちろんのこと、メルヴィル文学全般への自注ともなり、ユダヤ・キリスト教の問題を正面から扱う長詩『クラレル』(一八七六年)であろう。たとえば、『白鯨』の捕鯨船ピークォド号船長はエイハブと呼ばれるが、『クラレル』第三部「マール・サーバ」には「ここはアハブ（エイハブのヘブライ語読み）の宮廷で、向こうにいるのはティシュベ人だ」という一節があり、これはむろん、紀元前八六九年、イスラエル北王国の王となり偶像バアルの神殿を建立して自らも礼拝を重ね「先行するどの王よりもイスラエルの主なる神を怒らせた」とさえいわれた邪悪なる王「アハブ」Ahabをさす。神はこうしたユダヤ人の極悪非道を罰するのに、バビロン幽囚なる運命を与えた。同じことは一八四八年の段階で、まさしく黒人奴隷制を肯定することによってのみ保証されていた白人の自由にもあてはまる。『クラレル』のアハブ王を一瞥して読み返すならば、批評家マイクル・ロージンもいうように、『白鯨』のエイハブ船長（Captain Ahab）もまた、たんにキリスト教を批判し自ら神にならんとする超絶主義者にとどまらず、奴隷制廃止の声かまびすしい当時にあってなお、ピークォド号乗組員全員を自らの個人的私怨のために捕囚し奴隷化した「主人」のようにも映るのだから。信仰と懐疑が渦巻き一八五〇年の妥協へと一気に雪崩《なだ》れ込む一九世紀前半のアメリカ。『クラレル』にしても、そんな時代のパレスチナ巡礼観光ブームに乗ったメルヴィルが、一八五七年、聖地巡礼に赴いたのが執筆のきっかけだった。彼は幼少期から中東には興味を抱いており、『白いジャケット』では「われらアメリカ人は特殊なる選民、現代のイスラエル人」と、今日であればフランス脱構築哲学者ジャック・デリダ呼ぶところのユダヤ・プロテスタンティズムの思想をあらわにしている。とはいえ、病と窮乏によって内面的危機を迎えていた彼にはせっかくの聖地も荒地にしか映らず、信仰心を挫く絶望のために帰国後十年あまり筆を絶つ――逆にいえば、聖地で獲得した洞察をこの長詩へ再構成するのに十年あまりの歳月を要する運びとなった。

白の女たち

さて、この時代、メルヴィルに匹敵するほどに白のシンボリズムに拘泥し、一八六〇年代初頭以後はたえず純白のドレスを着てマサチューセッツ州アマーストの自宅から出ることすらほとんどなかったのが、女性詩人エミリ・ディキンソン(一八三〇―一八八六年)である。隠遁中の外部との交流は、ユニテリアン牧師で彼女の師匠たるトマス・ヒギンスンのみ。フェミニスト批評家サンドラ・ギルバートとスーザン・グーバーの名著『屋根裏の狂女』によれば、白は何よりもまず「ヴィクトリア朝における純粋無垢なる女性像の理想」であり、これは女性の公民権すら定まっていなかった当時、いわゆる女性崇拝のかたちで女性蔑視を継続し、女性から発言権を奪い続けようとする家父長制社会の謀略だった。だが、おそらくそうした社会的構図に敏感に反応したであろうディキンソンは、たとえば以下のように歌う――「『白熱の魂』a Soul at the White Heatを見る勇気がある人は/中へ入って腰を据えてごらんなさい」(ジョンソン版全集三六五番)。

もちろんディキンソンも当時の超絶主義思潮の内部にいたから、たとえばエマソンがエッセイ「円」"Circles"（一八四七年）において「人生は自己進化する円だ」といい、円によって世界全体を説明し直そうとする理論に影響を受けていたのはまちがいないが、にもかかわらず彼女の場合、エマソンすらもパロディ化するかのように、自身の戦略を円とは似て非なる「周縁」circumferenceを中心に練り上げる。たとえば、四六五番。

わたしが死んだ時　蠅の羽音がした
部屋の静けさは
台風の目の中での
大気の静まりに似ていた
（中略）
わたしは　形見を遺贈し
譲渡可能なわたしの部分に
署名した　すると
蠅が
青く　不確かでつかるような羽音とともに
光とわたしとの間に　介入してきた

I heard a Fly buzz—when I died—
The Stillness in the Room
Was like the Stillness in the Air
Between the heaves of Storm

I willed my keepsakes—Signed away
What portion of me be
Assignable—and then it was
There interposed a Fly

With blue—uncertain stumbling buzz
Between the light—and me—

すると窓がぼやけ　それから
見るために　見えなくなった

And then the Windows failed-and then
I could not see to see

第一スタンザ第一行でいきなり「わたしが死んだ時」と来るのは、たとえば七一二番の「わたしが死を迎えに出向くわけにはいかなかった／だから死が親切にも立ち寄ってくれたのだ」とも関連して、たえず女性詩人が現実社会で周縁に追いやられ「生き埋め」の状態にあることを強調するディキンスン一流のゴシック・ロマンスである。だが、まったく同時に注目したいのは、ここで聞こえる蠅の羽音が最後のスタンザでは「青い」と色彩によって形容されていることだ。ほんらい聴覚によって感知すべきものが視覚によって翻訳されたり、視覚を嗅覚で再表現したりする知覚上の混乱を「共感覚」(synaesthesia)という。

さらに彼女には一人称単数とも一人称複数ともつかない“Ourself”のような奇怪なる文法破格が頻出する。ディキンスンという詩人は、自らの周縁性を意識するあまりに、そしておそらくは自ら右目が外斜視であったという肉体的条件も手伝い、知覚においても言語においてもあえて表現を歪め、それによってごく自然に現実をズラしていたのではあるまいか。だからこそ、彼女は以下の一一二九番において、周縁そのものを自己の詩学に組み込む。「真実はすべて語れだが斜めに語れ／成功は迂回作戦にある」“Tell all the truth but tell it slant / Success in Circuit lies.”ここで「迂回」を示す“Circuit”が「周縁」“circumference”の同義語であるのに注意しよう。そこにこそ超絶主義の時代に信仰と懐疑、男性社会と女性文化の両極を往復せざるをえなかった詩人最大の戦略が潜む。

第5章　ダーウィニズム

『ハックルベリー・フィンの冒険』挿絵より

ダーウィン以前

一九世紀中葉アメリカン・ルネッサンスは長くロマン主義文学時代として親しまれてきたが、しかし今日では、まったく同じこの時代の中にもうひとつのアメリカン・ルネッサンス、すなわち南北戦争以前の時代antebellum《アンテベラム》における社会史的文脈を再発見する傾向が強い（南北戦争以後の時代はポストベラムpostbellumという）。アンテベラムの枠組みは、旧来のロマン主義文学観からは抜け落ちていた人種・性差・階級の諸問題を積極的に再検討する。そこで明らかになるのは、かつてマシーセンがアメリカン・ルネッサンスの名で特権化した作家たちというのが、けっきょく白人で男性で北部の知識階級でしかなかったという限界だろう。白人の女性はおろか、北部以外に暮らし、黒人奴隷であったかもしれない人々が文学作品の名に値するテクストを残しているという事実そのものが、長いこと文学史の死角へ追いやられていた。そこには、生物学者チャールズ・ダーウィン登場以前の段階における進化論的発想がいかに黒人奴隷制を束縛し正当化していたかという、大きな問題が横たわる。

一八世紀から一九世紀前半にかけて、黒人（奴隷）はいわゆる「人類」よりもむしろ「霊長類」全般の枠組みにおける「存在の大いなる連鎖」の中に位置づけられていた。アフリカ生まれの黒人はヨーロッパ人種すなわち「人間」よりは低次の存在として、しかしオランウータンすなわち「猿」よりは高次あるいはオランウータンと同格の存在として定位されてきたのだ。その背後には、黒人とオランウータンの間に「失われた環《ミッシング・リンク》」があり、それを結ぶべき密接な関連の中には、両者の雑婚もあったはずだとする前提がひそむ。このような言説はエドワード・ロングの『ジャマイカ史』(一七七四年)を経て、ダーウィン以後の一九世紀後半、人類学者エドワード・B・タイラーの示す社会進化論の中へ継承される。それは、キリスト教的な神が創造したとする「存在の大いなる連鎖」をダーウィン的文脈における「存在の大いなる連鎖」へ巧妙に塗り替えていくプロセスにほかならない。

だからこそ、アンテベラムの暗部において輝かしい業績を残した天才見世物興行師P・T・バーナムは、一八三五年、ジョージ・ワシントン大統領の乳母をつとめた一六一歳の黒人女性というふれこみでジョイス・ヘスを人々の前に連れ出しているし、一八五九年、まさしくダーウィンの『種の起原』の出版から三ヵ月後の時点では、すでに四〇年代からフリーク演技で有名だったニューヨークの黒人俳優ハーヴィー・リーチと、ニュージャージー出身の知能障害をもつ黒人青年ウィリアム・ヘンリー・ジョンソンを雇い、人間か猿か不明な、ひょっとしたら進化論上の「失われた環」の秘密を明かすかもしれない「珍獣」What is It? なるふれこみで見世物に仕立て上げ、「怖いもの見たさ」の観客のあいだで大反響を呼んでいる。ダーウィン以前の段階から進化論は着々と発展したが、その過程はそっくりそのまま、進化論を逆手にとったバーナム的見世物興行が大儲けしていく歩みであった。ポウによる世界最初の推理小説「モルグ街の殺人」(一八四一年)が美女殺害の意外な下手人をオランウータンに定めた恐怖にしても、このように猿と黒人を同一視する言説空間があらかじめ形成されていたからこそ、絶大な効果を発揮したのである。

ただし、いまその肖像や写真を見るなら、バーナムの「珍獣」は何の変哲もない黒人そのものだ。進化論思想と見世物商売は、実質上、根深い共犯関係を結んでいた。こうした白人たちの言説に搾取されるのに辟易した黒人奴隷たちが、たびたび怒りをあらわにし、白人共同体内部からも黒人奴隷制への疑問が呈示されていく。その意味で、ふつう一八六〇年、南北戦争以前・以後で分断されるアメリカ文学史は、おおむね一八五九年のダーウィンの『種の起原』以前・以後の思想史上のパラダイム・シフトに対応する。ただしそれは必ずしも、ダーウィン以後の進化論が黒人奴隷制解体に加担したということを意味しない。人類の祖先が猿にまで遡るかもしれないという論理は、あたかも白人の祖先が黒人であると断定されたかのような雑婚恐怖を、ひいては退化論的衝撃をもたらしたはずなのだから。

南北戦争以前・以後でひとつ変わったことがあるとすれば、ダーウィン以前に黒人奴隷へ向けられていた動物差別的な視線が、ダーウィン以後になりようやく人種差別的視線へ昇格したという一点に尽きる。

ストウ夫人『アンクル・トムの小屋』

南北戦争が終わり、コネティカット州出身の女性作家ハリエット・ビーチャー・ストウ夫人

（一八一一—九六年）に出会ったエイブラハム・リンカーン大統領が、「こんな小柄なご婦人があれほどの大戦争を引き起こしたとは！」と感想を洩らしたというのは、いまでは限りなく真偽の不明な伝説にすぎない。だが、仮にこの「伝説」が大げさにすぎるとしても、ストウ夫人の代表作『アンクル・トムの小屋』が奴隷制廃止運動の機関誌〈ナショナル・イアラ〉*National Era* 連載を経て一八五二年に出版されるや否や、アメリカ大衆の反奴隷制感情を燃え立たせたことはまぎれもない「事実」であり、それは同書が発売初日で三千部、以後一年間で三〇万部という数字を叩き出した記録からも容易に知られよう。

じっさいのところ、かの文豪ホーソーンが「あのいまいましい物書き女どもめ！」と悪態をついたほどに、当時、売れる小説を書くのは女性作家のほうだった。南北戦争以前から以後の時代にかけてベストセラー・リストには、スーザン・ウォーナーが厳しい家庭環境の中で成長していく少女エレンを主人公にした『広い、広い世界』（一八五〇年、初版は四ヵ月で完売、二年間で一三版が出て、二〇世紀初頭までに五〇万部を売り切る）をはじめ、エリザベス・スチュアート・フェルプスが南北戦争で兄を失いついに天涯孤独となるも苦難を克服していくメアリーを主役にした『門開かれて』（一八六八年、数年間で一〇万部）、それにルイザ・メイ・オルコットが個性的な四人姉妹を中心にしたあまりにも有名な『若草物語』（一八六八—六九年、初版二千部完売、一九二九年には年間三百万部の記録を樹立）といったタイトルが並ぶ。

ストウ夫人が、彼女たち当時の売れっ子女性作家と同じく、共和制以来培われたお涙頂戴《センチメンタル》・

感傷小説《フィクション》の伝統を意識していたことは、疑いない。

『アンクル・トムの小屋』の舞台は、まさしく一八五〇年の妥協の年、逃亡奴隷法が成立した直後の時代。奴隷制に対しては最も寛容といわれるケンタッキー州で、莫大な借金を抱えた奴隷所有者アーサー・シェルビーが、奴隷の中でも最も深いキリスト教信仰をもつトムを、とうとう奴隷商人ヘイリーへ売り飛ばす決心を固めるところから、物語は始まる。

ただしヘイリーは、「おまけに黒人少年をひとりつけてくれ」と申し出たため、それを聞きつけたシェルビー夫人エミリーの小間使である混血黒人女性エライザは、自分の息子を売却されてはたまらないと、夫である混血黒人青年ジョージ・ハリスとともに、農園からの逃亡を企てる。この時点で、物語は、トムがシェルビーの意向どおり家族を残してミシシッピ川川下のルイジアナへ売られていくという古《いにしえ》の中世封建主義的プロットと、エライザやジョージの一家が逃亡奴隷法の網の目をかいくぐり、ジェファソンの独立宣言をも批判してやまず、時には白人になりすましてもカナダで自由を獲得しようとするという典型的な逃亡奴隷体験記的プロットとに分裂する。時にこうしたプロット分裂を欠点として本書を非難する向きもあるものの、これは、旧来の奴隷制にありがちな悲劇の視点と、それを内部から打破する批判者の視点とを巧妙にからませるためには絶対不可欠な、あらかじめ計算された小説構造ではあるまいか。

かくしてトムはミシシッピ川を下るが、はたしてその船上でエヴァ・セントクレアという純真無垢な白人少女と知り合い、彼女のたっての願いで、彼はエヴァの家族に買い取られ、しばらくはニュー・オーリーンズで幸福な生活が続く。エヴァにとって、トムは最も敬虔なキリスト教信仰をもつ聖書的英雄のひとりとなったのだ。ところが、あらゆる感傷小説のお約束《フォーミュラ》どおり、こうした幸福は長くは続かない。最愛のエヴァが結核で亡くなり、それを追うように、彼女の父親オーガスティンも喧嘩に巻き込まれた時の傷がもとで死ぬ。家族を失ったオーガスティンの妻マリーは彼女本来の奴隷制廃止論そのものへの批判をむき出しにするようになり、かくしてトムは再び奴隷市場へ出され、こんどは鬼のように残虐なサイモン・レグリーという男の手に渡る。その綿花農園には、眉目秀麗なる混血黒人女性キャシーがいたが、彼女はかつて、そのあいだに子供までもうけた白人の所有者から裏切られ子供もろとも売り飛ばされ、絶望のあまり次に出産した子を自らの手で殺してしまった経歴をもつ。まさに二〇世紀においてはトニ・モリスンの『ビラヴド』（一九八七年）が最大限に展開することになる黒人女性の悲劇の原型が、ここにある。しかもキャシーは目下自分がレグリーの情婦、実質上の妻として暮らし、人生を呪い続けていることを語り、トムの敬虔なる信仰もその精神的外傷を癒すことはできない。そしてある日、キャシーの逃亡を手伝ったという嫌疑をかけられたトムは、レグリーたちから死に至るリンチを受け、ようやくトムを買い戻す資金の整ったアーサー・シェルビーの息子ジョージ・シェルビーが駆けつけた時には、もう遅すぎた。奴隷制なき世界を切望するジョージは、結末においてこう語る。「『アンクル・トムの小屋』を見るたびに、自分の自由について考えてくれ。あの小屋をひとつの記念碑としてみんなの心にとどめ、彼のように正直で、誠実なキリスト教信者になってくれ」。

本書に対する現代的再評価は枚挙にいとまがないが、やはり一九八〇年代にジェイン・トムキンズがここにひとつの母権制を喝破し、いわゆる旧約聖書的なエレミアの嘆きが女性共同体のために再利用されていると指摘したのは、見逃せない。また、トムキンズを批判する小林富久子が、アンクル・トム本人がヒーローというよりはヒロインであり、理想的母親像の体現者であると結論したことも、特筆しておきたいと思う。ストウ夫人が、黒人と女性双方の社会的苦境を活写し、だからこそエライザやキャシーら混血黒人女性奴隷の人物造型に力を入れたのは、明白だからである。

もうひとりのハリエット

そのようにして文学的成功を収めたストウ夫人の手で、自らの波乱万丈の人生体験を物語化してもらえないだろうかと切望していたのが、ノースキャロライナはイーデントン出身の黒人混血女性奴隷ハリエット・アン・ジェイコブズ（一八一三—九七年頃）である。

この時代までには、黒人奴隷ブリトン・ハモンの手で一七六〇年に始まった「奴隷体験記《スレイヴ・ナラティヴ》」という名の文学ジャンルも形成されていたし、一八四五年には、以後の奴隷体験記の代名詞として知られるフレデリック・ダグラスの『自伝』が出版されていた。同書は最初の四ヵ月で五千部を売り切り、一八四七年までには一万一千部が、一八六〇年までには三万部が売れている。

しかしジェイコブズがこの時念頭に置いていたのは、必ずしも奴隷体験記の読者ではなく、むしろ『アンクル・トムの小屋』の読者であった。この物語には、すでにフレデリック・ダグラスその人ではないかと思われる人格も、奴隷制廃止の闘士ジョージ・ハリスの内部に認められるし、ジェイコブズ本人が共感してやまなかったであろう混血黒人女性奴隷キャシーをはじめとする、魅力的なキャラクターたちもぞくぞく登場するからである。ところが、この同世代として生まれほぼ同時期に亡くなることになるふたりのハリエットは、意見の一致を見ないまま、運命的ともいえる対立状態へ陥ってしまう。かくしてジェイコブズは自らの手で自伝を執筆しようと決心し、最終的な原稿の編集に関してはフェミニスト作家リディア・マリア・チャイルドに一任する。かくしてジェイコブズはついに一八六一年、『ある奴隷娘の生涯で起こった事件』を出版、奴隷制廃止論者のあいだで強い支持を得る。

同書は基本的に自伝ではあるが、奴隷制廃止以前の時代、一八五〇年の逃亡奴隷法設定以後の時代に書かれたために、あえて登場人物の実名を使っていない。仮に実名で語ったらさいご、逃亡奴隷はたちまち正体が発覚し元の主人のところへ送還され、逃亡奴隷を手助けした人々にも被害が及ぶ。そのため、ハリエット自身とおぼしきヒロインも、リンダ・ブレントという名前ですがたを現す。一八一三年ごろ、南部に生まれたこの美しい混血奴隷娘リンダが、その思春期に厳格な医者である主人ドクター・フリント（本名ジェイムズ・ノーコム）から度重なる性的虐待《セクシャル・ハラスメント》を受け、それに辟易したあげく、同じ街に住む有力政治家サンズ氏（本名サミュエル・トレッドウェル・ソーヤー)の愛人となり、彼とのあいだに子どもを出産して北部へ逃亡し、奴隷制廃止運動にも加担していくというのが、その展開である。

彼女のテクストは、何よりも文学的な完成度が高い。ダグラスの『自伝』が最初、文学史的には取るに足らないと片づけられていたいっぽうで、ジェイコブズの『事件』はむしろ、あまりにも上手く出来すぎた体験記であるため、これはそもそも黒人女性奴隷の手によって書かれたはずはない、誰か白人女性作家が匿名で出版したのではないかという嫌疑がかけられたほどである。なるほど、黒人を猿同然と見なすダーウィン以前の進化論は、その根拠を黒人における読み書き能力の欠如に求めていた。しかし、黒人文学者ヘンリー・ルイス・ゲイツ・ジュニアもいうように、一八世紀にはすでに白人並みの読み書き能力を備え、一七七三年、アメリカ黒人としては初めての英語作品集『多彩な主題の詩集』を出版したフィリス・ホイートリーもいたのだし、そもそもダグラスの『自伝』には、いかに白人から読み書き技術を盗むかという手練手管さえ記されている。

したがって、ジェイコブズにしても最初からアメリカ北部の中流階級白人女性読者をはっきり自分の読者層として定めたはずだ。彼女は、そうした読者の注意を惹くための文学的訓練も十二分に積んできていた。ハリエット・ジェイコブズの『事件』が教えてくれるのは、黒人奴隷制を表現しようとすればするほど黒人文学ならぬ白人女性文学の約束事から出発せざるをえず、それを計算に入れてこそ混血黒人女性奴隷による真の独立宣言が可能になるという精妙なる文学的戦略なのである。

南北戦争以前・以後

奴隷制対策だった「一八五〇年の妥協」も、けっきょく裏目に出て、とうとう南北戦争が巻き起こる。そこへ至るまでには、いくつかの決定的な事件が絡まりあっていた。

まず一八五四年、奴隷制を絶対に許容しない人々が群れ集い、民主党とホイッグ党以外に新党すなわち共和党を結成する。つぎに一八五七年、黒人奴隷ドレッド・スコットが陸軍将校の主人に連れられてイリノイ州へ赴き、そこからミズーリ協定によって奴隷制が禁止されており準州に組織されていない地方に入ったため、再びミズーリ州へ戻ってきた時に自由を主張するのだが、しかし裁判所はこの申し出を却下し、奴隷制が全国的であり自由は地域的であるという前提を確認することになる。さらに一八五九年には、狂信的な北部ピューリタンのジョン・ブラウンが奴隷解放を実現するべく黒人と白人双方からなる武闘派集団を組織して南部ヴァージニア州ハーパーズ・フェリーの陸軍武器庫を占拠し、市長を殺害して捕虜まで取ったため大騒ぎとなり、ヴァージニア州兵をはじめロバート・リー大佐の海兵隊一個中隊までが動いてブラウンらを捕らえ、反逆罪によって処刑する。そう、奴隷制是か非かをめぐる論争は、一八三一年の黒人奴隷ナット・ターナーの反乱から五九年のジョン・ブラウンの煽動に至る過程でさまざまなテロリズムをもたらしてきた。かてて加えて、一八四八年にカリフォルニアで金鉱が発見されたのをきっかけに、その翌年、西海岸へ「四九年組《フォーティナイナーズ》」が殺到し短期間に人口が増えたため、やがてカリフォルニアが州として連邦加入を申し出たら奴隷州とするか自由州とするかという問題も深刻化した。

こうした歴史を背景に、エイブラハム・リンカーン（一八〇九―六五年）は一八五八年、有名なスティーヴン・ダグラスとの奴隷制をめぐる論争を経て、一八六一年に第一六代アメリカ合衆国大統領に就任するが、それが決定的になった前段階で、奴隷解放を認めないサウス・キャロライナが連邦脱退のうえ独立宣言し、同州とジョージア、アラバマ、フロリダ、ミシシッピ、ルイジアナ、テキサスを合わせた七州から成る南部連合は独自にジェファソン・デイヴィスを大統領に選ぶ。かくして一八六一年四月一二日午前四時三〇分、南部からの砲弾が北部チャールストンのフォート・サムターを襲い、それまでの小さな地域的暴動は北米全体を巻き込む巨大な内乱へと変容する。これこそ南北戦争の火蓋が切られた瞬間であり、結果的には二三州より成る北部連邦《ユニオン》と一一州より成る南部連合《コンフェデレシー》のあいだの葛藤が、一八六五年のアポマトックスにて南部のリー将軍が北部のグラント将軍に投降するまで続く。

封建的奴隷制を死守せんとする南部と近代的産業資本主義を確立しようとする北部の闘争。ここに、古きものが克服され、新しい酒が新しい革袋へ注がれる新旧交代ドラマを見出すことは、とてつもなくやさしい。げんに時代は、キリスト教への懐疑心が高まり、一八五九年にダーウィンの『種の起原』が出版され反響を呼び起こしている最中であった。

むろん伝統的なアメリカ文学史は、南北戦争以前・以後の時代を夢想にあふれたロマンティシズムから現実味あふれるリアリズムへ、さらには罪悪あふれる人間社会を告発するナチュラリズムへ変貌を遂げていく転換期として語る。あくまで運命論的なキリスト教的な神（God）への信仰と懐疑に引き裂かれていたアメリカン・ルネッサンスにおける「黄金時代」（Golden Age）から、偶然論的な富の神《マモン》（Mammon）を拝み、にわか成金が勃興し、解放された黒人に仕事を圧迫された白人たちが人種差別的秘密結社〈K・K・K《クー・クラックス・クラン》〉を結成する「金ぴか時代」（The Gilded Age）へ。

それはたとえば、ロマンティシズムを代表するナサニエル・ホーソーンが一七世紀の反律法主義論争をモチーフにした傑作『緋文字』（一八五〇年）を書いた一方、ナチュラリズムを代表するスティーヴン・クレイン（一八七一—一九〇〇年）がまさしく南北戦争はチャンセラーズヴィルの戦いを背景にまったくの怪我の功名から英雄となっていく主人公ヘンリー・フレミングを描き、のちにヘミングウェイにも影響を与える『赤い武勲章』（一八九五年）を書かざるをえなかった好対照に象徴されよう。前者が厳格なるピューリタン社会で犯罪視された姦通を意味する真紅の文字を中心に据えた一方、後者は南北戦争従軍中の臆病ゆえにたまたま頭を殴られた主人公が、真紅の負傷を負いながらも、それを周囲が勇気ゆえの名誉の記号と誤解し、その真相を隠しおおせたことにより、かえって本人も自信を持ち真の勇気をもって以後の戦闘に勝ち抜く経緯を描く。同じように「赤」にまつわる記号を扱いながらも、ホーソーンがキリスト教的なロマンティシズムに立脚したのに対し、クレインは神よりも偶然と闘争の支配するダーウィニズムの文脈を優先させている。

とはいえ、南北戦争を境に何が変わったかとともに、はたして何と何が密かに接続されたのかを見なくては、公正を欠く。ここで、アメリカ文学史上最大の収穫のひとつともいわれるリンカーン大統領本人のレトリックを再確認しておくのも、無駄ではあるまい。

ゲティィズバーグの演説

トマス・ジェファソンは生涯を広範なる読書家としてすごし、そうした文学者としての素養が「独立宣言」にもふんだんに盛り込まれた。他方、ジェファソンを尊敬し、自らもシェイクスピアの劇作品、とりわけ『マクベス』を愛したリンカーンは、大統領就任以後の晩年こそあまり読書時間を持てなくなったものの、その深い文学的教養を演説原稿に活かし、一八六三年一一月一九日、ゲティィズバーグの戦場の固有墓地にて記念すべき「演説」を行う。北部の勝利には終わったものの、北部連邦は二万三千人、南部連合は二万八千人という、南北戦争中最大の犠牲者を出したのが、このゲティィズバーグの戦いであった。

八七年前、われわれの父祖たちは、自由の精神に育まれ、すべての人間は平等に作られているという信条に捧げられた新しい国家を、この大陸にもたらしました (Four score and seven years ago our fathers brought forth on this continent, a new nation,conceived in liberty, and dedicated to the proposition that all men are created equal.)。

いまわれわれは、大きな内乱の渦中にあり、これを乗り切れるかどうかでわれわれの国家が、いや自由を謳い平等を信ずる国家すべて（any nation so conceived and so dedicated）が永続できるかどうかが決まります。われわれはこの戦争の一大激戦地で顔を合わせることになりました。われわれは、この国家の将来を願い自らの生命を投げ出した人々の最後の安息の地として戦場の一部を捧げるべく集まったのです。（中略）われわれの前に残されている大事業に、ここで身を捧げるべきは、むしろわれわれ自身であります。その大事業とは何か。それは、これら名誉の戦死者が最後に全身全霊をふりむけた偉大な目的を、そのあとを引き継いだわれわれ自身がいっそう献身的に成就させていくことであり、彼らの死を決して無駄にせぬよう誓うことであり、この国家アメリカが神のみもとで新たな自由をもたらすようさしむけることであり（this nation, under God,shall have a new birth of freedom）、ひいては、人民のために、人民が、人民を治める政治がこの地上から絶えることのないよう心を砕くことにほかなりません（government of the people, by the people, for the people, shall not perish from the earth.）。

リンカーンはまず最初の二文において「自由」と「平等」を強調し、ジェファソンの「独立宣言」を忠実に踏襲してみせる。しかも、第二文では、これがたんなる北米内部の問題ではなく、民主主義国家アメリカを見習う他の国家についてもあてはまる問題であることを明言する。そして戦死者たちの意志を継ぎ、奴隷制なき真に自由な国家を樹立すべきことを謳い、最後にはジェファソンの「独立宣言」からエマソンの「自己信頼」、ソローの「市民的不服従」へと継承された民主主義精神を大きく開花させるかのように、あの殺し文句「人民のために、人民が、人民を治める政治」が来る。

だが、ここでハロルド・ブッシュや飛田茂雄らによる最新の読みを参照するならば、ここでリンカーンは、単純に民主主義国家の政治的理念を確認するのみならず、それを最も広く強力に訴えかけるものにするために、聖書的レトリックを用いているものと見られる。冒頭の「八七年前」の原文は"Eighty seven years ago"ではなく「二〇の四倍足す七」"Four score and seven years ago"であり、これは旧約聖書の詩篇における人間の寿命「二〇の三倍足す一〇」の反響なのだ。さらに、末尾近くの「新たな自由をもたらす」"a new birth of freedom"なる表現には確実にアメリカを新約聖書の「神の国」にたとえる予型論的発想が見られる。かてて加えて、建国の父から戦死者、それにそれを継ぐべき世代という連なりの中で時間論的には「過去」「現在」「未来」へと伸びていく歴史的想像力が展開されており、しかもあくまで人民の力によって一定の理想的共同体が「絶えることのないよう」にする"shall not perish"という表現は、さらに「永遠」への指向すらうかがわせる。いってみれば、「ゲティズバーグの演説」は、キリスト教的レトリックを民主主義的ポリティクスによって絶妙に更新してみせた市民宗教のテクストとして、当時の絶対的多数のアメリカ人の心をつかみ、リンカーン自身を聖書のモーゼにさえなぞらえる気運さえ導いたのである。

このように分析してみると、わたしは南北戦争以後のアメリカを席巻する社会進化論もまた、聖書的世界観を現代化する体系だったことを思い出す。リンカーンは南北戦争の真っ最中の一八六二年に「太平洋鉄道法」を承認し、大陸横断鉄道の建設を促進するが、まさにそうした時代、鉄道建設におけるレールの大量需要に応えた鉄鋼王アンドルー・カーネギーがハーバート・スペンサーの社会進化論の熱心な支持者であったことは、よく知られていよう。自由競争と適者生存は、神による選民・決定論の思想を裏づけながらも南北戦争後の保守主義を支え、ウィリアム・サムナーやレスター・ウォードなど強力な理論家を生み出した。しかし、そうした伝統的なキリスト教的ヴィジョンやダーウィニズムをいったんは受け入れつつ、南北戦争以前・以後の激動の時代をしっかりと見据え、冷徹な批判精神を失わなかった文学者としては、まさしく一八七三年の共著のタイトルによって「金ぴか時代」なる新語を編み出したマーク・トウェインを挙げなくてはならない。

マーク・トウェインの冒険

マーク・トウェイン（一八三五―一九一〇年）が「金ぴか時代」の名付け親として同時代を風刺

しつつも、自らの成金的発想から自動植字機をはじめとするさまざまな発明品への投資を惜しまず、俗物的な時代精神そのものを体現したばかりか自ら開き直っていたことは、たとえば『苦難を忍びて』(一八七二年)などで彼本人が認めるところであった。そして、このような開き直りをトウェインの人間の本質批判と捉え、一八七〇年代から九〇年代に至る彼の作品史そのものを、楽観主義から悲観主義への変貌、自由人礼讃から人間性悪説への変貌、アメリカ賛歌からヨーロッパ志向への変貌と見るのは、目下アメリカ文学史上の記述上の約束事を成す。

古典的な解釈に従えば、ロマンティックなトムとリアリスティックなハックという対照がある。三人称単数、しかも標準英語で語られる『トム・ソーヤーの冒険』(一八七六年)がけっきょくは子どもから大人への通過儀礼を内在させた目的論的な物語であったとするならば、一人称単数、しかも多分に黒人英語の色彩が濃く、方言俗語交じりに語られる『ハックルベリー・フィン』(一八八四年)は標準言語から逸脱しているぶんだけ、前作では見られなかったほど本質的な無垢の主題を前景化する。

ここで、南北戦争以前の南部にあえて設定した『ハックルベリー・フィン』では、じっさいハックが黒人奴隷ジムを解放せんとするあまり「地獄落ち」まで決意するも、じつはけっきょくジムは最初から解放されていたのであり、それをトムは知っているのに黙っていたという構図が浮かび上がるのを思い出そう。かつてロマンティックだったトムは、ここではすでに無垢を忘れた狡猾なる「大人」になってしまっているわけなのだが、一方ハックは、最後まで「文明化」されることを拒否し、あくまで「少年」であり続けることを選ぶ。以後のマーク・トウエインは、『アーサー王宮廷のヤンキー』(一八八九年)においては中世にテクノロジーをもたらすという設定を用いて同時代アメリカ文明への風刺をあらわにし、『まぬけのウィルソンの悲劇』(一八九四年)においては人間がいかに時代・環境・遺伝によって存在させられているかという絶望的な自然主義的言説を人種問題とともに物語化し、そしてさいごに、晩年の問題作『不思議な少年』(一九一六年)においては、人間という存在、人類という存在へ三行半を突きつける。しかし、これはほんとうに楽観主義から悲観主義への移行だろうか?

そもそも遺作のひとつ『不思議な少年』自体がもともとトムとハックのシリーズの一環として構想されていたことを考えると、同作品もまた『ハックルベリー・フィン』で示された無垢以上に深い無垢を演じているのではないか。たとえば、同書第二章で主人公のサタンはこう語る。「いや、人類の堕落なんてものは、おれにもその他の親戚連中にもまるきり影響しちゃいないさ。おれの名前のもとになってるうちのおじさん、あの人だけが禁断の木の実を食べたし、そのあげく人間の男と女を誘惑したけれど、おれたち他の者にはそんなことぜんぜん関係ないし、いまだって罪なんか知らない。罪を犯すこともできないし汚れってものも知らない。これからもこのまんまだろうね」。ここにおいて、サタンはそもそも「人間」という枠組みそのものがキリスト教的な目的論的思考構造において発生したものにすぎず、自らはその枠外に位置しているのだと言明している。あるいは第五章でも、サタンはこのようにいう。「獣が残虐なことをやるように見えても、それはまったく無垢な気持ちでやってる、それは悪じゃないんだ。また獣は快楽のために残虐行為をするなんてこともない。そんなことをするのは人間だけだよ、人間には倫理観なんてものがあるからだよ」。そしてこの「トラウム」すなわち夢という名をもつサタンは、究極の台詞を放つ。「人生それじたいが幻だ、夢なんだ。寂寞たる空間以外に、君以外には何も存在しない。だいたい君は君じゃなくて単なる思念にすぎないし、おれだって君の夢にすぎない」。

マーク・トウェインは楽観的か悲観的かという問いそのものが、この段に来て内部から崩されてしまう。彼にとってはキリスト教のみならずダーウィニズムもまた、根本より相対化されるべき価値観にすぎない。それよりも大切なのは、先の引用が示すとおり、トウェインはまちがいなく、のちにモダニスト作家ヘミングウェイを、そしてポストモダニスト作家ヴォネガットを生む文学的先覚者であったという一点に尽きる。

リアリズムとナチュラリズム

アメリカ文学の一九世紀末は、一方でヴィクトリア朝を司る「市民的美徳《リスペクタビリティ》」が残存し、他方ではダーウィン以後の「人間性悪説《ナチュラリズム》」が勃興して、相互に矛盾し合い相互に補足し合うという両義的価値観《アンビバレンス》を担いながら、大きなうねりを作り出した時代である。旧来の文学史的記述では、南北戦争以後、前節でも扱ったマーク・トウェインやアンブローズ・ビアス、それにウィリアム・ディーン・ハウエルズやヘンリー・ジェイムズらのリアリズム文学が勃興し、それがさらに世紀転換期におけるジャック・ロンドンやフランク・ノリス、ハムリン・ガーランド、それにシオドア・ドライサーらの自然主義文学へ接続するものとスケッチされるのが常であった。リアリズム文学は先行するロマン主義文学の理想に対しては冷静に構えるものの、にもかかわらず、たとえばハウエルズ（一八三七―一九二〇年）の代表作『サイラス・ラパムの向上』（一八八五年）などにはどこか南北戦争以前のボストン知識人《ブラーマンズ》たちが培った「お上品な伝統《ジェンティール・トラディション》」を継承する部分があった。それにひきかえ自然主義文学は南北戦争以後すなわち黄金時代ならぬ「金ぴか時代《ギルデッド・エイジ》」の特産物として、金のために露呈する人生の暗黒面をあえて暴き出す傾向にあり、それは二〇世紀初頭には社会悪を告発するアプトン・シンクレア（一八七八―一九六八年）が代表作『ジャングル』（一九〇六年）で示したような「醜聞暴露《マックレイキング》」（muckraking　汚物さらいの意より）の手法へ結実していく。

　エミール・ゾラが自然主義文学宣言「実験小説論」（一八八〇年）で提案したとおり、人間を遺伝と環境の条件によって進化論的に決定された存在とみなし科学者の視点から克明に解剖していくことが文学的使命であるのだと信じられた時代。かてて加えて、イタリアの犯罪人類学者チェザレ・ロンブローゾの『犯罪者論』（一八七六年）が猛威をふるい、犯罪者というのは先祖の退化した原始人的・下等動物的性質を遺伝的に受け継ぎ、生理学的な決定論の結果生まれるものだと認められた時代。しかし市民的美徳と人間性悪説とがアンビバレントな関係を結んでいたとするなら、そうそうご都合主義的に時間軸上だけで割り切るわけにはいかない。ピューリタン植民地時代の倫理があれほど厳格だったのも、当時のピューリタン社会がさまざまな水準で乱脈をきわめていたからではなかったか。

まったく同じことは、一九世紀末のアメリカにもあてはまる。

ヘンリー・ジェイムズの想像力

このことを考えるには、たとえば前掲ヘンリー・ジェイムズ（一八四三―一九一六年）の小説観をひもといてみるのが参考になろう。

ジェイムズ文学は、大別して国際的主題、認識論的主題、芸術論的主題の三つを抱いて出発するが、やがてそれらは最終的に個々の作品内部においても相互に乗り入れていく。

たとえば初期においては、アメリカ女性がヨーロッパへ赴くという国際的主題の中にアメリカが無垢《イノセンス》でヨーロッパが経験《エクスペリエンス》であるという図式が浮き彫りになるが、しかしたとえば『アメリカ人』（一八七七年）のクリストファー・ニューマンはフランス侯爵の娘クレールに求婚するも成就することなく、『デイジー・ミラー』（一八七九年）のデイジーは多くのイタリア人男性とつきあうも社交界から締め出されローマで病死してしまい、『ある貴婦人の肖像』（一八八一年）のイザベル・アーチャーはローマにて美術品収集家オズモンドと結婚するも不幸な結婚生活に突き落とされる。

中期においては、『ねじの回転』(一八九五年)において認識論的主題を中心にしたゴシック・ロマンスが展開され、天使のようにかわいい子どもたちを担当することになった女家庭教師が屋敷の中に死んだ下男らの幽霊を見るようになり監督を強化するも、しかしそれは最初から女家庭教師の妄想だったかもしれないという物語が語られ、短篇では「ほんもの」(一八九二年)が芸術論的主題を取り上げ肖像画とモデルとのあいだの関係をアイロニカルに問い直し、また「じゅうたんの下絵」(一八九五年)でも同じ主題を、こんどは小説家ヒュー・ヴィアカーの作品の本質を見落とした批評家がその謎を探求するというかたちで描き出す。

さて、後期は国際的主題へ戻ったジェイムズ文学がその他の主題をも掛け合わせるかたちで十分な発展をとげる円熟期《メイジャー・フェイズ》であり、病死した最愛の従妹ミニー・テンプルをモデルにした『鳩の翼』(一九〇二年)と、ニューサム夫人の息子をパリからマサチューセッツへ連れ帰る依頼を帯びたランバート・ストレザーが、いわばミイラ捕りがミイラと化す運命を辿る『使者たち』(一九〇三年)、そして妻に先立たれた美術品収集家の富豪アダム・ヴァーヴァーとその娘マギーそれぞれが幸福な結婚生活を送るという展開をもつ『黄金の盃』(一九〇四年)の三大長篇小説が、矢継ぎ早に書かれる。

すべての作品背景には、ジェイムズならではのきわどい恋愛観のみならず「金の問題」が見え隠れするが、しかし肝心なのは、にもかかわらず小説全体がさほど醜聞暴露的に堕することなく、あくまでお上品な水準を保つことだ。彼はその創作論「小説の技法」(一八八四年)の中で、あるイギリスの女性作家の想像力観にこう共鳴している。

彼女(イギリス女性作家)はある小説の中でフランスの新教徒《プロテスタント》の青年を描き、その性質と生活を実に見事に表現し得たというので絶賛された。このようなあまり知られていない存在についてどこでそんなに知識を得たのかと尋ねられたり、またよくぞそういう人物を知る機会に恵まれたものと言われたりもした。だが、この機会とはたった一度のことで、パリである階段を昇っていく途中、開いた扉の前を通ったときに訪れただけだった。牧師の家であったから、若い新教徒たちが何人か食事を終えてテーブルを囲んで座っているのが開いた扉ごしに見えた。ちらりと見たこの光景が一枚の絵を構成した。それはほんの一瞬のことだったが、その瞬間が体験となった。彼女はそこから直接に自らの印象を手にし、それをもとに自分の考える類型を作りあげた。彼女は青春がどのようなものか心得ていたし、新教主義が何かを知っていた。その上に、彼女にはフランス人であることがどういうことかを見てきたという利点があった。そこでこれらの考えを一つの具体的なイメージへと変えて、ひとつの現実感《リアリティ》あふるる構図を作り出した。しかしながら、とりわけ彼女はいわゆる一斑をもって全豹を推すという才能 (the faculty which when you give it an inch takes an ell) に恵まれていた。(中略) 目にふれたものから見えざるものを推測し、物事の含意を見抜き、図柄から全体を判断する能力、言い換えればそれは人生の特定の隅々まで十分に知ることができるほどに全体的に人生を感じとる能力であるが――このような能力がひとつとなれば体験を構成することができると言ってよいであろう。（五二―五三頁）

ここに展開されている想像力理論は充分に説得力があるが、この構図はじつは、ジェイムズが作家である自分自身のみならず読者本人にも要求する小説の極意になっている。というのは、彼の文学は、かなりスキャンダラスな人間関係や相当にエロティックな恋愛関係でも決定的な描写を回避することで成り立つため、むしろ読者のほうに「一斑をもって全豹を推すという才能」を駆使するよう求めてやまないからだ。したがって、一九九七年、イギリスの映画監督イアン・ソフトリーの手で相当きわどいポルノ風味も交じえ大胆に映画化された『鳩の翼』などは、ジェイムズ本人が描かずにとっておいた部分を露骨に視覚化したものと見られよう。

とはいえ、ジェイムズの師匠格ハウエルズは、前掲論文の発表されたのちの一八八七年、「有害なる小説」なるエッセイをものし、そこで、そもそも小説というのが人間の感情をむやみに煽り立て、読者に毒を盛るたぐいのジャンルであることを宣告する。ジェイムズの小説観は「市民的美徳」を軸に想像力への夢であふれているが、他方ハウエルズの小説観は、自然主義文学勃興期にあって、ピューリタン的決定論思想における「人間性悪説」を復活させるものだ。ただし、前者は必ずしも後者によって批判されているわけではあるまい。両者の主張それぞれは、南北戦争以後から世紀転換期へ至るアメリカ小説の本質的なアンビバレンスを証明するものではないかと、わたしは思う。

そして、こうした運命的なアンビバレンスをくぐり抜けると、一九一〇年代には、それまで親しい交遊関係にあったH・G・ウェルズとヘンリー・ジェイムズとのあいだの激越な論争が待ち受けている。ダーウィン進化論の第一人者T・H・ハックスリーの薫陶をうけたウェルズは、一九一五年の『ブーン』において、ジェイムズがあくまで人間造型に重点を置く芸術的想像力の優位を文学的条件として主張したのに対し、自分はそれがいかに芸術作品としての自律性を備えていようと、この条件ではあたかも会衆のいない教会堂のようであり、祭壇にはネコの死骸や卵の殻や糸屑が散乱していてもおかしくない、と皮肉ったのだ。

時折しも、曾祖父と祖父がアメリカ大統領という名門に生まれた歴史家ヘンリー・アダムズ(一八三八—一九一八年)が自伝『ヘンリー・アダムズの教育』(一九〇七年)の第二五章で、一九〇〇年のパリ万国博覧会で見た発電機《ダイナモ》に刺激を受け、中世以来のヨーロッパ・キリスト教世界を支配してきた聖母マリアの時代がダイナモの時代へ、秩序から混沌へ、統一性から多様性へ至るパラダイム・シフトが起こっていると報告したばかりのころ。世紀転換期は、まさしく一九世紀小説から二〇世紀小説への壮大なる転換期であった。

クレオールの世紀末

そうした転換の徴候は、たとえば昨今再評価の進む女性作家ケイト・ショパン(旧姓 Katherine

O'Flaherty, 一八五一—一九〇四年)がまさしく一八九九年に出版した『目覚め』の中に見ることができる。

アイルランド系移民の父とフランス系クレオールの母をもつ彼女は、ミズーリ州セントルイスで生まれ育ち、カトリック系の女子教育を受けながら、一八六九年、一九歳の時に、檻の中で育った正体不明の動物が檻の外へ出るという短篇「解放」を書き、同じ年に深南部クレオール都市ニュー・オーリーンズへ出た。そこで綿花仲買人オスカー・ショパンと結婚し六人の子供をもうけ、そののち九〇年に作家デビューを果たす。

『目覚め』は、あたかもジョナサン・エドワーズばりの宗教的大覚醒(The Great Awakening)を連想させるタイトルでありながら、じつのところ、ケンタッキー育ちの人妻エドナ・ポンテリエと青年ロバート・ルブランの不倫と自殺という、当時としてはショッキングな展開とともに、女性的大覚醒を謳いあげる長篇小説だ。

しかし今日、フェミニズムの勃興以後、このテクストはさまざまな再評価を受けるようになる。それこそ短篇「解放」とからめて、同時代フェミニスト作家シャーロット・パーキンス・ギルマン(一八六〇—一九三五年)がひとりのヒステリー女性の療養とそれに伴う檻の妄想を語った「黄色い壁紙」(一八九二年)を思い出す読者も少なくあるまい。エドナが自らの女性性とともに「美と獣性から成る怪物」"monster made up of beauty and brutality"に目覚める第二八章は、当時普及していたであろうロンブローゾ的退化論をも連想させるが、しかしことが女性となれば、それも決して否定的に捉える必要はなく、むしろ家父長制批判の一環とも受け取れよう。さらに文化批評家クリストファー・ベンフィーの施す最新の解釈にならえば、ここで描かれるニュー・オーリーンズでは、南北戦争以後の再建期の気分と当時のケイト・ショパン内部の女性としての独立が確実に共振しており、もうひとりの同時代作家スティーヴン・クレイン(一八七一—一九〇〇年)が先行して出版した南北戦争小説『赤い武勲章』(一八九五年)の主人公であるヘンリーとエドナ・ポンテリエ夫人とは、まさに新時代の「戦う兵士」としての意識を共有する。その意味で、『目覚め』は悲劇のヒロインというよりも新たなる女性という新種族の覚醒を扱う。かくして、ダーウィニズムの受容は家父長制批判を経てクレオール文学を一歩前進させる。

ここで興味深いのは、まったく同じ世紀転換期、ケイト・ショパンと一年ちがいの生まれでまったく同年に没することになる、ギリシヤ系アイルランド系アメリカ人作家ラフカディオ・ハーン(一八五〇—一九〇四年)が、似て非なるクレオール文学の方向へ歩み出したことである。

彼は、一八七〇年には人種間雑婚の禁止されているオハイオ州で黒人女性マッティーとの疑似結婚生活に破れながらも、一八七七年にニュー・オーリーンズへ行きヴードゥー教ゾンビの取材をし、まさにそのあと一八九〇年には日本へ赴いて民間伝承の収集成果を『怪談』(一九〇四年)として発表することで、文学史に明記されるに至った。アメリカ文学史では小さな扱いでも、日本文学史において『怪談』は、誰もが知る古典にほかならない。ラフカディオ・ハーンが日本への関心を募らせたのは、一八八五年にニュー・オーリーンズ万国博覧会で日本展に惹かれた時以来ということになっているが、まさしくそこで培われたであろう彼のクレオール的エキゾティシズムがなかったら、キリスト教的聖霊とヴードゥー的ゾンビと日本的幽霊がほとんど切り離せないほど結びつくことは困難だったと確信される。

エドナ・ポンテリエ夫人はメキシコ湾へ向かって泳ぎ出すが、ラフカディオ・ハーンは太平洋へ向けて、日本へ向けて泳ぎ出し、クレオール思想の中に民俗学的ヒントを塗り込めた。げんに彼は一八九五年より教壇に立つ東京帝国大学において「フィクションにおける超自然の価値」"The Value of the Supernatural in Fiction"という講義を行ない、カトリックの例を出しながら「霊的な《ゴーストリー》」(ghostly)ということばが「宗教的な知識や……超自然に関わるあらゆることを意味している」と語り、そもそも「古今東西の幽霊譚を調べてみればすべて夢で見たことのあるものに関わっている」という法則さえ打ち立てた(第六章)。

こうした冷徹なる先駆者をもたなかったら、のちに柳田國男の『遠野物語』(一九一〇年)を代表とする我が国の民俗学が成立しなかったのは、まずまちがいない。

第6章　コスモポリタニズム

映画「華麗なるギャツビー」より／©ORION PRESS

イエロー・ペリル

一九世紀から二〇世紀への橋渡しがなされるアメリカの世紀転換期は、日清戦争（一八九四－九五年）・日露戦争（一九〇四－五年）の影響により、典型的なアジア系差別すなわち「黄禍《イエロー・ペリル》」（yellow peril）が叫ばれた時代である。もともと南北戦争以後には、一八六八年以降、中国人労働者を太平洋鉄道建設のため積極的に採用するバーリンゲーム条約が適用されながらも、とうとう彼らには合衆国市民権が与えられることがないという事情があった。当時、西部開拓のための労働力不足が深刻なものとなったため、一八六八年七月二八日、アメリカは中国とのあいだにこの条約を結んだものの、やがて在米中国人の数が増大するのに加え一八七〇年代には経済不況が起こり、白人たちはこれら新参者が自分たちを飯の食い上げに追い込んでいるという被害妄想を強めるに至ったのだ。とりわけ世紀末には中国人恐怖が強まり、一八八〇年と一九〇四年のあいだには中国人排斥条約が通過した。折も折、ロシアのほうも一八九五年、日清戦争で勝利をおさめた日本に対し、ドイツやフランスとともに三国干渉のかたちで圧力をかけ、そこにいわゆる黄禍《イエロー・ペリル》論が決定的に浸透する素地が生まれる。

そうした社会史的文脈を念頭に置けば、世紀転換期における自然主義文学についても、新しい視点が得られるだろう。たとえばこの時代、代表的な自然主義作家のひとりであったジャック・ロンドン（一八七六－一九一六年）は、ダーウィンの進化論のみならずマルクスの社会主義、ニーチェの超人思想にも感化を受け、適者生存を語る『野生の呼び声』（一九〇三年）から『鉄の踵』（一九〇七年）に至る傑作を書き綴った。カナダはユーコン川沿い、世紀末ゴールドラッシュ（一八九七―九八年）でも知られる極北の地を舞台に、厳しい自然環境を生き抜く人間と動物のドラマは、とりわけ傑作短篇「火をおこす」（一九一〇年）で鮮烈な印象を残す。

だが、そのような評価がすでにゆるぎなく定まっているように見えるロンドンの場合においても、一九〇六年に書かれ一〇年に発表された短篇「比類なき侵略」において、明らかに日露戦争以後の黄禍論に立脚した政治的人種偏見を中心に、当時からすれば七〇年も未来にありうべき戦争を空想してみせたことを、忘れるわけにはいかない。そこで展開されているのは、いわばダーウィン以後の進化論とロンブローゾ以後の退化論とが手に手を取って、多様な人種が流入する世紀転換期アメリカの差別意識を助長する光景である。

舞台は、日本の勢力拡大と徹底指導によって覚醒した中国が政治的にも人口的にも膨脹を続け、一九七〇年の段階で五億の民を抱え、とうとう世界全体の白人よりも黄色人のほうが人数においては勝るようになった未来。西欧世界すべてを圧迫する中国は絶対有利に見えたが、そんな状況下、科学者ジャコウバス・ラニングデイルが妙案を思いつき、アメリカ大統領と計画を練る。かくして一九七六年五月一日、複数の疫病を封じ込めた細菌兵器がまず北京に投下され、やがてその影響が中国全土に広まり、国家機能は事実上壊滅してしまう。七六年の夏と秋、中国は、さながら地獄絵だった。すべてが終わり、巨額の予算を投じた土地清浄が済むと、アメリカ民主主義に即して雑多な民族が中国に移住し、人種間雑婚が奨励され、その結果、技術論的にも思想的にも芸術的にも黄金時代が到来する。とはいえ、その後八〇年代に、再び仏独間で政情不穏の動きが起こり戦争が勃発しそうになった時には、どの国もあの恐ろしい細菌兵器だけは再び使うまいと堅く誓うのだった……。

今日のように政治的に正しいことが美徳とされる時代には、アンソロジーに収められることも少なく、ロンドン研究家アレックス・カーショウが一九九七年に出した最新の伝記にも言及すら見られない、これはいわゆる危険な思索小説である。そこには、一九〇〇年代初頭の世界情勢をもとに徹底的な論理的外挿《エクストラポレーション》が施されている。

だが、いまこの短篇を思い出すのは、必ずしも伝統的に培われたロンドンの個人作家像に疑義を呈したいからではない。それどころか、話はまったく逆で、むしろ「比類なき侵略」が、当時のアメリカ文学史はもちろん英米の両文学史を巻き込むひとつの巨大なうねりから、ごく必然的にもたらされた典型的なフォーミュラ・フィクションであることが、痛感されてならないからである。なるほど日露戦争の従軍記者としてアジアに赴いたこともあるロンドンは一九〇四年のエッセイ「黄禍《イエロー・ペリル》」において、「いまや若返った日本民族は、白人が開発した極上の破壊兵器を完備し、恐るべき正確さでそれらを操作して世界征服への道を歩み出したのであり、その勢力がいったいどこまで伸びていくものかは、もはや想像もつかない」と述べた。しかし、日清・日露以後の時代に、こうした日本人観は時代風潮の核心を突いているぶんだけ、むしろありきたりだったのではあるまいか。そのことは、マーク・トウェインもまったく同じころ、今日ではほとんど顧みられることのないスケッチ「黄色い恐怖のたとえばなし」(一九〇四―〇五年)において、はっきりと黄禍論者としての姿勢を打ち出していることからも窺《うかが》い知れる。同じことは、ロンドンの「比類なき侵略」にもあてはまるだろう。この短篇の本質は、それが彼の作品中でも特異であるという点にではなく、むしろ英国作家H・G・ウェルズの代表長編のひとつ『宇宙戦争』(雑誌連載一八九七年、単行本出版九八年)の人気が呼び水となり、世紀転換期英米文学を襲うことになる「未来戦争小説」のブームの渦中にあっては、ことごとくありきたりだったという点にある。

たとえばギャレット・サーヴィスの『エジソンの火星征服』(一八九八年)は、文字どおり『宇宙戦争』の余波が大きく、剽窃版・無断改作版が無数に出回っていたアメリカ出版界において、まさしくその続編として書かれており、これはエジソンが火星人以上の電気宇宙船を発明し火星へ押しかけ、結果的に超兵器による異民族殲滅《せんめつ》とアメリカ帝国主義を手放しで賞揚するという展開になっている。しかも、ここでいちばん肝心なことは、そもそもアジア系差別を表す「黄禍」の語源自体が、『宇宙戦争』とまったく同年一八九八年に発表されたもうひとりの英国系作家M・P・シールの未来戦争小説『黄色い脅威』*Yellow Danger*から来ていることだろう。そこでは西欧における中国の影響力を抑制するために「新黒死病」なる民族殲滅兵器が発明される。そして、黄禍に対抗して超兵器を編み出すという主題の未来戦争小説はすべて、共和制時代の軍事発明家ロバート・フルトン（一七六五―一八一五年）以来培われ、一九八三年にロナルド・レーガン大統領が発表したSDI（戦略防衛構想《ストラテジック・ディフェンス・イニシアティヴ》）に結実する保守的イデオロギーの結実にほかならない。

しかし、このように世紀転換期に再発した異国への恐怖は、必ずといっていいほど異国への憧憬と表裏一体を成す。もうひとりの代表的な自然主義作家フランク・ノリス（一八七〇―一九〇二年）も、同時代サンフランシスコに進出するアジア文化に注意を払うとともに、自ら交遊のあった日本詩人・野口米次郎に対するアンビバレントな思いを、カリフォルニアの小麦栽培者とサザンパシフィック鉄道トラストとの闘争を描く『オクトパス』（一九〇一年）の中に書き込んでいる（タイトルはあたかも蛸のように触手を伸ばす鉄道産業を指す）。前掲ラフカディオ・ハーンが来日し、日本作家・小泉八雲へ転身せざるをえなかった背後にも、ジャパン・バッシングならぬジャポニズムがひそんでいたことは、いうまでもない。

蝶々夫人症候群

だが、いちばん顕著なジャポニズムの実例は、『蝶々夫人』だろう。明治期の長崎を舞台にした同名の日本人芸者が米軍海軍士官ピンカートンと恋に落ち子どもをもうけるも裏切られるというこのあまりにも著名な悲恋物語が、じつはプッチーニの独創ではなく、ほんらいアメリカ文学史上の果実であることを知る者は案外少ない。一八九七年一二月、アメリカはペンシルヴェニア州に住む当時三七歳の法律家ジョン・ルーサー・ロングが『蝶々夫人』という小説を発表したのが、真の起源であった。これを一九〇〇年にベラスコが劇化するも、以後はプッチーニが一九〇四年に脚色したオペラ版によって世界的に親しまれてきたというのが真相である。すなわち、この世紀転換期、日清・日露戦争の勃発は明らかにアジアを差別する黄禍論を勃興させたものの、それはまったく同時に、アジアへの魅惑をも覚えるエキゾティシズムの広まるきっかけとなった。アメリカ短篇小説の名手O・ヘンリー(一八六二―一九一〇年)も、ニューヨークの貧しい労働者階級の娘ダルシーを主人公にした黙示録的な短篇「未完の物語」(一九〇六年)の中で、日本へ駐在するキッチュナー将官への恋心から彼女が「キモノ」"kimono"をまとうシーンを織り込んだほどで(それは明らかにオペラ版『蝶々夫人』への言及だろう)、げんにそれ以後、一九一二年にはキモノ・ブームが到来し、『蝶々夫人』の国際的人気もピークを迎えていく。

こうした世紀転換期をどう捉えるべきか。進化論的発想が人種差別意識の内部へ融合しながらも、まったく同時に他者の蠱惑《こわく》をもかきたててやまないエキゾティシズム勃興の時代と見るのは、ひとつのパースペクティヴかもしれない。しかし、これはとりもなおさず、アメリカがまさにその内部において、多様なる移民を受け入れつつ織り成す多元文化主義の実現へ第一歩を踏み出す瞬間だった。アメリカ的混成社会は当時より今日まで、人種のるつぼからオーケストラへ、さらにはサラダボウルへと、さまざまな比喩によって語り継がれてきたが、そうした比喩の胚胎期こそは、今日でいう多元文化主義、すなわち社会思想家ランドルフ・ボーンが論文「トランスナショナル・アメリカ」(一九一六年)で示唆したようなコスモポリタニズムの理論化が促進される時代だった。移民たちがWASPへ単純に同化するのでもなくその逆でもない、むしろ両者のダイナミックな相互干渉からまったく新しい人間像を編み出すようなヴィジョンを、ここでボーンは提供したのである。

したがって、それから一世紀近くが経つ二〇世紀末、中国系アメリカ劇作家デイヴィッド・ヘンリー・ウォンの『M・バタフライ』(一九八六年)からヴェトナム系アメリカ作家・批評家トリン・ミンハ(一九五三年—)の『愛のお話』(一九九五年)に至るまで、いわゆる多元文化主義やポスト・コロニアリズムをふまえた混成主体的な蝶々夫人物語とも仮称すべき作品群が数多く書かれ上演されているのも、決して偶然ではない。むしろコスモポリタニズムの理論が芸術的実践として結実するだけの機が熟すには、それだけの時間が必要だったと見るべきだろう。

一九〇〇年の奇遇——ボームとドライサー

一九〇〇年、一九世紀最後の年に、ふたつの文学作品が衝突する。

ひとつは、ライマン・フランク・ボーム(一八五六—一九一九年)の手になる児童文学『オズの魔法使い』。暴走する竜巻に家ごと飲み込まれた主人公のドロシーが別世界オズに到着するや否や、東の悪い魔女を家の下敷きにして偶然殺してしまうところから大冒険が始まる、あまりにも有名な物語だ。ドロシーは、魔女を殺した偉業をたたえられ、当地の住人から「これはこれは、世にも気高い魔法使いさま、このマンチキンの国へようこそおいで下さいました」と感謝される。三九年ジュディ・ガーランド主演の映画版（日本版では、小説タイトルと異なり『オズの魔法使』と綴る）では、「鐘を鳴らせ！　魔女は死んだ！」というリフレインをもつ挿入歌がひときわにぎやかに合唱される、あのシーンだ。やがてドロシーは、三人の従者とともにオズの大魔法使いの住むエメラルド・シティへ赴く。〈かかし〉は脳ミソを、〈ブリキの木樵〉は心臓を、〈臆病ライオン〉は勇気をもらいたいという願いをそれぞれ抱えており、現実に彼らと出会った魔法使いは、まさしく職人的な手つきで、〈かかし〉の頭を手術し、〈ブリキの木樵〉を開胸し、そして〈臆病ライオン〉に薬を飲ませて、みごと成功を収めていく（第一六章「大ペテン師の魔法」）。今日ならばそっくりそのままジョージ・ルーカスの映画『スター・ウォーズ』（一九七九年―）のキャラクターというところだろうか。だが、最終的には、そもそも「オズのおそろしき大魔法使い」なる存在自身、その正体はといえばオマハ出身で権謀術数に長けた腹話術師にして気球乗り、要するにとんでもない詐欺師でしかないことが判明する……。

　さて、そんな本書とまさに同年に出たもうひとつの作品が、アメリカ自然主義文学の巨匠シオドア・ドライサー（一八七一―一九四五年）が前掲ノリスの尽力により出版へこぎつけた長篇小説『シスター・キャリー』にほかならない。アメリカ中西部の貧しい労働者階級の家庭に生まれ育った美少女キャロライン・ミーバーは、姉を頼って大都市シカゴへ赴くが、その途上の車中でバートレット＝キャリオー株式会社に勤めるセールスマンのチャールズ・ドルーエと、シカゴ到着後には、著名な酒場フィッツジェラルド・アンド・モイの支配人として成功を収めているドルーエの友人ジョージ・ハーストウッドと知り合う。ドルーエの口車に乗って同棲を始めたキャリーは、彼のすすめもあり、ひょんなことからエルクス友愛会カスター支部主催の芝居『ガス灯の下で』に出演し好評を博す。だがそのときにはすでに、ハーストウッドのほうもキャリーにぞっこんで、妻子を捨てても彼女を奪いたいと切望するようになり、店の金を盗みニューヨークへの駆け落ちを企てる――その名もホイーラーと変えて。ところが、いざニューヨークでの暮らしを始めてみるや、シカゴでのようにハーストウッドが羽振りがよくないのを実感するようになったキャリーは再び女優の仕事を始め、『アブドゥルの妻たち』出演をきっかけにますます評判を呼ぶ。他方、とうとう仕事に失敗したハーストウッドは、電車の車庫に勤めたさいにストライキに巻き込まれて再び挫折を味わい、心身を病み、ついには慈悲の聖母修道女会の救貧院活動の世話になるも、みじめな最期を迎えざるをえない。

片や児童文学のファンタジー『オズの魔法使い』、片や主流文学の自然主義小説『シスター・キャリー』。両者のジャンル上のちがいはあまりにも大きいように映るかもしれないが、にもかかわらずそこには、世紀転換期アメリカならではの消費文化指向が確実に共有されている。もともとオズの魔法使いのモデルは、「メンロパークの魔法使い」とさえ渾名され一八八〇年代までには蓄音機や白熱電球など様々な業績をあげていた発明王トマス・エジソンその人であり、作者ボームは世紀末アメリカを華麗に彩るエメラルドの都ならぬデパート文明に、とりわけショーウィンドー雑誌を中心にした「光と色とガラス」を称えるジャーナリズムに加担した人物だった。そしてドライサー描くキャリーもまた、あたかもソースティン・ヴェブレンの『有閑階級の理論』(一八九九年)を体現するかのように、豪華絢爛たる物質文明に幻惑されるあまり金を持つ男から男へと身をかわし、破滅するよりも成功を獲得していくたぐいの上昇指向娘であった。そう思って『シスター・キャリー』第六章「機械と乙女」"The Machine and the Maiden"を熟読するならば、まさしくそのコンセプトが、一九〇〇年にパリ万博を見たヘンリー・アダムズが洞察し自伝『ヘンリー・アダムズの教育』(一九〇七年)に記す「聖母からダイナモへ」というヴィジョンと、ぴったり重なるのに気づく。消費資本主義時代の女性主体は、それがドロシーであれキャリーであれ、まさしく存在論的な無根拠さによって消費への欲望を膨張させ、それによって世紀転換期文明そのものを稼働させていくメカニズムである。こうした無根拠に支えられる独占資本主義の動きは奇遇にも、多様なる移民たちがあえて故郷の根を断ち切って実現しようとしたコスモポリタニズムと絶妙に連動するかたちで形成されていく。

パリのアメリカ人

一九九九年一一月、アメリカ作家・作曲家ポール・ボウルズ(一九一〇―一九九九年)が、永住の地と定めたタンジールで息を引き取った。享年八八歳。アーロン・コープランドに師事して発表した音楽作品の方でも名をなし、小説では代表作の『シェルタリング・スカイ』(一九四七年)

がベルナルド・ベルトルッチの手で一九九〇年に映画化されている。我が国では白水社のシリーズでボウルズ作品の多くを読むことができるが、しかしにもかかわらず昨今、理論化の進むアメリカ文学史の中でさえ、必ずしも重要視されているとはいいがたい。この故郷離脱者は故国を捨てたままとうとう帰ることがなかったからである。しかし彼の訃報を聞いて真っ先に思い出したのは、ボウルズが最年少の才能として出入りしていた、アメリカ詩人・批評家ガートルード・スタイン（一八七四—一九四六年）の主宰になるパリのサロンのことだった。

今日では、ひとつの芸術的サロンがひとつの画期的に新しい芸術的潮流を生み出すことなど、まったくの伝説か夢物語にしか聞こえまい。だが、スタインといえば、ペンシルヴェニア州アレゲニー生まれながら、一九〇五年から二〇年代にかけて、毎週土曜日にパリの自宅で多くの芸術家たちが積極的に交流できる場を設けたモダニズム最大の触媒でありパトロンである。彼女は小説家シャーウッド・アンダソンやアーネスト・ヘミングウェイ、ポール・ボウルズらを育て、画家パブロ・ピカソを発見し、マチスやブラックと友人になり、哲学者バートランド・ラッセルと論争し、詩人エズラ・パウンドやT・S・エリオット、はたまた音楽家エリック・サティらに囲まれていた。ヘミングウェイらの若い作家たちを第一次世界大戦後の無軌道・無関心の気分にとらわれた「失われた世代」(Lost Generation) と命名したのもスタインだった。彼女に気に入られさえすれば、芸術家は真価を認められたことになった。じっさいその審美眼が正しかったことは、何よりも先のリストそのものが如実に物語る。

むろん、洗練された会話とともに有力なコネを求めて訪れた俗物もいただろう。けれど、彼女のサロンでは、じっさいパウンドが絵画詩を実験し、作曲家サティが詩を、詩人ジャン・コクトオが絵を試みるというように、多元的ジャンル横断の実践が実を結びつつあった。モダニズムの起源は一九世紀フランスの象徴主義へ遡るが、世紀転換期をはさみ、多様なテクノロジーが可能にした都市文明の中でスタインが実感したのは、『アメリカ人の形成』(一九〇三―一一年執筆、一九二五年発表)における指摘にも見られるように、いかなる人生も反復にすぎないという「永遠に続く現在」(continuous present)の視点を重視する姿勢であり、それは歴史的伝統を否定し、すべてが同時存在してさまざまなジャンルが交差しあう前衛芸術の本質へ迫る。彼女は明らかにダダイスムやシュールレアリスムの同時代人であったし、ピカソもまた、スタイン本人の肖像画(一九〇六年)を描く作業をきっかけに「アヴィニヨンの娘たち」「三人の女」(一九〇七年)以降、キュビスムの路線を突き進む。そしてスタイン本人も、セザンヌの絵画やバッハのフーガ、黒人音楽の影響下、一九〇三年から六年にかけて『三人の女』を執筆している(一九〇九年発表)。

さらに傍証を重ねるならば、スタインの作品で最も有名な詩行に“rose is a rose is a rose is a rose.”という文法破格の極致があるが、これなどは、たとえば“rose”という同じ単語であっても、それが繰り返されるたびにひとつひとつの独自で完結した宇宙をもつものと見る彼女の詩想が最も如実に表れたものだ。文学史家ピーター・ハーイもいうように、そこには、言語個々を映画のスプロケットのように捉えようとする最も先端的な態度がある。こうした彼女ならではのモダニズム芸術観が以後のアメリカ文学史に与えた影響は決して小さくない。

コスモポリタンの詩学──パウンドとエリオット

じっさい、スタインがいなければ、現代詩の方向を善かれ悪しかれ本質的に決定したT・S・エリオット（一八八八─一九六五年）の「荒地」（一九二二年）も決して完成することはなかったろう。エリオットもまた、純粋にアメリカ中西部はミズーリ州セントルイスの生まれで、ユニテリアン牧師の祖父をもつ。ハーヴァード大学を出た後にはソルボンヌ大学で哲学者アンリ・ベルグソンに学び、のちに一九一一年、ハーヴァード大学院でインド哲学に傾倒、やがてイギリスの哲学者F・H・ブラッドレーを研究するために一九一四年、オックスフォード大学マートン・コレッジに留学。一九一六年に博士論文を書き上げるも、第一次世界大戦の影響でアメリカ行きの船が出ず、イギリス残留を決意する。

だが、すでに当時のロンドンで、実質的な師匠格にしてイマジズムの推進者であり「現代文学の興行師」とも呼ばれるエズラ・パウンド（一八八五─一九七二年）と知り合っていたエリオットは、公私にわたる彼の後押しにより一九一五年、「J・アルフレッド・プルフロックの恋歌」を発表し、詩人としてのデビューを果たしていた。その結果、彼はイギリス文壇で絶大な評価を獲得し、一九二七年には完全に帰化してイギリス国教会へ改宗。その姿勢は、たとえイギリス批判を行うことがあってもアメリカ人としてではなく、あくまで身内意識から行うという徹底したものであった。

そんなエリオットが批評活動の中から編み出したのは、文学作品の理解にいっさいの歴史的・伝記的背景を前提しないアメリカ新批評の原型である。最も有名な「伝統と個人の才能」(一九一九年)では、スタインの理念を学習したかのごとく、文学的伝統を「永遠に続く現在」ならぬ「過去の現在性」であり、「ホメロス以来のヨーロッパ文学の総体がいわば同時存在的な秩序simultaneous orderを築いていること」を強調する。折しも構造主義言語学者フェルディナン・ド・ソシュールは一九一六年に『一般言語学講義』を世に問い「通時」と「共時」を区分したが、エリオットのテクストに直接的な言及がなくとも、こうした構造主義的「共時」概念を彼が「同時存在的な秩序」を強調する自らの「伝統」観に適用し、まったく新しい「文学史」構築をめざしたことは明らかだ。この論理に即すなら、いかなる詩人も単独では存在しえないし、むしろ理想的なのは、まちがってもロマン派詩人のように自己の内面を表出しようとするのではなく、あくまで最初から自己自身を抹消する方向、すなわち「個性滅却の原理」(the extinction of personality)なのである。さらに彼は別のエッセイで、文学作品にはその情緒と外的事物がぴったりと一致する装置が不可欠であることも説き、この場合に情緒を表現する唯一の公式が「客観的相関物」(objective correlative)と定め、シェイクスピアの「ハムレット」は劇作家自身がもてあますような複雑きわまる生の情緒を扱ったがためにこの装置を欠落させ失敗作に終わってしまった、とみなす。

ここで客観的相関物という名の批評装置が、パウンドが一九一〇年代に関与したイマジズム運動におけるイメージ、すなわち「瞬間における詩的情緒的複合体」をさらに洗練させた概念であることは注目しておいてよい。そう、ここでもまた、文字ではなく映像が優先するのだ。イマジズム運動の渦中にあった一九一八年、アーネスト・フェノロサの『詩の媒体としての漢字考』への序文において、パウンドが表音文字(phonogram)と表意文字(ideogram)を比較対照し、後者である漢字の可能性の中に、それが基本的に自然の描写であることから「映画」(moving picture)にも比すべき言語形態であると断じてみせたことが思い出される。一八八九年に発明王トマス・エジソンがキネトグラフを発明して以来大きな発展を遂げた映画は、一九一〇年代前半頃から西海岸はハリウッドに拠点を構え、一九一五年にはグリフィスのサイレント時代の傑作「国民の創生」が製作されたのを契機に、初めて二〇世紀の芸術のひとつとして広く認められるきっかけをつかんでいた。スタインからパウンド、エリオットへと連なる当時最も鋭敏なモダニスト文学者は、ハイテクノロジーとオリエンタリズムの交錯する地点で、新しいメディアの発想を自己の前衛文学理論に、ごく自然に取り込んでいく。

ちなみにこの同時代には、のちにエリオットの翻訳でも知られることになる我が国の西脇順三郎が一九二二年のイギリス留学以後、モダニズム運動に接し、二四年には雑誌〈チャップブック〉三九号にエリオットとともに英詩を発表するという、もうひとつのコスモポリタニズムの視線も、確実に存在した。

かくしてエリオットの批評理論はいずれも、一九世紀ヴィクトリア朝までは何らかのかたちで支配的だった人間を中心とする文学観に対して打撃を与えてやむことなく、その結果、いわば現代詩学の根幹を成す。しかしその背後には、ひょっとしたらエリオット本人のアメリカ中西部出身という主体形成の歴史そのものを抜本的に抹消し、そのうえで故郷離脱者すなわちコスモポリタンたらんとする姿勢が潜んでいたのかもしれない。昨今ではエリオットのユダヤ人差別意識や全体主義思想をめぐる議論もさかんだが、じつのところ、もともとコスモポリタニズムという言説自体がユダヤ的故郷喪失意識（ディアスポラ）をモデルに形成されたことをふまえなければ公正を欠く。そしてじっさい、狭義のアメリカニズムを超え、多元文化主義の中に以後の進むべき道を模索しようとするコスモポリタニズムが初めて理論化されるのは、まさしくエリオットの同時代人ランドルフ・ボーンが一九一六年に発表した前掲論考「トランスナショナル・アメリカ」においてであった。

「荒地」のあとで

以上の詩論を背景に、一九一八年の第一次世界大戦終了後も軍国体制が弱まるばかりかますます強化され、戦勝国すら豊かにならず、若い世代の絶望感が深まるばかりの精神的荒廃を表現したのが、エリオットの代表作「荒地」である。エズラ・パウンドが大胆にノリとハサミで編集し、当初の分量の半分ほどにおさまって発表されたテクストの冒頭は、このように始まる。

四月は残酷きわまる月だ、　April is the cruellest month, breeding
死せる大地からライラックを育て上げ、　Lilacs out of the dead land, mixing
記憶と欲望をかきまぜ、　Memory and desire, stirring
萎びた根に春雨を降り注ぎ奮い立たせる　Dull roots with spring rain.

この数行が英国中世の代表的詩人ジェフリー・チョーサー『カンタベリー物語』プロローグのパロディ化であるのはよく知られているが、のみならずこれを含む第一章「死者の埋葬」(The Burial of the Dead) から第二章「チェス」(A Game of Chess)、第三章「火の説教」(The Fire Sermon)、第四章「水死」(Death by Water)、そして第五章「雷神の言葉」(What the Thunder Said) へ至る作品全体に、ペトロニウスからダンテ、シェイクスピア、トマス・キッド、アレグザンダー・ポウプ、それに聖書からウパニシャッド、ラグタイムにまでおよぶ豪華絢爛たる学識がひしめき、そこには、現代人がいかに荒地と化した文明のさなかより再生への希望を見出せるかという主題が練り上げられている。

方法論として用いられているのは、フレイザーの『金枝篇』(一八九〇年) やジェシー・ウェストンの『祭祀からロマンスへ』(一九二〇年) といった文化人類学的な神話再検討の成果だ。タイトル「荒地」が暗示するのは中世の漁夫王伝説と聖杯探求物語であり、これは邪悪な欲望のために身体障害と性的不能に陥り国土をも不毛化してしまった漁夫王の呪いを解くため、高潔なる騎士がイエス・キリストゆかりの不老不死を約束する聖杯を探す苦難の旅へ出るという展開をもつ。エリオットはこのように古くから伝わる神話学的枠組みを第一次世界大戦以後の精神状況を考え直すのに適用し、自らの生きる一九二〇年代の本質をみごとに抉り出した。スタインが抜本的に読み替えた「伝統」の意識は、いわば文学史そのものを「荒地化」するような狡猾なる戦略によって、逆に最も豊饒な果実をもたらす。以後、パウンドやエリオットの影響を受けた詩人は、ウィリアム・カーロス・ウィリアムズやマリアンヌ・ムーア、アーチボルド・マクリーシュなど枚挙にいとまがない。

失われた世代

一九二〇年代ジャズ・エイジ。正確には、一九一九年のメーデーに始まり一九二九年の大恐慌で幕をおろす一〇年間をこの名で呼ぶ。同時代の旗手F・スコット・フィッツジェラルドによれば、これこそは「奇跡の時代」であり「芸術の時代」「過剰の時代」「風刺の時代」、わけても「何もかもバラ色でロマンティックな時代」であった。

それは、長くポピュラー音楽に手を染めてきたジョージ・ガーシュインが本格的な作曲家をめざしてシンフォニック・ジャズ『ラプソディー・イン・ブルー』(一九二四年)や『パリのアメリカ人』(二八年)を書き下ろし、フランスから移民したマルセル・デュシャンが一九一五年から二三年の間に衝撃的作品「彼女の独身者たちによって裸にされた花嫁、さえも」(大ガラス)を制作、二六年から二七年にかけての国際モダン・アート展で初公開してダダイスム/キュービスムの幕を開けた時代。一九二四年にニューヨークを目撃して霊感を得たドイツ人映画監督フリッツ・ラングが映画『メトロポリス』(二六年)を完成させ、二六年四月にルクセンブルク系移民の青年技術者ヒューゴー・ガーンズバックが世界初の科学小説専門誌『アメージング・ストーリーズ』を創刊した時代。ニューヨークの黒人作家ジーン・トゥーマーの『サトウキビ』(一九二三年)やラングストン・ヒューズの『夢の変奏』(二三年)などが中心となって「ハーレム・ルネッサンス」が勃興した時代。ヴィクトリア朝アメリカで培われた白人的母権制から脱却するためフロイトのエディプス・コンプレックスにはじまる精神分析理論を大歓迎したモダニズムの黄金時代。

そしてそれはもちろん、作家フィッツジェラルドが『華麗なるギャツビー』(一九二五年)を世に問い、ジョン・ドス・パソスが『マンハッタン乗換駅』(二四年)を、アーネスト・ヘミングウエイが『日はまた昇る』(二六年)を、ウィリアム・フォークナーが『兵士の報酬』(二六年)を出し、詩人エドナ・セント・ヴィンセント・ミレーが詩集『第二の四月』(二一年)を、e・e・カミングスが『巨大な部屋』(二二年)をまとめ、劇作家ではユージーン・オニールが『楡の木陰の欲望』(二四年)を、ソーントン・ワイルダーが『サン・ルイス・レイの橋』(二七年)を上演した一大収穫期であり、この時代の作家たちは「失われた世代」(Lost Generation)の名で総称されることになる。

前述の通り命名者はガートルード・スタイン。彼女は、第一次世界大戦が終わったのをきっかけに、それまで乗り回していた不格好なフォード車を一人乗りの洒落た新車に買い替え「ゴダイヴァ」と名づけたのだが、それを修理に出したガレージで偶然、フランス人の老機械工が、とうてい見込みのない見習い青年を「失われた世代」"une génération perdue"と評するのを耳にした(一説では、「度し難い世代」"une génération fichue"とも伝えられる)。彼の説明によると、人間が礼儀や教養を身につけるのは一八歳から三〇歳までの時期だが、先の大戦を経験した若者たちは従前の自然な伝統が断ち切られてしまったために、そうしたチャンスを持ち損ねたという。かくして閃いたスタインは、当初、粗暴なヘミングウェイを戒める意味で「あなたがたはみんな失われた世代なのよ」(You are all a lost generation.)なる有名な言葉を残し、それが『日はまた昇る』のエピグラフに引用されて、以後、文学史上では一九世紀的伝統と切断したモダニスト世代として定着するようになったのである。ただしこの名称にはさらに、たとえば前掲のピーター・ハーイも『アメリカ文学の輪郭』でいうとおり、当時の才能あるアメリカ人芸術家たちがみんなパリへいちどは亡命し国籍離脱者を気取らざるを得なかったという事情、すなわち「国家アメリカが取り逃がした若手作家たち」なるニュアンスを感じ取る向きもあることを付記しておこう。

荒地を越えて氷山の一角へ——フィッツジェラルドとヘミングウェイ

失われた世代の作家を考える時、重要なのは、予想外に根強いエリオットの「荒地」の影響である。F・スコット・キイ・フィッツジェラルド（一八九六—一九四〇年）は一九二〇年に発表した『楽園のこちら側』の成功とともにアラバマ一の美女ゼルダ・セイヤーを射止め、以後、ジャズ・エイジの感性をフル回転させた膨大な短篇群を書き散らしながら、ジャズと札束とフラッパーの入り乱れる二〇年代ニューヨークを満喫したが、やがて大恐慌以後に渾身の力を込めた『夜はやさし』（一九三四年）を発表するも売れ行き不振で、ハリウッド産業における大富豪を中心に据えた最後の野心的長篇『最後の大君』（四一年）も未完のまま終わってしまう。時代の寵児という形容はありふれているが、しかし「時代が彼を生み、時代が彼を捨てた」なるキャッチコピーが彼ほどぴったりあてはまる作家も少ない。そしていうまでもなく出世作である二五年の『華麗なるギャツビー』は、かつて金も名声もなかったがゆえに恋人と別れなくてはならなかったギャツビーが、闇商売に手を出しながら財力を蓄え、いまはブキャナン夫人となった恋人デイジーを取り戻そうとするも、彼女の引き起こした交通事故に巻き込まれ、トム・ブキャナンの愛人マートルの夫ジョージ・ウィルソンによって射殺されるという、典型的なアメリカの夢の挫折を語った、代表的なアメリカの悲劇である。

スタンダールの『赤と黒』からアラン・ドロン主演の『太陽がいっぱい』まで、こうした成り上がり者の悲劇を扱う物語は珍しくないし、まったく同年出版のドライサーの『アメリカの悲劇』も通底する主題を扱っているが、しかし本書で最も印象深いのは、その末尾で、ギャツビーという犠牲をもたらしながらも平然ともともとの生活へ戻ってしまうブキャナン夫妻を「能天気な連中」"careless people"と呼ぶ場面に、まずまちがいなく、イザヤ書において反エジプト感情から"ye careless daughters!"へ呼びかける警戒心が漏れ聞こえることだろう。十二分に警戒しなくては世界は再び破滅する、というメッセージ。だが、さらに細部において興味深いのは、すでにジョージ・ウィルソンの経営する自動車整備店が、ウェスト・エッグとニューヨーク・シティの中間「灰の谷」近辺、それもずばり「荒地の縁」(on the edge of the waste land)に位置する黄色い建物内に置かれている点だ(第二章)。スタインは新車の修繕中に「失われた世代」を着想したが、フィッツジェラルドはまさにウィルソン自動車整備店のある荒地を中心に起こる人間ドラマのさなかより、「失われた世代」独自の感性をみごとに表現してみせた。

このような「荒地」への意識をさらに深め、失われた世代の代表格にのしあがったのが、スタインやエズラ・パウンド、シャーウッド・アンダソンやフィッツジェラルドらの有益な助言を得る立場にあったアーネスト・ヘミングウェイ(一八九九―一九六一年)である。げんに彼の処女長篇『日はまた昇る』(一九二六年)は、エリオットの「荒地」の小説版とも見られることが多かった。舞台は一九二〇年代初頭のパリ、アメリカを捨てて戦傷による性的不能に悩むジェイク・バーンズを主人公に、貴族の称号を与えられ婚約者がいる身であるというのに酒と男に溺れるフラッパーの典型ブレット、その彼女を追い回すロバート・コーンといった人物群像を、作家は生き生きと描き出す。それはまさに、不能に陥った漁夫王の呪いを解くための聖杯探求を構造とする名詩「荒地」を散文化し、スペインの祝祭を経て、荒地の彼方のアメリカを占おうとする物語にほかならない。

じっさい、大恐慌後、三〇年代に入って失速していくフィッツジェラルドとはうらはらに、ヘミングウェイは二九年に第一次世界大戦中の経験をもとにした『武器よさらば』で四万五千部を売り、アフリカ旅行の経験を活かして『アフリカの緑の丘』（一九三五年）および名作短篇「キリマンジャロの雪」「フランシス・マコーマーの短い幸福な生涯」（ともに三六年）を、さらにスペイン市民戦争に取材した『誰がために鐘は鳴る』（四〇年）を、さらに五〇年代に入ってもメルヴィルの『白鯨』やフォークナーの『熊』など、アメリカ文学史における狩猟《ブラッドスポーツ》小説の正統に連なる『老人と海』（五二年）を書き、第二次世界大戦から戦後に至る、いわば「強いアメリカ」を体現する作家と化していく。その結果、一九五四年にはノーベル文学賞を受賞。以後、没後二五年に公刊された『エデンの園』（八六年）の描く多様なセクシュアリティの世界は、改めてヘミングウェイ再評価の波を巻き起こす。

フィッツジェラルドは二〇年代ジャズ・エイジとともに消えたが、ヘミングウェイは三〇年代以後も長く生き残り、やがて自らの恩師スタインやフィッツジェラルドへの悪罵すら記すほどに自信を持ち、作家として大成していった。そのゆえんはさまざまに考えられるが、ここで二〇年代半ばに時代の変革をもたらしたファクターとして、一九二六年にトーキーが開発され、二七年には世界初のトーキー映画『ジャズ・シンガー』が大ヒットを記録し、ブロードウェイの役者たちがハリウッドへ殺到する、いわゆる「ハリウッド・ゴールドラッシュ」が起こったことに注目してもかまうまい。フィッツジェラルドはあくまでサイレント映画時代の感覚で『ギャツビー』を書いたが、ヘミングウェイは今日にも通じるトーキー映画時代の感覚で『日はまた昇る』以後を書き継ぎ、彼の作品の多くは映像化された段階でも成功を収めた。そして、こうしたハリウッド映画黄金時代にあって、タイプライターがなかったら生まれなかったであろうとさえ評されるヘミングウェイの文体こそは、時代そのものの文体たりえたのではないか。同時代大衆作家ダシール・ハメット(一八九四―一九六一年)の開発になるタフガイ小説、すなわちハードボイルドは、登場人物の心理的内面よりも、あくまで客観的な情景や動きに描写を絞る。その意味で、エリオットのいう「客観的相関物」理論は、ハメット的「ハードボイルド」文体と劇的に出会うことで、ヘミングウェイならではの感覚を磨き、かの有名な「氷山の一角」の理論へ変貌したのだと思う。

ヘミングウェイは、一九三二年の『午後の死』の中で、以下のように述べている。「もし散文作家が自らの書いている内容を熟知している場合、自分で分かっていることについてはあるていど描写を省略しても構わない、そして作家が十分配慮して書いている場合、読者はあたかも作家が書いていないことでも書いてあるかのように、強烈に感じとるものだ。氷山の動きに威厳を与えるためには、まさしくその全体像の八分の一だけを水上に浮上させておくことが必要なのである」。作品の本質的な部分は、いわなくても伝わるようにとっておくこと——まとめてしまえばシンプルきわまりない小説の極意だが、しかしこれは疑いなく、映画の可能性とハードボイルドの文体が相互に連動しうる時代ならではの証言であろう。その意味では、ヘミングウェイもまた、もうひとりの時代の寵児であったといってよい。

三〇年代への転換——ウィラ・キャザーの闘争

二〇年代と三〇年代の対照は、いわばバブルに浮かれ騒ぐ時代と経済恐慌に喘《あえ》ぐ時代の対照である。前者の場合、いくぶん夢想的で家庭的な文学でも愛されたが、後者の場合、あくまで厳しい環境を強く生き抜くための社会的処方箋が文学にすら求められた。

そのことは、たとえば一九一〇年代から二〇年代にかけて、最初の長篇小説『アレキサンダーの橋』(一九一二年)や『雲雀の歌』(一五年)、『私のアントーニア』(一八年)、『大司教に死は来る』(二七年)まで、主として家庭小説の体裁の中にアメリカとヨーロッパを対照させ、移民社会のコスモポリタン的本質をつこうとした中西部はネブラスカの作家ウィラ・キャザー(一八七三—一九四七年)の評価変貌において、最も如実に現れている。とくに二五年の『教授の家』は、ゴッドフリー・セントピーターというヨーロッパ史の教授を主人公に、彼が『北アメリカにおけるスペインの冒険家たち』八巻本の研究を完成しオックスフォード大学から賞を受けたため、それによって新しい家を建築することにしたにもかかわらず、乗り気な妻リリアンとはちがい、教授自身はかつての研究の思い出の一杯詰まった古い家の屋根裏部屋も捨てられないという、なんともやるせない心情を切々と描き出した名作だ。キャザーの人物は、たとえ男性であってもあくまで「家庭的性格」が付与されている点に、最大の魅力がある。そして彼女は当初、まさしく文壇の大作家として迎えられていた。ところが、三〇年代へ転換する時点で、彼女の評価は一気にメジャーからマイナーへ転落してしまう。そのゆえんは何か。

キャザーのデビューからしばらくは、ちょうど当時のアメリカの大学英文科というのがイギリス文学一辺倒だったため、イギリス文学に対抗しうるアメリカ文学のキャノン（正典）を確立しようとメンケンら批評家たちが躍起になっていた時期と一致する。一九世紀の存命中はとうとう栄光を手にできなかったハーマン・メルヴィルが積極的に掘り起こされ、二〇年代にいわゆる「メルヴィル・リバイバル」が湧き起こるのは、まさにこのためである。ところが一九二九年の大恐慌を経て、キャザーのような家庭小説志向ではもはや厳しい現実を描破できないという左翼的風潮が支配的になる。二〇年代ジャズ・エイジまでは性差別的対象になったこともなかったキャザーが、以後一気に女性作家としてのデメリットをひきうけるのだ。マックスウエル・ガイスマーをはじめとして、「女性作家」ということから「ロマンティックであること」「センチメンタルであること」「ソフトであること」「スケールの小さいこと」が記号連鎖するようになった。三〇年代、フランクリン・ローズヴェルト大統領の政権下におけるニューディール政策時代のアメリカ的現実は厳しく、女性ではとうてい扱い切れないというわけだ。時代は確実に、労働者階級を理解する強くたくましい作家の方向へ流れ始め、アースキン・コールドウェル（一九〇三―八七年）の『タバコ・ロード』（三二年）や、のちにノーベル賞を受賞するジョン・スタインベック（一九〇二―六六年）の『怒りのぶどう』（三九年）などに苦境を切り拓くパワーを認めるようになる。女性作家であってもパール・バック（一八九二―一九七三年）の『大地』（三一年）のように、激動の中国を舞台にした作品は、まさに先の社会的文脈に合致したがゆえに高く評価された。

加えるに、二〇年代までのメンケンやドーレンといったジャーナリスト的批評家は三〇年代にはニュートン・アーヴィンやライオネル・トリリングなどニューヨーク左翼系知識人に世代交代したが、このとき先行の批評家世代の評価規準を後発の批評家世代が問い直したことで、メンケンらのアイドルだったキャザーがそのとばっちりを食らったのではないか、とシャロン・オブライエンは解釈する。むろん、キャザーのほうも黙ってはいない。彼女は自らの本が仮想敵として叩かれるぐらいなら出版を差し止めるのもやぶさかではなく、自分を締め出した批評家たちへの復讐として、自らも読者を選び抜き「豪華客船の乗員同士」にも似た女性中心のサークルを作りあげてしまった。

しかし、現在、まさに二〇世紀後半のセクシュアリティ理論の発展により、今日のキャザーはひとりの家庭小説家ならぬ先駆的レズビアン・フェミニスト作家として積極的に再評価されるようになっているのだから、まさに隔世の感といえようか。

第7章　ポスト・アメリカニズム

パレードをするJ・F・ケネディ

アメリカの世紀

今日、アメリカ文学といわれて真っ先に浮かぶイメージは、どんなものか。

たしかに一九世紀半ばのアメリカ・ロマン主義時代はアメリカン・ルネッサンスと呼ばれるほどで、そこに国民文学の意識的成立を見るのはたやすい。だが、忘れてはならないのは、その時代があくまでヴィクトリア朝イギリスの全盛期、すなわちパクス・ブリタニカの時代であり、アメリカはいまほどの勢力をなしてはいなかったという事実である。メルヴィルの『白鯨』があるではないか、という意見もあろうが、当時は評価も売り上げも芳しくなく、名作として再発見され正典化されるのも前章で指摘した通り一九二〇年代に入ってからのことだし、今日ではアメリカ文学というより世界文学のトップに選ばれることのほうが多い。

となると、やはり第一次世界大戦から第二次世界大戦にかけてのさまざまな試練をくぐり抜け、二〇世紀がアメリカの世紀であるのが確認されて初めて、アメリカ文学もその確固たるイメージを定着させるようになったのではないか。いまでもアメリカ文学というと二〇年代から三〇年代にかけて、すなわち一九一九年に女性参政権が成立し禁酒法時代（一九二〇―三三年）に突入した好況期ジャズ・エイジが、そして失われた世代代表としてのフィッツジェラルドやヘミングウェイの「顔」が真っ先に甦るのは、彼らがアメリカの世紀ならではのアメリカ文学の「声」を代弁していたためではなかったか。

もちろん、二九年にはニューヨークで株価の大暴落が起こり、三〇年代には大恐慌の時代に突入、時のフーヴァー大統領は、経済再建のためには政府の抜本的なテコ入れが必要とされていたにもかかわらず、それがファシズムを招きかねない可能性を恐れて表面的な改善しかなしえなかった。かくして三三年に選出されたフランクリン・ローズヴェルト大統領こそは、内政を重視し労働者や一般大衆の要求に応える立場から、アメリカ経済の根本に国家権力を大幅に介入させ、その公約どおり、ずばりトランプのカードの配り直しを意味するニュー・ディール政策を実践することで、資本主義体制を本質的に建て直す人物となった。何しろ彼は短期間のうちに、銀行救済措置、金本位制の停止、農産物価格安定策、自然保護とテネシー川流域開発計画、さらに企業活動への国家統制や労資関係の規制まで、アメリカ産業制度を塗り替える改革を行い、みごとな成果を収めたのである。しかもこの政策が、ユダヤ人や黒人といった少数派をも積極的に考慮に入れていたことも手伝い、三六年にはローズヴェルト再選が成る。第二次世界大戦のさなか四五年に彼が急死したのちにはトルーマン大統領の指揮で日本への原爆投下が決断され、大戦が終わる。

以来、五〇年代にかけて、アメリカさえ平和なら全世界が平和になりうるというパクス・アメリカーナ (Pax Americana) すなわち自由主義思想礼讃の言説が確立し、その名目の陰で米ソ冷戦が始まり、ソ連に代表される共産主義思想を抑圧する風潮が浸透していく。

こうした時代だからこそ、マックス・フライシャーの初期アニメ・キャラクターを代表する

「ベティ・ブープ」三〇年代の物語には、アメリカのみならず地球そのものが大不況となり太陽系内部で売りに出されるというダイナミックな発想で苦境を笑い飛ばす回が含まれていたのだし、一九三八年当時、フィリップ・ワイリーの原作小説から着想され視覚化された漫画の「スーパーマン」がアメリカの理想たる超人、転じては超兵器を促進するばかりか、さらに四五年の原爆投下を肯定するような国民的無意識を培ったことを、忘れるわけにはいかない。

好況期から恐慌期へ、そして勝利と冷戦が同時に到来する時代へ——二〇年代から四〇年代へ至る歴史が示した「国家アメリカの強さ」は圧倒的だ。このような諸段階を踏むことで、イギリスの世紀はアメリカの世紀へと着実に転換した。かくして、二〇世紀前半のアメリカ文学史は、じつに多様な領域において新たなる黄金時代を迎える。

さまざまなルネッサンス

じっさい、「強いアメリカ」が成立する過程においては、さまざまな文学運動がかつてないほど豊かな収穫をもたらした。

たとえば、世紀転換期あたりから中西部はシカゴに集まった才能たちのなかにはシオドア・ドライサーやシャーウッド・アンダソンらのように失われた世代にも影響を与えた小説家はもちろんのこと、ホイットマンの伝統を継ぐカール・サンドバーグ（一八七八—一九六七年）や新詩運動を代表するニコラス・ヴェイチェル・リンジー（一八七九—一九三一年）、ロバート・ブラウニング風ともいわれるエドガー・リー・マスターズ（一八六八？―一九五〇年）といった詩人、そして新詩運動の中核を成した詩誌『ポエトリー』*Poetry*（一九一二年創刊）の編集長ハリエット・モンロー（一八六〇―一九三六年）など多士済々であり、この動きが「シカゴ・ルネッサンス」Chicago Renaissance（一九一〇年代―二〇年代）と呼ばれる。

また、二〇年代には南部の田舎から北部の都市へ移住する黒人が目に見えて増え、前述したように、ニューヨークのハーレムを中心にした黒人詩人ラングストン・ヒューズや小説家ジーン・トゥーマーらが頭角を現し、批評家アレン・リロイ・ロック（一八八六―一九五四年）が一種の宣言書ともいえる詩選集『新しい黒人』（一九二五年）をまとめており、こうした動きは「ハーレム・ルネッサンス」Harlem Renaissance（一九二〇年代から三〇年代まで）の名で親しまれる。その渦中では、たとえばのちに事実上「新しい黒人」となるリチャード・ライト（一九〇八―六〇年）が白人少女殺人を行った黒人青年の運命を描く黒人系自然主義小説『アメリカの息子』（一九四〇年）や、ラルフ・エリソン（一九一四年―）がポウ的亡霊とH・G・ウェルズ的透明人間を黒人の隠喩に据えた黒人系モダニズム小説『見えない人間』（一九五二年）などが生み出される。しかし中でも、黒人女性作家として今日のアリス・ウォーカーやトニ・モリスンの原型を成すゾラ・ニール・ハーストン（一九〇一？―六〇年）が、この運動の渦中である一九二五年にニューヨークへ向かい二七年にデビューを飾り、やがて民俗学的素養を活かした文体によって黒人差別内部の女性差別を抉り出す傑作『彼らの目は神を見ていた』（一九三七年）を発表し、「新しい黒人」

にそぐわぬ傾向としてライトら黒人男性作家からの非難を浴びた事実は、その独自性の証として、明確に記憶されるべきだろう。

さらに加えて、二〇世紀前半のアメリカに関する限り最も射程が長い運動としては、一九二〇―五〇年代のいわゆる「サザン・ルネッサンス」(Southern Renaissance)を挙げなくてはなるまい。アレン・テイト(一八九九―一九七九年)やロバート・ペン・ウォレン(一九〇五―八九年)、ジョン・クロウ・ランサム(一八八八―一九七四年)らのように南部農本主義の立場より文学外部の歴史的・伝記的条件を切り離し作品内部の自律的宇宙だけを読み解く新批評New Criticismを促進した新批評家たちNew Critics(「逃亡者」fugitivesの名でも呼ばれる)とともに、『心は淋しい狩人』(一九四〇年)などで南部人の精神的孤独を描破するカーソン・マッカラーズ(一九一七―六七年)や、『遠い声、遠い部屋』(一九四八年)などで南部的幻想にゲイ的感性を反映させるトルーマン・カポーティ(一九二四―八四年)、それに『賢い血』(一九五二年)などでグロテスクな描写とカトリック信仰を融合させたフラナリー・オコナー(一九二五―六四年)らによる「南部系ゴシック」(Southern Gothic)が勃興し、この動きは以後のアメリカ文学史に決定的な影響を与えていく。

アメリカの世紀は、さまざまなアメリカ文学史上のルネッサンスがひしめくさなかより始まった。そもそも今日では文学史的時代として定着しているアメリカン・ルネッサンスの呼称そのものが一九世紀には存在せず、一九四一年、新批評と民主主義を統合するヴィジョンをもつ文学史家F・O・マシーセンが自著を命名するさい編み出したものであることを、いま思い出してもよい。それは、二〇世紀前半ほどに、アメリカ文学が国民文学の黄金時代をルネッサンスとして意識するのにふさわしい時代はなかったことを意味する。

敗北の想像力——フォークナーからミッチェルまで

それでは、アメリカの世紀を代表するアメリカ作家は誰か。こう尋ねられて、真っ先にウィリアム・フォークナー（一八九七―一九六二年）の名を挙げる向きは決して少なくあるまい。アメリカ南部はミシシッピ州出身であり、その小説においては、師匠格のひとりシャーウッド・アンダソン（一八七六―一九四一年）のスモールタウン連作短篇集『オハイオ州ワインズバーグ』（一九一九年）とも通ずる架空の南部ヨクナパトーファ郡を舞台に据えながら、まさにそのために通常の時空間を魔術的に塗り替える特殊な想像力を発揮し、結果的に世界文学的意義を獲得してしまった巨大な存在。ポウからドストエフスキーへ、ドストエフスキーからフォークナーへと循環して継承された想像力は、さらに今日において、ガブリエル・ガルシア・マルケスやホセ・ドノソ、カルロス・フエンテスらによるラテンアメリカ小説の可能性を開花させ、以後は現在文学全般において魔術的リアリズムの方法論が交響するに至っている。かくしてフォークナー流の聖域的時空間を構築する魔術的想像力は、いったん世界文学的遺産となったのちにアメリカ文学へ逆影響を及ぼし、一九八〇年以後に限っても、トマス・ピンチョンの『ヴァインランド』（一九九〇年）における六〇年代総括やルーシャス・シェパードの『戦時生活』（一九八七年）、エリザベス・スカボロの『治療者の戦争』（一九八八年）におけるポスト・ヴェトナム、サルマン・ラシュディの『悪魔の詩』（一九八八年）のような疑似瀆神、トニ・モリスンの『ビラヴド』（一九八七年）に見られるヴードゥー的歴史再構築などへごく自然に流れ込んだ。

もちろん、初期フォークナーの中にはいわゆる習作も少なくなかったが、彼は一九二九年に精神薄弱のベンジーを視点人物のひとりに据えるという衝撃的な複合プロットから南部貴族コンプソン家にひそむ近親相姦的恋愛の悲劇的顛末を物語る『響きと怒り』によって、一気にモダニズム文学の最高峰に到達してしまう。

以後は続々と傑作が続き、たとえば『サンクチュアリ』（一九三一年）の女子大生テンプル・ドレイクと凌辱者ポパイの関係からは、暴力で。むせかえるような南部の時空間が浮上する。それについてはさらに、『死の床に横たわりて』（一九三〇年）の多元的視点人物のひとりダールが、弟ジュエルと離れた森にいながらにして母親の臨終の時を迫真的に幻視する光景や、『アブサロム、アブサロム！』（一九三六年）でクエンティン・コンプソンがハーヴァード大学の学寮で友人相手に家族の歴史を語りながら、自ら織り成す言説効果のさなかにミシシッピの九月の夜の埃のにおいや、馬のにおい、馬車に乗る老女のかびくさく樟脳くさいショールのにおいなど南部の暴力的芳香を嗅ぎとる光景を連想してもよい。

そうした一群の光景が重要なのは、それらがフォークナー作品内部にのみ封じ込められることなく、以後のアメリカの世紀の本質へ作用してきたからだ。たとえば、八〇年代以後のアメリカ文学では最も忠実なフォークナーの継承者と目される魔術的リアリズム作家に、自らアメリカン・インディアンの血を引くスティーヴ・エリクソンがおり、たしかに彼は、第一長篇『彷徨う日々』(一九八五年)以来の幻視的小説群において、ヨクナパトーファ的な超時空間的技法を多様に応用している。とりわけ、九七年に発表したノンフィクション・ノヴェル風の作品『アメリカン・ノマド』では、大統領選に材を採りながらも、九〇年代アメリカの内部に無数の苦悩する混成主体すなわち『八月の光』のジョー・クリスマスに酷似した人物がひしめいているのを喝破する。

では、かくまでもフォークナーの想像力が勝利を収めたゆえんは何か。

ひとつのケーススタディとして、名作短篇「エミリーへの薔薇」(一九三〇年)を読み返してみよう。巧妙な時間再配列を施したこの作品は、グリアスン家年代記を語り直しながら、結末に至って、老女エミリーの家から漂い出るおぞましい砒素の悪臭が、じつのところ彼女がとうの昔に殺してしまい、いまは死体として彼女自身のベッドに横たわるばかりの恋人ホーマー・バロンのものであることを露呈させ、読む者に絶大な衝撃を与えてやまない。

だが、ここで注目したいのは、作品後半を彩るフォークナー独自の南部的時間観だ。

ふたりの親類の女がさっそくやってきた。ふたりはその翌日葬式を行った。そして、町中の人が、買ってきた花の山に埋もれたミス・エミリーに最後の別れを告げようとしてやってきたし、彼女の棺台の上では例の父親のクレヨン画の顔が意味ありげにじっと見つめており、婦人たちはぞっとしたようにひそひそ声で話しあっていた。そしてたいへん年のいった連中は——その中のいく人かはブラシで埃を払った南軍の制服を着ていたが——ポーチや芝生の上で、ミス・エミリーがまるで自分たちと同時代のものであったかのような口ぶりで彼女の話をしあい、彼女とダンスをしたり、おそらく彼女に求愛したと思い込み、老人たちがとかくするように、数学的に進行する時間というものを混乱させていた。彼ら老人にとっては、あらゆる過去が次第に先の狭まっていく一本の道ではなく、冬が一度も訪れることのない広々とした牧場 (all the past is not a diminishing road but, instead, a huge meadow which no winter ever quite touches) であり、最近の一〇年という狭い道路によって、現在の彼らから隔てられているものなのである。(「エミリーへの薔薇」第五章、傍点引用者)

英文を付したところからだけでも、フォークナー的モダニズムがエリオット的伝統論とも通ずる共時的時間観を採用しているのは明らかだが、それによって表現されているのは、南北戦争以後に南部人が味わった挫折感があまりにも深いために幻出してしまった、ありえざる、しかしありえたかもしれぬもうひとつの南部的時空間にほかならない。げんにフォークナーは一九五五年の来日時に、自分もまた日本と同じく「敗戦国」すなわち南部の出身なのだという殺し文句によって、多くの日本人読者の心をまんまとつかんでいる。そしてまさにこのような南部特有と思われた敗者の想像力こそは、以後、三〇年代にかけての大恐慌期において経済的敗者となったアメリカ全般において共振し、ニュー・ディール政策を生き抜き再び勝利を収めるべく導いた最大の国家的創造力だったのではあるまいか。

その意味で、まさにフォークナーの同時代、南部はジョージア州アトランタ生まれのマーガレット・ミッチェル（一九〇〇―四九年）が一九三六年に発表した歴史ロマンス『風と共に去りぬ』が、同じく南北戦争前後を舞台に、出版後一年で百五十万部を超す大ベストセラーを記録したことは見逃せない。伝統的かつ封建的な一九世紀の旧南部に生まれた主人公スカーレット・オハラを性格造型するのに、作者ミッチェルはこれを執筆した一九二〇年代後半当時の反伝統的にして反逆的なヤング・サウスの理念を刷り込み、たとえエゴイスティックな動機からであっても敗戦後の世界を強く生き抜いていく女性に磨き上げて、三〇年代アメリカ人の強い共感を呼んだ。フォークナーの最も先端的な主流文学とミッチェルの最も通俗的な大衆文学は、まったく異なる文学市場に位置しながらも、奇妙に共鳴する敗戦の想像力を共有し、南部の問題をアメリカ三〇年代そのものの国民的問題へと一気に拡大したのである。

米ソ冷戦以前・以後

アメリカ文学史のひとつの大きな区切りが一九世紀後半の南北戦争以前・以後にあり、もうひとつの大きな区切りが二〇世紀前半の第二次世界大戦以前・以後にあることは、すでに強調するまでもない。

じっさい、今日、新批評からポスト構造主義を経たアメリカ文学研究の先端を担うダートマス大学のドナルド・ピーズ教授が一九八七年の著書『幻影の盟約』以降展開しているニュー・アメリカニズムの批評理論によれば、一八世紀末のアメリカ独立革命が以後のアメリカ的無意識の中にヨーロッパの歴史とアメリカの現在を区分して対立項を明確にしていく「独立革命神話《レヴォリューショナリー・ミュトス》」を形成し、その国民精神の構造は二〇世紀戦後社会においてソ連に代表される共産主義的全体主義とアメリカに代表される民主主義的自由主義の両極からなる国際的な冷戦構造において反復されるという。最も図式的に割り切るならば、英米対立を抱える独立革命から米国内部の内乱たる南北戦争へ至る過程において、二項対立では収まらないほどの問題紛糾が起こりリベラリズム批判が起こったように、今日では、冷戦以後、ヴェトナム戦争の泥沼を経た反共的コンセンサスが飽和状態を迎えてとうとう冷戦解消後のグローバル時代に入り、脱リベラリズム的盟約が結ばれようとしているというのが、ピーズのシナリオである。いささか駄洒落まじりに説明するなら、南北戦争以後にはアメリカ国家の政治社会的な再建(Reconstruction)の時代に入った一方、第二次世界大戦以後には米ソ冷戦の二項対立を内部から問い直そうとする構造主義経由の思想哲学的な脱構築(Deconstruction)の時代が到来した。それはげんに、アメリカさえ平和なら世界全体が平和であるというとてつもなく明るいパクス・アメリカーナのイデオロギーが、まさにその内部に、ソ連など共産圏に対するあまりにも暗い封じ込め政策《コンテインメント》(containment)を隠蔽していたからこそ成り立つ時代であった。

この論理を逆に応用するなら、独立戦争から南北戦争にかけての期間もまた、英米の二項対立を確立させたアメリカ自身の内部が揺らいでいくもうひとつの脱構築の時代に相当し、冷戦解消以後、新たな世紀転換期の今日もまた、六〇年代対抗文化の生き残りと八〇年代挫折派が不況の底から国家建て直しを図るもうひとつの再建の時代に相当するだろう。


魔女狩り、赤狩り、同性愛者狩り――マシーセンに始まる

ただし、正確を期すなら、冷戦を彩るイデオロギー的葛藤は、必ずしも第二次世界大戦以後になって顕在化したわけではない。

ここで思い出されるのが、ちょうど三〇年代から四〇年代へ移行する期間というのが、今日のアメリカ文学史の枠組みを確立したF・O・マシーセン（一九〇二―五〇年）の円熟期にあたり、じっさい彼は新批評と民主主義を巧妙に融合させる独自の批評方法論を編み出し、『サラ・オーン・ジュウエット』（一九二九年）から、『翻訳―あるエリザベス朝芸術』（三一年）、『T・S・エリオットの業績』（三五年）、『アメリカン・ルネッサンス――エマソンとホイットマンの時代における芸術と表現』（四一年）、『ヘンリー・ジェイムズ―円熟期の研究』（四四年）、それに『シオドア・ドライサー』（五一年）まで数々の名著を発表していったことである。このリストは、たんに批評家マシーセンの黄金時代だけを意味しない。彼は同時に、政治的な不正と経済的な不平等を批判し、多くの左翼組織に属し、最終的にはキリスト教的社会主義という一見矛盾しかねない、にもかかわらず自身の内部ではみごとに融合していたイデオロギーを貫き、しかも本質的な同性愛嗜好を抱えるために——だからこそ彼はゲイ詩人ホイットマンを熱愛した——その公的生活と私的生活における二重基準《ダブル・スタンダード》を死守せざるを得なかった。

というのも、フロイトの精神分析が正常と異常の区分を施してからというもの、同性愛者はさまざまな苦境に陥り、とりわけ一九三〇年代にはナチス・ドイツもアメリカ合衆国軍隊も、同性愛者の弾圧を常とし始めたからである。『アメリカン・ルネッサンス』が出版された当時、一九四〇年前後には、同性愛文献が一ダースほどは出版され、四一年にはF・A・マクヘンリーがジャーナリズムにおける同性愛記事の執筆をもう少し慎重にするよう要求するも、依然として同性愛者といえば殺人事件の容疑者として、合衆国を売る共産主義系スパイとして疑われる傾向はやむことがない。一九四八年には、いわゆるキンゼイ報告が初めて同性愛を国民的意識の主流に仕立て上げはしたものの、一九五〇年代から五五年のあいだ、すなわち反共産主義マッカーシイズム旋風のピークにおける限り、同性愛を共産主義と同じく国家を危機にさらす不穏分子として解釈する傾向は強まるばかりだった。そう、輝かしい批評的業績と学問的名声をほしいままにしたかに見えるアメリカ文学者マシーセンは、まさに左翼系ゲイであるという主体形成を経てきたがゆえに、じつのところ戦前も戦後もあくまでその秘密をひた隠しにしながら、いわばクロゼット内部にたてこもりながら、学者的批評活動を続行しなくてはならなかったのである。

折しもマシーセンが自殺したのち、一九五三年には、劇作家アーサー・ミラー（一九一五年―）が一七世紀末セイラムの魔女狩りを素材に、そこに共産主義者狩りとしてのマッカーシイズムの恐怖を巧みに重ね合わせた傑作演劇『るつぼ』を発表し、これはのちにフランス実存主義作家ジャン・ポール・サルトル脚本で映画化もされたが、ここで証明されたアメリカ演劇とマス・ヒステリアの相性のよさは、やがて一九九〇年代に入り、トニー・クシュナーが『るつぼ』の構図にさらに八〇年代エイズ以後の同性愛者狩りを盛り込みピュリッツア賞およびトニー賞ベストプレイ賞を獲得した二部作『エンジェルス・イン・アメリカ』（九三―九四年）において、さらにその可能性の枠を拡大した。

しかし、ふりかえってみるなら、そうしたクシュナーの到達点が冷戦以前・以後を生き抜くマシーセンその人の著作と人生によってあらかじめ決定されていたことの重みが、いまだからこそ実感される。九四年には新人作家マーク・マーリスがゲイ生活者マシーセンをモデルにしたクイア小説『アメリカン・スタディーズ』を書かなくてはならなかったゆえんも、そのあたりに求められよう。

失われた世代からビート世代へ――またはサンフランシスコ・ルネッサンス

これまでのアメリカ文学史における限り、一九二〇年代ジャズ・エイジに活躍した「失われた世代」につづく主要な文学運動として、五〇年代パクス・アメリカーナを背景に登場した「ビート世代」を置くのが常識だった。ここでも、その約束事の外枠を疑うつもりは、いささかもない。だが、少なくとも戦前・戦後にかけて、すなわち四〇年代に頭角を現す作家たちに、ビートが主題化したアメリカ的物質中心主義に根ざす産業文明への不信を先取りする者がいたことについて、言及しないわけにはいかない。

たとえば、ユダヤ系作家としてのちにノーベル賞受賞者となるソール・ベロー（一九一五年―）が――アイルランド作家サミュエル・ベケットの傑作不条理演劇『ゴドーを待ちながら』（一九五二年）に八年も先立って――現代人が何かを「待つこと」における実存的不条理に注目し、元共産党員のジョセフが大戦への召集礼状を待ちながらもなかなかそれが来ないのに存在の不安を覚え混迷を深めていくさまを描き切った長篇第一作『宙ぶらりんの男』（一九四四年）は、明らかに皮肉な批評精神に富んでいた。あるいは、のちにトルーマン・カポーティやトム・ウルフなどと並んでノンフィクション・ノヴェルの開発者として名をとどめることになるノーマン・メイラー（一九二三年―）が、いわゆる太平洋戦争の渦中で日本軍を相手に戦うアメリカ軍内部の壮絶な上下関係と戦争の無意味さ、そして脆弱なリベラリズムの敗北を物語る『裸者と死者』（一九四八年）もまた、アメリカが世界大戦のさなかに強大になればなるほど個人が自身の人生の方向性を見失っていく矛盾を鋭利に抉り出すものだった。

しかし、いまひとりだけ例外的に注目するとしたら、失われた世代におけるガートルード・

スタイン門下生の最年少で、かつビート世代とも親交の篤かった作曲家・作家の前掲ポール・ボウルズ（一九一〇―一九九九年）をおいてない。一九三八年、ゲイであるボウルズはレズビアンである作家ジェイン・アウアーと結婚し、四七年以降はモロッコを永住の地と定め、創作のかたわら同地の民間伝承などを英訳するという、四方田犬彦いうところの「日本におけるラフカディオ・ハーンすなわち小泉八雲にも似た」クレオール生活へ入る。

もちろん、失われた世代の大半はパリへ亡命し国籍離脱者を気取ったし、中にはヘンリー・ミラー（一八九一―一九八〇年）のように三〇年代に至るまでパリに暮らし続け、代表長篇『北回帰線』（一九三四年）では、パリのアメリカ人ボヘミアンが、当初アメリカ批判を抱きながらも最終的にはフランス批判へ至るという錯綜した物語を展開した作家もいた。彼もまた、その奔放なセクシュアリティの主題によってたちまちカルト作家となり、カール・シャピロをはじめとする五〇年代ビート系や六〇年代ヒッピー系から崇められ、いわゆる「ミラー教」教祖になった人物である。にもかかわらず、いまふりかえるならば、あくまでパリにこだわったミラー以上に、コーランの鳴り響くモロッコに移り住んだボウルズのほうが、そのアメリカニズム批判において徹底的であり影響力も絶大だった。

ボウルズの出世作となる一九四九年の長篇『天蓋の空』は九〇年にベルトルッチ監督によって映画『シェルタリング・スカイ』のかたちに結実したが、この半自伝的ともいわれる物語は、ニューヨーク・シティで暮らしていた作曲家ポートと劇作家キットの夫婦が、見失いかけた愛情を再確認するために第三者の有閑青年タナーをまきこんでモロッコへ旅するという設定をもつ。批評家フレデリック・カールにならうなら、彼ら三人はまさに地上の戦争から逃れるためにもうひとつの「内部の戦争」を戦うという代償を必要としたのだ。北アフリカはモロッコへの冒険旅行はまさしく「最終的な自己消尽を回避するために行われる究極の自己表象」の旅だったのだという。たしかにニューヨークという日常からタンジールへ、未知の村落へ、ハーレムの闇の奥へ、異郷へ異郷へと移動してそのまっただなかへ囚われていくキットの足取りは、それ自体が自己表象であった。むしろ旅という行為においてのみニューヨークもタンジールも存在させられているというべきか。

主体を庇護しつつ自らは何者にも庇護されぬ不条理な空、それとほとんどエロティックに交錯する砂漠の稜線。太陽と同義の砂漠、砂丘と化したかのような虚空。そこでは、ひとつの無からもうひとつの無への反転が絶え間なく起こっている。

むろん、作家ボウルズはべつだんタンジールばかりに取り憑かれているわけではなく、ラテンアメリカ諸都市やニューヨーク・シティまで作品の舞台に選んでいるが、しかしここで肝心なのは、ボウルズ文学が、じつに積極的にオリエンタリズムならぬエキゾティシズムを吸い込みながら、きわめてグローバルな存在の旅を続け、西欧近代の培った主体を根本から揺るがせていく、まさにその手つきである。存在論的な他者にせよ魔術的な異邦にせよ非現実的な幻想にせよ、ボウルズ的なフィクション美学は、絶対的な悪の力を表現することによってのみ達成され、いわば非常に高度なかたちでアメリカン・ゴシックの水脈に連なる。それは、当時、戦後アメリカの冷戦体制に囚われた芸術家にとっては、決定的に欠落していたがために渇望せざるをえない条件だった。

だからこそ、やがてタンジールへ居を定めたボウルズ夫妻のもとへ、親友であり共作者でもあった劇作家のテネシー・ウィリアムズをはじめ、ゴア・ヴィダルやトルーマン・カポーティがぞくぞくとつめかけていく。さて、ここでデイヴィッド・クローネンバーグがウィリアム・バロウズ(一九一四—九七年)の長篇小説『裸のランチ』(一九五九年)の映画化を試みた時、明らかにその中にタンジールを彷彿とさせる北アフリカにおける多国籍空間「インターゾーン」が登場していたのが思い出される。そして、そのシーンの内部に明らかに描き込まれていたのが、文字どおりジャズとドラッグと禅に代表される東洋的神秘主義を信条的に共有し、バロウズとはトリオを成すビートの名付親ジャック・ケルアック(一九二二—六九年)と詩人アレン・ギンズバーグ(一九二六—九七年)にほかならない。

ケルアックは、すでに有名な彼の長篇『路上』(一九五七年)において、全米を放浪する語り手サル・パラダイスの視点を通し、少年院を出たばかりの実在の青年ニール・キャサディをモデルにしたディーン・モリアーティがいかに文化人類学的なトリックスターすなわち「神聖なる間抜け者」Holy Goofとして、女たちへ何の責任も負わず行き当たりばったりの破天荒な人生を生き抜いてきたかを描き、こんなくだりを付け加えている。「彼はビートだった——至福の拠ってきたる根幹であり、その魂そのものだった」〈He was BEAT-the root, the soul of Beautific〉(一九五頁)。

『路上』のテクストは、たんにビート精神を横溢させるばかりでなく、メルヴィルからスタインベックへ至るアメリカ文学史の聖典を十分に意識し換骨奪胎《かんこつだったい》したインターテクスチュアリティをも実践している点で、いわゆるロード・ノヴェルやロード・ムービーの先鞭を付けたが、まったく同時に、今日の目で読み直した時、とりわけ気になるのは、主人公が自らの幻滅にうちひしがれる白人的主体から抜け出せるのなら、デンヴァーのメキシコ人にでも過労した日本人にでも何でもなってやる、と決意している部分だろう(第三部第一章)。かくしてビートは、比喩的にも字義的にも一定の国籍を離脱し超越しようとする。

その意味で、ウォルト・ホイットマンはもちろんエズラ・パウンドやウォルター・カーロス・ウィリアムズらを尊敬するビート詩人ギンズバーグが、一九五五年一〇月七日、東海岸から西海岸はサンフランシスコの「シックス・ギャラリー」で傑作詩「吠える」"Howl"を朗読してセンセーションを巻き起こし、東海岸のビートと西海岸のケネス・ロクスロスやゲイリー・スナイダーを中心とするサンフランシスコ・ポエトリ・ルネッサンスの融合を図ったことは重要であろう。東西両海岸をそれこそロード・ノヴェルなみにまたぐかたちで、この時、ギンズバーグは、アメリカ詩人としての自らの国籍を巧みに脱ぎ捨てようとした。以下、冒頭を引いてみよう。

おれは自分の世代きっての知性の持ち主が狂気の沙汰でめちゃくちゃにされるのを見た、
裸のままヒステリックに悶え苦しみ、
夜明けには強烈なクスリを打ってもらおうと黒人街をさまよい歩き、
天使の頭をしたヒッピーたちは夜のからくりの中で古代の天空が星のようにきらめく
ダイナモと接続するよう熱望してやまない。

I saw the best minds of my generation destroyed by madness, starving
hysterical naked,
dragging themselves through the negro streets at dawn looking for an angry fix,
angelheaded hipsters burning for the ancient heavenly connection to
the starry dynamo in the machinery of night

かくしてこれ以後、彼はニューヨークのみならずニュージャージーやデンヴァー、それにタンジールまで想像の翼を伸ばし、アメリカニズムの限界に対して吠えまくる。

アメリカ黄金時代

一九五〇年代のアメリカは、未曾有の好景気に見舞われていた。したがって、あたかもそうした時代を反映したかのようにアメリカ文学自体もまた新たな黄金時代を迎えたことについて、いくら説明しても足りることはない。ビート世代が活躍したのは前節でも述べたとおりだし、一九五三年には前掲アーサー・ミラーの赤狩り批判ドラマの傑作『るつぼ』も発表されているが、さらに一九五八年には、エリオット以後最大の詩人のひとりウィリアム・カーロス・ウィリアムズ（一八八三―一九六三年）が一九四六年より書き継いだ実験的長詩『パタソン』を五部までの段階で一区切りつけ、ニュージャージー州パセイイック郡に実在する同名の都市およびそこに住むドクター・パタソンを舞台に、同市および同時代アメリカの抱える多元的な諸問題を、工業化社会の批判からセクシュアリティの運命にまでわたる視角から浮き彫りにしてみせた。

小説では、黒人作家ラルフ・エリソン（一九一四―九四年）が、先行するリチャード・ライトの人種意識をさらに深め、H・G・ウェルズの『透明人間』にヒントを得た、代表作『見えない人間』（一九五二年）は、ハーレムの地下室でポウ的な幽霊にもたとえられる自分の歴史を明かす主人公の口を借りて、アメリカ黒人全体が実在しているのに実在していない、文字どおり目には見えないかのようなかたちで素通りされてしまうという民族的主題へ迫り、この図式はのちにあらゆるアメリカ少数派文学の問題として適用される。

また、一九二〇年代のパルプ雑誌ブームや三九年以後のペーパーバック革命とともに発展しながら同じ五〇年代に全盛期を迎えるジャンルSFの分野では、ロバート・A・ハインライン（一九〇七―八八年）が長篇『夏への扉』（一九五七年）の中で、仕事に失敗した青年が冷凍睡眠やタイム・マシンを駆使して現代と未来を行き来し歴史を改竄していく物語を書き、フランクリン以来、テクノロジーと密接に関連して形成されてきたアメリカン・ドリームの可能性を明らかにし、のちに八〇年代のロバート・ゼメキスの映画『バック・トゥ・ザ・フューチャー』三部作へも影を落とす。

そして、このころには何といっても前掲ソール・ベローやバーナード・マラマッドとともにユダヤ系作家を代表するJ・D・サリンジャー(一九一九年―)が、一九五一年に長篇『ライ麦畑でつかまえて』を発表、一六歳のどこか優柔不断なアンチヒーロー、ホールデン・コールフィールドを主人公に、まさしくウィリアムズが批判の矛先を向けた物質文明とそれを受け入れた大人社会の「インチキさ」(phony)を暴きだし、同書は全世界で一千万部を超えるベストセラーとなっている。

それでは、こうした黄金の五〇年代から芽生えて、いわゆるポストモダンの名で親しまれる二〇世紀末アメリカ文学史までは、いったいどのような補助線を引けばいいだろうか。

サイバネティックス時代の文学

このことを考えるのに役立つのは、同じくユダヤ系アメリカ文学を代表するジョゼフ・ヘラー(一九二三―一九九年)が一九五三年から八年間をかけて完成させ、以後、カート・ヴォネガットらと並んでアメリカン・ブラックユーモアの代表格なる評価を獲得していく長篇小説『キャッチ＝22』(一九六一年)であろう。時折しもアメリカ人の若者たちにはまったくの不条理でしかないヴェトナム戦争が泥沼化しかけていた時代に、作家はまちがいなくそうした情勢をにらみつつ、あえて舞台を第二次世界大戦末期のイタリアはピアノーサ島に設定し、主人公をそこのアメリカ空軍基地に所属するヨッサリアン大尉に定めた。主人公は自らをシェイクスピアやターザン、ユリシーズやフラッシュ・ゴードンなどスーパーマンにたとえようとする、いわば自信満々のニーチェ的超人志望者といってもいいが、にもかかわらず誰かの悪意が自分をたえずおとしめようとしているという、一種の陰謀史観を抱く被害妄想患者でもある。げんに彼の仲間にはフリークスとしかいいようのない奇怪な人物が多い。とりわけ食堂係将校マイロー・マインダーベンダーは自ら経営する企業の繁栄が国家の繁栄をもたらすと信じるがあまり、最終的にはアメリカ側に不利な仕打ちまで行うほどに倒錯した思想の持ち主だった。そして、まさにそのように矛盾した戦時下の世界観を一挙に集約しているのが、本書表題を成す特殊な軍規かつ落とし穴である〈キャッチ＝22〉であり、これはあたかも岩を持ち上げても持ち上げても徒労に終わるシーシュポスの神話のように、兵士たちを縛り続けてやまない。というのも、第二七空軍司令部は「出撃に四〇回参加したら帰国できる」と定めるが、まったく同時に〈キャッチ＝22〉は「兵士はすべて指揮官の命ずることをなすべし」と定めるからだ。そう、仮に指揮官が司令部の定めに背く命令を兵士へ発したとしても、兵士がそれに逆らえば軍規破りに相当し、結果的に司令部から罪を着せられるのは司令官ではなく兵士本人なのである。

一見合理的に定められているように見える軍規だが、これは結果的にその論理自体が自走して、やがては兵士たちを不合理きわまるかたちで支配していく。本作品に先立つ一九四〇年代初頭、前掲ハインラインと並ぶ代表的SF作家アイザック・アシモフは、人間がロボットを絶対服従させるための「ロボット工学三原則」を編み出したが、一見したところ高度に合理的なその体系はまさに奴隷制の論理であり、家電製品の論理であり、そして何よりもヘラーが詳らかにした軍規の論理にほかならない。ここで重要なのは、必ずしも論理が人間自身をロボットのように縛ることではなく、むしろ人間の作り出したはずの論理が自らに完璧であろうとするがあまりに、いつしかそれ自身の初期設定を超えたり裏切ったりすること、そしてそれこそがまさしく資本主義社会における技術と人間のフィードバック関係をめぐる物語、すなわちサイバネティックス時代の文学の到来を告げることのほうであろう。

したがって、一九六一年の『キャッチ=22』に次ぎ、一九六二年にはケン・キージー（一九三五年—）が『カッコーの巣の上で』において、六〇年代フリークスを体現するような精神病患者たちがテクノクラシーを象徴するような精神病院という制度の中で搾取されていくさまを描き、粗暴なる主人公マクマーフィに対し、一九四〇年代にはすでに危険視されていた前頭葉除去手術（lobotomy）を施すという矛盾をあえて犯したのも、六〇年代対抗文化（counter culture）の子どもたちとサイバネティックス管理社会との抗争をいっそう強調するための一種の創造的時代錯誤だったはずである。

さらにいうなら、まさにこの翌年である一九六三年に、女性詩人シルヴィア・プラス（一九三二―六三年）が長篇小説『ベル・ジャー』で作家の分身と思われるエスター・グリーンウッドを登場させ、五〇年代アメリカの抑圧的環境において彼女がいかに自分の内なる作家志望と結婚恐怖のあいだの矛盾に悩んだか、そしていかに自殺願望を募らせるほどに精神を病み、ショック療法を受けるまでに至ったかを物語るが、じつにそうした設定自体が、「ガラス鐘」bell jarにも似たハイテク管理制度に捕囚され、そこから脱走しようと試みつつも再捕囚の恐怖を拭い切れないという、パクス・アメリカーナ時代におけるすべてのアメリカ人の無意識を巧みに表現しているだろう。

ポストモダン・アメリカの主体形成

もちろん、モダニズム文学が第一次世界大戦前後の失われた世代周辺だったとしたら、ポストモダニズム文学が基本的に第二次世界大戦以後の収穫であるという大雑把な区分は、これまでにもおおむね受け入れられてきた。とはいえ、やはり二〇世紀後半を決定したポストモダニズム的瞬間を特定するなら、メディア・テクノロジーがイデオロギーとほとんど見分けがつかないほどに結託することになるひとつの事件を想定しないわけにはいかない。それは折も折、プラスが『ベル・ジャー』を発表し自殺を遂げた一九六三年のことだ。そう、一九六三年一一月二二日のテキサス州ダラスで、第三五代アメリカ大統領ジョン・F・ケネディが暗殺された、あの瞬間である。

これが、いったいなぜ決定的だったか。

そもそも米ソ冷戦時代にケネディの発したメッセージこそ全体主義・共産主義勢力の非合理を自由主義・合理主義勢力が克服しようとするものであり、それがＴＶ黎明期のメディア社会に浸透した結果、六〇年代アメリカ全体がケネディと喜怒哀楽をともにするようになった。だからケネディ暗殺は、アメリカ国民と大統領とのあいだに築かれた確固たる信頼関係の鏡球が、一瞬にして瓦解した瞬間に等しく、それもまたメディアによって増幅されたのである。以後、ヴェトナム戦争の泥沼化に加え七二年のニクソン大統領のウォーターゲート事件が拍車をかけ、国民には不信感ばかりがつのる。ケネディ暗殺というのは、ソ連系「反現実」があるからこそパクス・アメリカーナの「現実」があるというイデオロギー的二項対立がメディア・テクノロジーの手で解体された、歴史的瞬間にほかならない。したがって、以後の六〇年代アメリカ文学が、現実の全体性を疑い、謀略にみちたものとして捉え直し、断片化および言語実験へ赴いたのは、ごく必然的な道筋だった。そしてまさに六〇年代から七〇年代へ至る過程において、ウィリアム・ギャディスやジョン・ホークス、ジョン・バースやトマス・ピンチョン、ドン・デリーロといったニュー・フィクション作家たちはそれまで主流文学とは分け隔てられていたＳＦ的意匠を積極的に取り込み、他方、フィリップ・Ｋ・ディックやサミュエル・ディレイニー、アーシュラ・Ｋ・ル＝グィンといったＳＦ作家たちはイギリス系ニューウェーヴ運動の影響を受けて実験的な思索小説へ挑戦し始める。政治的現実の境界解体は、主流文学と通俗文学なる文学ジャンルの境界解体を促す。のちにブルース・スターリングが命名する境界解体文学（変流文学）の始まりだ。一例をあげるなら、かつて六〇年代前半に顕在化し始めたサイバネティックス時代の文学は、一九七三年、トマス・ピンチョン（一九三七年―）が文字どおりテクノロジーによって自身のセクシュアリティを制御されているロケット人間タイロン・スロースロップを一応の主役にした巨篇『重力の虹』によって、ひとつのピークを遂げ、結果的に虚構と現実の境界線をその根本から問い直している。

やがて八〇年代には、そうしたニュー・フィクション流の重厚かつ実験的な長篇小説への反発からか、たとえばレイモンド・カーヴァーやアン・ベイティに代表されるミニマリズム風にして軽妙かつ日常的な短篇小説への揺り返しが起こる。ジョン・アーヴィングのように、チャールズ・ディケンズ流の正統的な物語技法を復活させようとする動きも見逃せない。しかし、いったん露呈してしまったサイバネティックス時代の文学が衰えることはなく、さらなるハイテクノロジーの進展とともにパクス・ジャポニカの時代が到来した。とりわけポスト・ピンチョンを代表する新鋭ウィリアム・ギブスン（一九四八年―）は、電脳空間に直接没入できるコンピュータ・カウボーイ（ハッカー）を主役にした第一長篇『ニューロマンサー』（一九八四年）以後の電脳空間三部作において、技術論的日本趣味《テクノ・ジャポニズム》と経済論的日本批判《ジャパン・バッシング》とが混濁する時代を露呈させ、新たな文学潮流サイバーパンクを一挙に創造してしまう。九〇年代前後には、天安門事件やベルリンの壁崩壊、湾岸戦争にソ連消失が、境界解体の危機をますます煽る。理論的に考えれば、米ソ冷戦の解消は全地球的に資本主義化すなわちアメリカ化していく絶好の契機だったはずだが、しかしじっさいのところは、それまで封じ込められていたさまざまな共同体の政治的紛糾がますます頻発する時代が到来した。

とりわけ一九九一年の湾岸戦争では、フセイン大統領が電子メディアを逆搾取しつつ事態を引き延ばすだけ引き延ばし、それを報道するメディアはメディアでハリウッドのヴェトナム戦争映画のレトリックを駆使するものだから、そこでは最初から日常と物語の境界が定められていない――というよりは、二〇世紀末最大の戦争は、むしろハイパーメディア時代の日常と物語両者の境界でこそ最も激越に戦われているというべきか。現代アメリカ文学の仕掛人として名高い批評家ラリイ・マキャフリイは、まさしく高度資本主義によって地球全体が書割舞台《スタジオ》化した現実をポップ文化の内部から撃つために、前衛と通俗の区分を巧妙に再搾取する作家たち、ウィリアム・ヴォルマンやマーク・レイナー、キャシー・アッカー、ユーリディシー、そしてマーク・ジェイコブスンらに注目し、このもうひとつの境界解体の文学をアヴァン・ポップと命名する。

境界解体の世紀末が、これまで欧米中心に構築され普遍化されてきた現実や歴史の信憑性を根本から突き崩すことになったのは当然だろう。批評理論における脱構築から新歴史主義、ポスト・コロニアリズムへ至る流れに共振するように、八〇年代以降には歴史自体を根本から問い直し複数化する動きが、歴史改変小説やスチームパンク、マジック・リアリズム、ポスト・

フェミニズムなど無数のジャンルの中に見られるようになり、ユダヤ系を含む白人男性作家ではティム・パワーズやリチャード・パワーズ、ポール・オースターにスティーヴ・エリクソン、アジア系作家ではマキシーン・ホン・キングストンやデイヴィッド・ヘンリー・ウォン、それにカレン・テイ・ヤマシタ、黒人女性作家ではポール・マーシャルやグロリア・ネイラー、女性SF作家マージ・ピアシーやコニー・ウィリス、オクテイヴィア・バトラーらが躍進した。

ひとはこうした世紀転換期のアメリカ文学風景を目にして、あまりの多彩さに驚きあきれるかもしれない。アメリカ文学といったら白人男性知識階級の専有物という時代は、明らかに終わった。アメリカニズムが全地球的に蔓延しあらゆる境界が危機に瀕しているグローバリズムの現在は、逆にいうならポスト・アメリカニズムの時代である。境界解体の文学ならではの主人公は、混成主体。さまざまな言語や文化が猥雑なまでに入り乱れる多元文化都市の混成主体クレオールが、いま確実に新しいアメリカ文学の世紀を紡ぎはじめている。

二〇世紀アメリカ小説の最高傑作

さて、前掲の批評家ラリイ・マキャフリイは、一九九八年下半期に東京滞在した折、日本アメリカ文学会東京支部月例会にて「二〇世紀英語文学傑作百選」なる講演を行なった（九月二六日、於・慶應義塾大学三田校舎）。あくまで英語で書かれた文学すべてが対象であるから、ジョイスやベケットなどのアイルランド系からJ・M・クッツェーのような南アフリカ系まで、国籍や民族を問わぬ幅広いセレクションが施されたが、さて肝心のアメリカ文学でベストテン入りしたのは、堂々第一位を占めたウラジミール・ナボコフ『青白い炎』、第三位のトマス・ピンチョン『重力の虹』、第四位のロバート・クーヴァー『公開火刑』、第五位のウィリアム・フォークナー『響きと怒り』、第六位のガートルード・スタイン『アメリカ人の形成』、第八位のウィリアム・バロウズ『ノヴァ』三部作、それに第九位のナボコフ『ロリータ』まで全七作品（三部作を算入すれば全九作品）。

二〇世紀がアメリカの世紀であったとすれば、これは当然の帰結なのかもしれないけれど、しかしいま何より注目すべきは、マキャフリイがロシア系作家ナボコフ（一八九九―一九七七年）から二作も選んでいることだ。九位の『ロリータ』が少女との官能的恋愛を扱い、我が国ではいわゆる「ロリータ・コンプレックス」の語源となったことはよく知られているが、しかし同時に、現代芸術でいうところの自意識的作品、いわゆるコンセプチュアル・アートの手法を愛してやまないマキャフリイは、もうひとつのナボコフ作品『青白い炎』（一九六二年）を今世紀の最後英語文学のトップに置く。そこではたしかに、著名なるアメリカ詩人ジョン・シェイドの最後の詩「青白い炎」を、その隣に住むワードスミス大学教授チャールズ・キンボートが編集し論評するという凝りに凝った設定や、ひいてはキンボート自身が東欧の小国における政変によって流浪の身を余儀なくされた国王であるかもしれないという数奇なる――しかしまさにこれを書いている作者本人の家族的運命をも彷彿させてやまない――性格造型を十二分に楽しむことができる。かくしてマキャフリイはいう。「アメリカ文学史上、これこそは最も自由奔放に構想され、最も完全無欠なかたちで仕上げられた作品であり、一九〇〇年の人々は、このような小説が出現するとは夢にも思わなかったろう」。

しかし、いったん出現してしまったからには、以後のアメリカ文学史において『青白い炎』に見られるメタ小説的伝統が、まさに歴史そのものを問い返す装置として根強く継承されるようになったのもまた、あまりにも当然だった。たとえば、『青白い炎』ヴィンテージ版へ推薦文を寄せているジョン・アップダイク（一九三二年―）といったら、広く『走れウサギ』四部作を中心とする主流文学系リアリズム作家と目されてきたが、彼にしても、一九世紀ロマン派作家ナサニエル・ホーソーンが『緋文字』で取り上げた禁断の愛のモチーフを現代史において問い直そうと企み、一九七五年に『日曜日ばかりの一ヵ月』を発表したのを皮切りに『ロジャーの言い分』（一九八六年）および『S.』（八八年）と書き継ぎ、俗に『緋文字』三部作といわれるシリーズを完成させた。ナボコフ的な「文学を問い直す文学」の伝統は、今日、必ずしも前衛作家だけが十八番とする手法ではなく、むしろポストモダンの現実をリアルに語るのに不可欠な前提になっている。したがって、一九九〇年代最後の、ということは二〇世紀最後の新人作家マーク・ダニエレブスキー（一九六六年―）が、明らかに高度資本主義メディア社会の勃興と連動し、ホラーをはじめとする大衆小説ともＳＦＸにみちみちた映像メディアとも絡み合うハイパーテキスト状の巨大長篇小説『葉の家』（二〇〇〇年）を発表したのも、明らかにナボコフ以後の実験的伝統をふまえつつ、まさにいま、このような複雑系構造でしか「現実」を語り得ないという確信を抱くためである。

文学史的自意識――ジョン・ベリマンの陰に

新たなる世紀転換期を迎えて、文学史的自意識は従来以上に幅広いジャンルにわたって認めることができる。

その背後を強力に支えたのは、文学批評史の発展だろう。二〇世紀前半の新批評は、一九五七年のカナダの批評家ノースロップ・フライによるジャンル論的神話批評『批評の解剖』においてひとつのピークを迎えたが、さらに六六年には、フランスの哲学者ジャック・デリダが、中心があって「構造の構造性」が保たれるという前提を批判し、あらゆる二項対立を内部から突き崩す脱構築《デイコンストラクション》の可能性を謳う。それがアメリカへ移入されるやテクストの自己言及的矛盾を洗い出す方法論として新批評以後の文学教育の空白を埋め、とりわけデリダを迎えたイエール大学では七〇年代から八〇年代前半にかけて、ポール・ド・マンやハロルド・ブルーム、J・ヒリス・ミラー、及びジェフリー・ハートマンらを中心に、「イエール・マフィア」と渾名されるほどの一大勢力を成した。その発想は、ミシェル・フーコーの知の考古学と相俟《あいま》って、以後も八〇年代から九〇年代にかけて勃興するスティーヴン・グリーンブラットらの新歴史主義《ニュー・ヒストリシズム》、ガヤトリ・スピヴァックらの脱植民地主義《ポスト・コロニアリズム》、ドナルド・ピーズらのニュー・アメリカニズム、ジュディス・バトラーらの性倒錯批評《クイア・リーディング》、それにアンドルー・ロスらの文化研究《カルチュラル・スタディーズ》などへ、連綿と影響をおよぼす。

そうした最先端の知的潮流の方向へ鋭敏に反応した成果のひとつとしては、たとえば、一般には六〇年代ニューウェーブ思索小説の旗手かつ詩人兼批評家として知られるトマス・ディッシュ（一九四〇年―）が一九八四年に出版しベストセラーになった、一見通俗的なホラー長篇『ビジネスマン』を挙げることができる。

ストーリーは単純だ。ミネアポリスのビジネスマンであるロバート・グランディエが、自分をあとにしてラスヴェガスに行ってしまった妻ジゼルを殺すという設定ではあるものの、冒頭がすでに埋葬された死者ジゼルの意識の描写ではじまることからも推察されるように、物語のポイントはじつは殺人の恐怖にはない。むしろジゼルや彼女の母親で病死したジョイ＝アン、および死後のジゼルに恋するジョン・ベリマンたちの死後の生活のほうが重い。やがて死者ジゼルはグランディエとのあいだの子を妊娠していることが判明する。それは、夫婦の子ならぬ生者と死者のあいだの子だ。この子はアオサギやコマドリ、少年などさまざまなものたちに憑《ひょう》依《い》して、父親のあとを追う。このあたりから、物語はがぜん盛り上がりを見せる。そう、これはのちに、ヴェトナム敗戦以後や六〇年代挫折以後の存在を表すためにルーシャス・シェパードやピンチョンが扱い、最近では二〇〇〇年度アカデミー賞受賞映画『アメリカン・ビューティ』でも巧みに表現されていた、ヴードゥー的ゾンビに近い「仮死人《タナトイド》」(thanatoid)なのである。

だが、『ビジネスマン』の仮死人の設定で興味深いのは、生死のみならず虚実をも故意に錯乱させ、その過程で文学史上実在した偉大なアメリカ詩人ジョン・ベリマンを登場させたことだろう。作中ジゼルを助けて大活躍する彼もまた、かつて自殺した幽霊なのだ。げんにベリマンは一九一四年に生まれ、アルコール中毒に悩まされた末、一九七二年にミシシッピー川に投身自殺している。ロバート・ロウェルと並び称されるベリマンは、W・H・オーデンやエミリー・ディキンソン、シルヴィア・プラスらを愛し、自身の仮面であるヘンリーの声を用いた自己破壊的にして告白調の詩集『夢の歌』(六四―六八年)を残した。ディッシュ本人によれば、この起用は「たまたま小説の舞台がミネアポリス/セントポールの双子都市で、ベリマンはそこで自殺したわけだから」というが、しかしそれにしてもベリマン好みの詩人の顔ぶれを一瞥する限り、ホラー小説の背後を支えるゴシック・ロマンスの伝統の中に、一定のアメリカ詩の精神が根づいているのは見逃せない。とくに『ビジネスマン』の場合、誰よりも仮死人にされてしまったのは女であり母であるジゼルであることを考え合わせるならば、ここにはフェミニズム的主題すら発見できるだろう。じっさいウェンディ・マーティンもいうように、一七世紀植民地時代のアン・ブラッドストリート、一九世紀ロマン主義時代のエミリー・ディキンソン、そして二〇世紀ポストモダン時代のアドリエンヌ・リッチという三枚続きの絵の中で、社会的に抑圧され非在も同然に扱われてきた女性たちは確実に家父長制度を批判し、自らの声を響かせようと試みてきたのだから。

ポール・オースター監督『ルル・オン・ザ・ブリッジ』とアメリカ文学史

さいごに、アメリカ文学史から派生した比較的最近のアメリカ映画であり、作家ポール・オースター（一九四七年―）が初めて映画監督を務めた『ルル・オン・ザ・ブリッジ』（一九九八年）の孕む可能性について、一言述べておこう。彼の原作になる映画には、すでにフィリップ・ハース監督による『偶然の音楽』（原著九〇年）があり、のちにウェイン・ワン監督による映画『スモーク』や『ブルー・イン・ザ・フェイス』（一九九五年）が大当たりした。そしていよいよ九〇年代オースターは、自分自身が本格的な映画進出を図り、一応の水準を突破したといえるこの作品の中においても、小説の場合と同様、さまざまな文学史的言及をちりばめてみせる。ハーヴェイ・カイテル演じるジャズ・ミュージシャン、イジー・モーラーが美女セリアと出会い、現実と非現実の境界をさまよっていく展開は、素朴なようでなかなか味わい深い。

あくまで映画史的にいえば、この作品は内部で言及されるサイレント映画『パンドラの箱』やミュージカル『雨に唄えば』、それに戦争映画『大いなる幻影』やSF小説『縮みゆく人間』を巧みにパッチワークしつつ、オースター文学特有の偶然《チャンス》ならぬ暗合《コインシデンス》演出のテクニックによって絶妙にまとめあげた作品ということになる。前掲『偶然の音楽』のタイトルにもかかわらず、この作家は暗合から暗合を繰り出しながら、決して実験的すぎることも通俗的すぎることもなく巧みに物語を制御していく、絶妙のバランス感覚の持ち主だ。けっこう不条理な設定から始まりながらもけっきょくは人情味あふれる感動で幕をおろすことも多い。仮に物語をイジーの側だけから見れば、これは致命的な悲劇の結果サックスを吹けなくなったジャズマンの挫折と転落、誘拐を軸とするもうひとつの「捕囚物語《キャプティビティ・ナラティヴ》」であろう。マッド・サイエンティストじみたヴァン・ホーン博士の手で閉じ込められる地下室のショットでは異様にイジーが小さく映り、『大いなる幻影』以上に、リチャード・マティスン一九五六年の『縮みゆく人間』の怖さをたちまち思い出したものである。そういえば『ムーン・パレス』(一九八九年)も『偶然の音楽』も、明らかにアメリカ植民地時代の捕囚体験記がモチーフだった。ただし本作品がイジー逃亡のあとに用意する結末には、そこへ至るすべてを認識論的に転覆させるショックが待ち構えている。

しかし、だからといってこの結末を単純素朴に受け取るわけにもいかないのは、物語がじつはここで終わりではなく、まったく逆に、おそらくは先行映画におけるルル役を立派に「再演」したであろうセリアの側のプロットも巧妙に隠されている可能性に、観客は気づかざるをえないからである。『パンドラの箱』のヒロインが男を手玉に取る妖婦ルル、『雨に唄えば』のヒロインもスター男優ドンの手助けでコーラス・ガールから女優へ一歩踏み出すキャシーであることに思い至るなら、セリアの側から見た場合、この映画はひとつの立派な「成功物語《サクセス・ストーリー》」であろう。そう、『ルル・オン・ザ・ブリッジ』は、成り上がる女の成功物語と落ちぶれる男の捕囚物語がひとつの銃撃事件を境に交差して、どちらが表でどちらが裏なのかが認識論的に不明となるような構成をもつ。アメリカに捕囚される主体と、アメリカで成功する主体が、時間と空間を超えて交錯する。しかも、本作品でイジーを地下室に捕らえるホーン博士が、トマス・ジェファソン起草の「独立宣言」やハーマン・メルヴィルの『白鯨』にも比肩するものとして賞賛するのが、映画終幕を彩る「雨に唄えば」のメロディなのだから、心憎い。というのも、『ルル・オン・ザ・ブリッジ』でのこの名曲は、わたしたちがイジーの視点に立つかセリアの視点に立つか次第で、原典『雨に唄えば』のアメリカの夢としても、またそれに一撃を食らわせるかのようなキューブリック映画『時計仕掛けのオレンジ』風の近未来の悪夢としても、聞こえてくるよう計算されているからである。

これがただのギミックに終わっていないのは、こうしたオースターの認識論的な計算が、じつは一九世紀リアリズム作家で短篇の名手アンブローズ・ビアス（一八四二―一九一四年）の伝統をしっかりふまえたものであり、そもそも『ルル・オン・ザ・ブリッジ』というタイトルもビアスの傑作短篇「アウルクリーク橋の一事件」（短篇集『いのちの半ばに』、一八九二年所収）と共振してやまないためだ。ビアス短篇の舞台は南北戦争であり、主人公の兵士は殺害される間際に幸福な帰還を夢見るが、それにヒントを得たエイドリアン・ライン監督は九〇年の映画『ジェイコブズ・ラダー』で舞台をヴェトナム戦争に置き換え、優れたドラッグ・ファンタジーを作り出した。ビアスの南北戦争文学からラインのヴェトナム戦争映像に移植されたアメリカン・ナラティヴが、時間と空間の壁を超え、こんどは湾岸戦争以後、グローバリズム以後の時代を意識したポール・オースターによって再解釈されたのが、『ルル・オン・ザ・ブリッジ』にほかならない。ここで錯綜する成功と捕囚は、そっくりそのまま、ここ一千年のあいだに連綿と培われたアメリカの夢とアメリカの悪夢の未来を占う。

一定の戦争が、このように一瞬の幻想を特権化させるのだろうか。それとも、たまたま才能の方向が共通する作家たちが、別々の時代に別々の動機によって類似した表現を残すに至ったのだろうか。定かにはわからないけれども、ひとつだけはいえるだろう。あまりにも完成度の高い文学的表現に接すると、たとえその内部に何世紀にもわたる文学史的伝統が凝縮されていたとしても、まさにそれ自体が一瞬の夢であったかのように感じられるということだ。アメリカニズムを相対化し、常に脱構築するのが自然化してしまったグローバリズム以後の時代においては、それは各国・各文化の培う文学が夢見る未来であるかもしれない。それはもちろん、アメリカ文学史という物語そのものが二〇世紀の夢であったかのように思われるような、しかもそのことさえ忘れ去られてしまうかのような時代の到来と、いささかも矛盾しない。

おわりに

いまの時代にアメリカ文学史をまとめるのは不可能な仕事であり、いわば『ミッション・インポシブル』の主人公を演じるようなものだ、と語ったのは、『コロンビア版アメリカ合衆国文学史』(一九八八年)の編纂者であるエモリー・エリオット教授であった。彼は一九九六年七月に立命館大学で開かれた京都アメリカ研究夏期セミナーに出席した折、その講演を文字通り「不可能な任務《ミッション・インポシブル》」と名づけ、一九八〇年代に入り、多文化主義や新歴史主義、脱植民地主義が勃興してからというもの、旧来のWASP中心のアメリカ文学史がいかに失墜し、いかに根本的な再編成を試みなくてはならなくなったかを切々と語った。それが、参加者たちのあいだに激越な論議をまきおこしたのは、いうまでもない。

この時、彼を迎え撃つコメンテーター役を依頼されたわたしは、エリオット版文学史からさえこぼれ落ちてしまったエキゾティシズムの視点に立ち、一九世紀末から二〇世紀末に至るまで、「日本」という記号をめぐっていかにアメリカ文学作品が反応してきたかを分析した(その時の議論は、何度かの再検討を経て、本書の一部にも組み込まれている)。しかしまったく同時に、どんなに多様な執筆者陣を用意し、どんなに巨大な文学史を編んだにせよ、あるていどの積み残しが出るのは避けがたいであろうことがますます実感されたのも、たしかなことである。

すべてを語り尽くすことは、誰にもできない。あらゆる歴史は、それが執筆される現時点の価値観が起点となって過去を強引なまでに再編集する営みであり、その尺度に即して、何かが掬い取られ、何かが切り捨てられていく。ならばかえって、いまだからこそ単独の個性によって執筆するアメリカ文学史の意味も再考すべきなのではないか、という至って刺激的な意見も討議のさいに取り交わされて、それこそ目からウロコが何枚も落ちる思いがしたものだった。

もちろんエモリー・エリオットの言を待つまでもなく、もともとあらゆる文学史は不可能な試みであろう。過去の文学作品に限ってもそのすべてを読破し分析し記憶し続けることは不可能だし、きょうも世界のどこかで書き続けられている文学作品をくまなく検証し続けることもまた不可能である。そしていちばん肝心なのは、文学史に関する限り、いくら努力したからといって、いつかその不可能が可能になる日が来るわけではない、ということだ。その意味では、ここにお届けする本書もまた、懲りもせず蟷螂《とうろう》の斧《おの》をふるう仕事にすぎないかもしれない。

だが、にもかかわらず、いまもなおアメリカ文学史を書くことに、それもグローバリズム以後の現在の視点から書き直すことに何らかの意義があるとすれば、それは基本的にはあくまで個々の作品をふまえつつ、いつしか時代の推移のさなかより、作家個々や作品個々といった個体では制御の届かぬ「文学思想の流れ」を抽出し記述しうる可能性があるからだろう。たしかに、仮に大学における「アメリカ文学史」のカリキュラムが一年間、全二四週間前後をめどに構築されているとするならば、いかに教科書として定めるアンソロジーが包括的であっても

——いや包括的であればあるほど——そこに収められた個々の作品をくまなく解説していくことは、物理的に不可能だ。ところが、これは自分自身の経験からいうのだが、仮に教える立場から、自分が代表作と思い定めるテクストと本質的なキーワードを選び抜き、文学思想の流れを浮き彫りにしていけば、一年間でもアメリカ文学史を教えることは、必ずしも不可能ではない。ほんらいアメリカ文学史というのは、個人で書きおろすことも共同で執筆し編纂することも基本的には不可能かもしれないが、なんらかの文学史的経済の枠組みを前提に、個々の作家・作品を超えたメタ言説空間から浮かび上がるアメリカ文学的無意識の推移を、その移り変わりのいちばんおもしろいところを教えることは、あるていど可能なのである。本書は新しい文学史理論とともに、まさにそうした教育的実践をふまえたところから、書き進められた。

本書の基本的構想は、わたしが一九八九年より今日に至るまで、慶應義塾大学文学部英米文学専攻でアメリカ文学史の講義を担当してきた経験によって練られている。その機会を与えて下さった同大学名誉教授・山本晶先生のご配慮には、まず謹んで感謝を捧げなくてはならない。しかし、それと同時に、当時から積極的に講義へ参加してくれた学生諸君から大いに啓発されたことも、ここで表明しておく。とくに一九九五年以降、大学院のゼミにおいては、サクヴァン・バーコヴィッチ編の『ケンブリッジ版アメリカ文学史』を一年に一巻ずつきたが、その折に、大学院生諸君の活発な討議から得たアイデアは計り知れない。当時は大学院生だったが現在では同大学文学部英米文学専攻助手になった大串尚代君と、本年より同大学院修士課程一年となった永野文香君には、巻末のアメリカ文学年表作成に関して、大変お世話になった。本書に何らかの実践的価値があるとすれば、それはこの年表にその大半を負う。

また、一九九七年の夏以来、個人によるアメリカ文学史に取り組むという暴挙を笑って見過ごして下さった講談社現代新書編集部の佐藤とし子氏と、企画が成立したにもかかわらずなかなか筆が進まないでいるわたしに連載媒体として〈翻訳の世界〉(現〈eとらんす〉)を提供して下さったバベル・プレス編集部の吾妻由美氏、および彼女を引き継いで忍耐強く原稿を待ち続けて下さった法橋量、木村真知の両氏(けっきょく同誌には「アメリカ文学の思想」のタイトルで一九九八年十月号から二〇〇〇年九月号まで、途中二度の休載をはさみ全二二回連載となった)には、深謝したい。自身の専門とはまったく異なるにもかかわらず、毎回原稿を読み意見を述べてくれたクイア・批評家小谷真理氏には、いつも以上の感謝を。

だが、いうまでもなくいちばんの謝辞を捧げるべき先は、内外におけるアメリカ文学史の言説的伝統を構築された数多くの先達であろう。その意味で、本書に関する限り、参考文献はそっくりそのまま、最大の謝辞のリストとして読むことができる。

二〇〇〇年九月一二日　於・三田　　著者識

参考文献

※本書で扱った作家・作品は膨大な分量に及ぶため、一次資料（文学作品自体）のデータはアメリカ文学年表に回し、二次資料（批評・研究）のデータのみ以下に収める。
※※邦訳があるものはおおむね参照したが、基本的に本文中に引用する場合には、著者個人の文脈に合わせて再調整し訳出し直した場合が多いことをお断りする。

第一章　コロニアリズム

Bercovitch, Sacvan,ed., *The Cambridge History of American Literature*. Vol.1-. New York:Cambridge UP, 1994-.

Campbell, Mary B.*The Witness and the Other World*. Ithaca: Cornell UP, 1988.

Jehlen, Myra and Michael Warner,eds., *The English Literatures of America:1500-1800*. New York:Routledge,1997.
　コロンブスとアメリゴの書簡、および無署名アメリカ論の大半はすべてこのアンソロジーを参考にした。

Krupat, Arnold. "Criticism and the Canon:Cross-Relations,"*Diacritics* 17.2 (Summer 1987)：3-20.

Montrose, Louis."The Work of Gender in the Discourse of Discovery."*Representations* #33 (Winter 1991)：1-41.

Waswo, Richard. "The History that Literature Makes. "*New Literary History* #19 (1988)：541-564.
　永川玲二「アンダルーシア風土記（終）」（〈世界〉岩波書店、一九九八年八月号所収）同題の単行本（岩波書店、一九九九年）も参照。

増田義郎『大航海時代』（講談社、一九八四年）

第二章　ピューリタニズム

Bercovitch, Sacvan.*The Rites of Assent*. New York:Routledge, 1993.

Hall, David. *The Antinomian Controversty, 1636-1638*.1968. Durham:Duke UP, 1990.

Hollinger, David, et al.eds., *The American Intellectual Tradition*. Vol.1. 1989. New York:Oxford UP, 1997.

Kibbey,Ann. *The Interpretation of Material Shapes in Puritanism:A Study of Rhetoric, Prejudice and Violence*.
　Cambridge: Cambridge UP,1986.

秋山健監修『アメリカの嘆き——米文学の中のピューリタニズム』（松柏社、一九九九年）

大西直樹『ピルグリム・ファーザーズという神話』（講談社選書メチエ一三一、一九九八年）

児玉佳与子「ジョナサン・エドワーズの大いなるめざめ」（大下尚一編『ピューリタニズムとアメリカ』所収、南雲堂、一九六九年）
小山敏三郎『セイラムの魔女狩り　アメリカ裏面史』（南雲堂、一九九一年）
佐藤宏子『アメリカの家庭小説』（研究社出版、一九八七年）
福田陸太郎他編『アメリカ文学思潮史』（中教出版、一九七五年、のち沖積舎より一九九九年に増補再刊）
三宅晶子『エドワード・テイラーの詩、その心』（すぐ書房、一九九五年）
森本あんり『ジョナサン・エドワーズ研究』（創文社、一九九五年）

第三章　リパブリカニズム

Barnes, Elizabeth. *States of Sympathy:Seduction and Democracy in the American Novel*. New York:Columbia UP, 1997.
Breitwieser, Michel Robert. *Cotton Mather and Benjamin Franklin*. Cambridge:Cambridge UP, 1984.
Emerson, Everett, ed., *American Literature,1764-1789 : The Revolutionary Years*. Madison:U of Wisconsin P, 1977.
　独立革命期の文学を多角的に再検証した一冊。
Griswold, Jerry. *The Audacious Kids*. New York:Oxford UP, 1992. 遠藤育枝他訳『家なき子の物語』（阿吽社、一九九五年）
Nord,David Paul. "Magazine Reading and Readers in Late-Eighteenth-Century America." In Cathy Davidson,ed.,*Reading in America*. Baltimore:Johns Hopkins UP,1989. 114-139.
Weber, Max. *The Protestant Ethic and the Spirit of Capitalism*. 1905. Tr. Talcott Parsons. New York:Scribner's, 1976. 大塚久雄訳『プロテスタンティズムの倫理と資本主義の精神』（岩波文庫、改訳版一九八九年）
斎藤光「フランクリンとマックス・ウェーバー」、〈明星英米文学〉第二号（明星大学英米語学文学会、一九八七年）、七一—八三頁
渡辺利雄『フランクリンとアメリカ文学』（研究社出版、一九八〇年）

第四章　ロマンティシズム

Colacurcio, Michael J. *The Province of Piety:Moral History in Hawthorne's Early Tales*. Cambridge:Harvard UP., 1984.
Matthiessen,F.O. *American Renaissance*.New York:Oxford UP,1941.
Melville,Herman. *The Writings of Herman Melville*. Evanston: Northwestern UP/Newberry, 1968-.
Reynolds, David. *Beneath the American Renaissance*. New York:Alfred K.Knopf, 1988.

Rogin, Michael Paul.*Subversive Genealogy*. Berkeley:U of California P, 1979.
Samuels, Shirley. *Romances of the Republic*. New York:Oxford UP, 1996.
Stafford, John. *The Literary Criticism of Young America*. Berkeley:U of California P, 1952.
Widmer, Edward. *Young America*. New York:Oxford UP,1999.
巽孝之他『文学する若きアメリカ』（南雲堂、一九八八年）

第五章　ダーウィニズム

Benfey, Christopher. *Degas in New Orleans:Encounters in the Creole World of Kate Chopin and George Washington Cable*. New York:Alfred K.Knopf, 1997.
Bush,Harold.*American Declarations:Rebellion and Repentance in American Cultural History*.Urbana:U of Illinois P,1999.
Cott,Jonathan. *Wandering Ghost:The Odyssey of Lafcadio Hearn*. New York:Alfred K. Knopf, 1990.
Garfield, Deborah, et al., eds., *Harriet Jacobs and Incidents in the Life of a Slave Girl*.New York:Cambridge UP, 1996.
Gates,Jr. Henry Louis. *Figures in Black*. New York:Oxford UP, 1987.
Thomson, Rosemarine Garland, ed., *Freakery*. New York:NYU Press, 1996.
Tompkins, Jane. *Sensational Designs*. New York:Oxford UP, 1985.
小野清之『アメリカ鉄道物語』（研究社出版、一九九九年）
亀井俊介『アメリカン・ベストセラー小説38』（丸善ライブラリー、一九九二年）
小林富久子「母性の再定義『アンクル・トムの小屋』とラディカル・フェミニズム」、〈アメリカ文学〉52号（日本アメリカ文学会東京支部、一九九一年四月）、四二—四八頁
丹治陽子「インターテクストとしてのダーウィニズム」、〈英語青年〉（研究社出版、一九九四年一月号）、二—六頁
本間長世『アメリカ大統領のリーダーシップ』（筑摩書房、一九九二年）

第六章　コスモポリタニズム

Ames, Christopher. *The Life of the Party:Festive Vision in Modern Fiction*.Athens:U of Georgia P,1991.
Audhuy, Letha.“*The Waste Land Myth* and Symbolsin The Great Gatsby” (1980). *The Great Gatsby*.

Ed.Harold Bloom New York:Chelsea House, 1986. 109-122.
フィッツジェラルド自身の倫理的「荒地」観を神話学的に解読した好論文。
Balassi, William. "Hemingway's Greatest Iceberg:The Composition of *The Sun Also Rises.*" *Writing the American Classics.* Eds.James Barbour and Tom Quirk. Chapel Hill:North Carolina P, 1990. 125-155.
Baum, Lyman Frank. *The Wonderful Wizard of Oz.* 1900. New York:William&Morrow, 1987.
Bicknell, John. "The Waste Land of F. Scott Fitzgerald" (1954). *F.Scott Fitzgerald:Critical Assessments.* Vol. 4. Ed. Henry Claridge (Near Robertsbridge:Helm Information, 1991), 156-167.
Franklin, H.Bruce. *War Stars:The Superweapon and the American Imagination.* New York:Oxford UP, 1988.
High, Peter. *An Outline of American literature.* London : Longman, 1986.
Locke, George,ed., *Sources of Science Fiction:Future War Novels of the 1890s.* Introd. Takayuki Tatsumi. London: Routledge,1998.
Melman, Billie. *Women and the Popular Imagination in the Twenties:Flappers and Nymphs.* London:Macmillan, 1988.
フラッパーの増長と女性参政権がどのように関わるのかを緻密に解明したフェミニズム社会史の試み。
O'Brien,Sharon."Becoming Noncanonical:The Case against Willa Cather." In CathyDavidson, ed.,*Reading in America:Literature and Social History*. Baltimore:Johns Hopkins UP, 1989. 240-258.
Turnbull,Andrew. *Scott Fitzgerald.* NewYork:Scribner's, 1962.
大橋健三郎『アメリカ文学論集——人間と世界』(南雲堂、一九七一年)
金関寿夫『現代芸術のエポック・エロイク——パリのガートルード・スタイン』(青土社、一九九一年)
佐藤宏子『キャザー——美の祭司』(冬樹社、一九七七年)
高柳俊一『T・S・エリオット研究』(南窓社、一九八七年)
油井大三郎・遠藤泰生編『多文化主義のアメリカ』(東京大学出版会、一九九九年)
ウィリアム・ワイザー著、岩崎力訳『祝祭と狂乱の日々——一九二〇年代パリ』(河出書房新社、一九八六年)

第七章　ポスト・アメリカニズム

Baudrillard, Jean.*La Guerre de golfe n'a pas eu lieu.*Paris:éditions Galilée, 1991.

塚原史訳『湾岸戦争は起こらなかった』(紀伊國屋書店、一九九一年)

Federman, Raymond. "Self-Reflexive Fiction. "*Columbia Literary History of the United States.* Ed. Emory Elliott. New York:Columbia U P,1988. 1142-1157.

Karl, Frederick. *American Fictions 1940-1980.* Cambridge:Harper&Row,1983.

McCaffery, Larry. "The Greatest 100 English-Language Books of the 20th Century."*Panic Americana* #3 (November1998):8-20.ラリイ・マキャフリイ著、巽孝之・越川芳明編訳『アヴァン・ポップ』(筑摩書房、一九九五年)も参照。

Martin, Wendy. *An American Triptych:Anne Bradstreet, Emily Dickinson, Adrienne Rich.* Chapel Hill: U of North Carolina P, 1984.

Pease, Donald. *Visionary Compacts.* Madison:Wisconsin UP,1997.

Spinrad, Norman."North American Magic Realism." *Isaac Asimov's Science Fiction Magazine* (February 1991):177-190.

Sterling, Bruce."Slipstream, "*Science Fiction Eye* #5 (July 1989):77-80.

思潮社刊〈現代詩手帖特集版 アレン・ギンズバーグ〉(一九九七年一二月)

青土社刊〈ユリイカ〉一九九九年一一月号(ジャック・ケルアック特集号)

	Daughter／ゲイリー・インディアナ (Gary Indiana)『レント・ボーイ』*Rent Boy*／マーク・マーリス (Mark Merlis)『アメリカン・スタディーズ』*American Studies*／ヴォルマン『ライフルズ』*The Rifles*／スティーヴン・ライト (Stephen Wright)『ゴーイング・ネイティヴ』*Going Native*	プ・フィクション』
1995	スティーブン・キング (Stephen King)『グリーン・マイル』*The Green Mile*／ギャス『トンネル』*The Tunnel*／マーク・レイナー (Mark Leyner)『コーンドッグについた歯形』*Tooth Imprints on a Corn Dog*／リチャード・パワーズ (Richard Powers)『ガラテア2.2』*Galatea 2.2*	オクラホマ・シティ連邦政府ビル、テロにより爆破／ヴェトナムと国交正常化
1996	ギブスン『あいどる』*Idoru*／アラン・ブラウン (Alan Brown)『オードリー・ヘップバーンズ・ネック』*Audrey Hepburn's Neck*／マイケル・キージング (Michael Keezing)「赤毛のアンナちゃん」"Anna-chan of Green Gables"	初の女性国務長官（オルブライト）就任
1997	デリーロ『アンダーワールド』*Underworld*／エリクソン『アメリカン・ノマド』*American Nomad*／アーサー・ゴールデン (Arthur Golden)『さゆり』*Memoirs of a Geisha*／メイラー『奇跡』*The Gospel According to the Son*／ピンチョン『メイソン&ディクソン』*Mason & Dixon*	ダイアナ妃事故死
1998	アーヴィング『未亡人の一年』*A Widow for One Year*／ジョナサン・レセム (Jonathan Lethem)『風景の中の少女』*Girl in Landscape*／モリスン『パラダイス』*Paradise*	クリントン大統領不倫疑惑／国連査察拒否を理由にイラクにミサイル攻撃を実施／オースターが初の映画監督をつとめた『ルル・オン・ザ・ブリッジ』公開
1999	エリクソン『海が真夜中に忍び寄る』*The Sea Came in at Midnight*／ギブスン『フューチャーマチック』*All Tomorrow's Parties*	コロラド州コロンバイン高校銃乱射事件／ウォシャウスキー兄弟監督『マトリックス』公開
2000	マーク・ダニエレブスキー(Mark Z. Danielewski)『葉の家』*House of Leaves*	サム・メンデス監督『アメリカン・ビューティー』、アカデミー賞受賞

		て、ブルース・スターリングが「スリップストリーム」を提唱
1990	ジュディス・バトラー（Judith Butler）『ジェンダー・トラブル』*Gender Trouble*（批）／E・L・ドクトロウ（E[dgar]. L[awrence]. Doctorow）『ビリー・バスゲイト』*Billy Bathgate*／ジョンソン『差異の世界』*The World of Difference*（批）／ミルハウザー『バーナム博物館』*The Barnum Museum*／イヴ・セジウィック（Eve Kosofsky Sedgwick）『クローゼットの認識論』*The Epistemology of Closet*（批）／ピンチョン『ヴァインランド』*Vineland*／アップダイク『さようなら、ウサギ』*Rabbit at Rest*／カレン・テイ・ヤマシタ（Karen Tei Yamashita）『熱帯雨林の彼方へ』*Through the Arc of the Rain Forest*	
1991	ダグラス・クープランド（Douglas Coupland）『ジェネレーションX』*Generation X*／グリーンブラット『驚異と占有』*The Marvelous Possessions*（批）／マーク・ジェイコブスン（Mark Jacobson）『ゴジロ』*Gojiro*／エイミー・タン（Amy Tan）『キッチン・ゴッズ・ワイフ』*The Kitchen God' s Wife*／ウィリアム・T・ヴォルマン（William T. Vollmann）『アイス・シャツ』*The Ice-Shirt*（"Seven Dreams" 7部作開始）／ヴォネガット『ホーカス・ポーカス』*Hocus Pocus*	湾岸戦争／冷戦終結／ヨースタイン・ゴルデル『ソフィーの世界』／ラリイ・マキャフリイ「アヴァン・ポップ」宣言／ノーマン・スピンラッド「北米マジック・リアリズム」を提唱／X世代が話題に
1992	アシュベリー『ホテル・ロートレアモン』*Hotel Lautréamont*（詩）／ウォン『大航海』*The Voyage*（戯）	警察によるロドニー・キング暴行に端を発するロス暴動／フランシス・フクヤマ『歴史の終わり』
1993	トニー・クシュナー（Tony Kushner）『エンジェルス・イン・アメリカ』*Angels in America*（戯，～94）／エリクソン『Xのアーチ』*Arc d' X*／グロリア・ネイラー（Gloria Naylor）『ベイリーのカフェ』*Bailey' s Cafe*／ユーリディシー（Euriudice）『f32のオーガズム』*f32*	クリントン第42代大統領就任／モリスン、ノーベル文学賞受賞／軍隊における同性愛者の受入始まる
1994	バーコヴィッチ編『ケンブリッジ版アメリカ文学史』*The Cambridge History of American Literature*全8巻刊行始まる／チェイス＝リボウ『大統領の娘』*The President's*	O・J・シンプソン事件／大リーグのストライキによるワールドシリーズ中止／タランティーノ監督『パル

	（批）	
1986	オースター『幽霊たち』*Ghosts*,『鍵のかかった部屋』*The Locked Room*／マリーズ・コンデ（Maryse Condé）『わが名はティテュバ――セイラムの黒い魔女』*I, Tituba*（英訳1992）／リタ・ダブ（Rita Dove）『トマスとベウラ』*Thomas and Beulah*（詩）／ヘミングウェイ『エデンの園』*The Garden of Eden*／ピーター・ヒューム（Peter Hulme）『征服の修辞学』*Colonial Encounters*（批）／ミルハウザー『イン・ザ・ペニー・アーケード』*In the Penny Arcade*／アップダイク『ロジャーの言い分』*Roger' s Version*／デイヴィッド・ヘンリー・ウォン（David Henry Hwang）『M・バタフライ』*M. Butterfly*（戯）	スペース・シャトル、チャレンジャー号爆発事件／キング牧師の誕生日、祝日に制定される／ロバート・ペン・ウォレンがアメリカ初の桂冠詩人となる
1987	アラン・ブルーム（Allan Bloom）『アメリカン・マインドの終焉』*The Closing of the American Mind*（批）／ドナルド・ピーズ（Donald Pease）『幻影の盟約』*Visonary Compacts*（批）／スティーヴン・マーロウ（Stephen Marlowe）『秘録　コロンブス手稿』*The Memories of Christopher Columbus*／モリスン『ビラヴド』*Beloved*／コニー・ウィリス（Connie Willis）『リンカーンの夢』*Lincoln's Dream*／トム・ウルフ（Tom Wolfe）『虚栄の篝火』*The Bonfire of the Vanities*／ルーシャス・シェパード（Lucius Shepard）『戦時生活』*Life During the Wartime*	ニューヨークの株式大暴落／アラン・ブルーム『アメリカン・マインドの終焉』／ド・マンが戦時中に発表した親ナチ・反ユダヤ主義文書が発表され、脱構築批判から新歴史主義批評への転換が起こる
1988	ブレット・イーストン・エリス（Bret Easton Ellis）『アメリカン・サイコ』*American Psycho*／エリザベス・スカボロ（Elizabeth Scarborough）『治療者の戦争』*The Healer's War*／ヘンリー・ルイス・ゲイツ・ジュニア（Henry Louis Gates, Jr.）『シグニファイン・モンキー』*The Signifying Monkey*（批）／デリーロ『リブラ――時の杯』*Libra*／ガヤトリ・スピヴァック（Gayatri Spivak）『文化としての他者』*In Other Worlds*（批）／アップダイク『S』*S.*	インド系英国作家サルマン・ラシュデイ長篇『悪魔の詩』出版、翌89年に瀆神的との理由でホメイニ師より死刑宣告／トム・ホルト『疾風魔法大戦』
1989	エリクソン『リープ・イヤー』*Leap Year*,『黒い時計の旅』*Tours of the Black Clock*／デイヴィッド・フォスター・ウォレス（David Foster Wallace）『奇妙な髪の少女』*Girl with Curious Hair*	ブッシュ第41代大統領就任／デイヴィッド・リンチのTVドラマ『ツイン・ピークス』（～91）が話題に／境界領域文学の新概念とし

	Critical Difference（批）／リッチ「強制的異性愛とレズビアン存在」“Compulsory Heterosexuality and Lesbian Existence”（批）／サム・シェパード（Sam Shepard）『真実の西部』*True West*（戯）	
1981	レイモンド・カーヴァー（Raymond Carver）『愛について語るときに我々の語ること』*What We Talk About When We Talk About Love*／アーヴィング『ホテル・ニューハンプシャー』*The Hotel New Hampshire*／モリスン『タール・ベイビー』*Tar Baby*／アップダイク『金持ちになったウサギ』*Rabbit Is Rich*	レーガン第40代大統領就任／エリオット『ポサムおじさんの猫とつきあう法』原作のミュージカル『キャッツ』上演、以後世界中でロングラン
1982	アリス・ウォーカー（Alice Walker）『カラー・パープル』*The Color Purple*／カラー『ディコンストラクション』*On Deconstruction*（批）	リドリー・スコット監督『ブレード・ランナー』公開
1983	カーヴァー『大聖堂』*Cathedral*	SDI計画／ド・マン没
1984	キャシー・アッカー（Kathy Acker）『血みどろ臓物ハイスクール』*Blood and Guts in High School*／ヒューストン・ベイカー（Houston Baker）『ブルースのイデオロギーと黒人文学』*Blues Ideology and Afro-American Literature*（批）／トマス・ディッシュ（Thomas M. Disch）『ビジネスマン』*The Businessman*／ウィリアム・ギブスン（William Gibson）『ニューロマンサー』*Neuromancer*／ジェイ・マキナニー（Jay McInerney）『ブライト・ライツ、ビッグ・シティ』*Bright Lights, Big City*／ティム・パワーズ（Tim Powers）『アヌビスの門』*The Anubis Gates*／ツヴェタン・トドロフ（Tzvetan Todorov）『他者の記号学』*The Conquest of America*（批）	ロサンゼルス・オリンピック開催／ギブスン作品を契機にサイバーパンク運動始まる
1985	ポール・オースター（Paul Auster）『シティ・オブ・グラス』*City of Glass*／クーヴァー『ジェラルドのパーティ』*Gerald's Party*／ドン・デリーロ（Don DeLillo）『ホワイト・ノイズ』*White Noise*／スティーヴ・エリクソン（Steve Erickson）『彷徨う日々』*Days between Stations*／ジャメイカ・キンケイド（Jamaica Kincaid）『アニー・ジョン』*Annie John*／ダナ・ハラウェイ（Donna Haraway）「サイボーグ宣言」“The Cyborg Manifesto”	マーガレット・アトウッド『侍女の物語』／ロバート・ゼメキス監督『バック・トゥー・ザ・フューチャー』公開

	詩学』*Structuralist Poetics*（批）／ジョアナ・ラス（Joanna Russ）『フィーメール・マン』*The Female Man*／アップダイク『日曜日ばかりの一ヶ月』*A Month of Sundays*	
1976	フェダマン『嫌ならやめとけ』*Take It or Leave It*／マキシーン・ホン・キングストン（Maxine Hong Kingston）『チャイナ・タウンの女武者』*The Woman Warrior*／マージ・ピアシー（Marge Piercy）『時を飛翔する女』*Woman on the Edge of Time*／アン・ライス（Anne Rice）『夜明けのヴァンパイア』*Interview with the Vampire*／リッチ『女から生まれる』*Of Woman Born*（批）	アメリカ独立200周年／ベロー、ノーベル文学賞受賞／ギンズブルク『チーズとうじ虫』
1977	クーヴァー『公開火刑』*The Public Burning*／モリスン『ソロモンの歌』*Song of Solomon*／レスリー・マーモン・シルコウ（Leslie Marmon Silko）『儀式』*Ceremony*	カーター第39代大統領就任／ジョージ・ルーカス監督『スター・ウォーズ』公開／スピルバーグ監督『未知との遭遇』公開
1978	アーヴィング『ガープの世界』*The World According to Garp*／ニナ・ベイム（Nina Baym）『女性小説』*Woman' s Fiction*（批）／サクヴァン・バーコヴィッチ（Sacvan Bercovitch）『アメリカのエレミア』*American Jeremiad*（批）／ナンシー・チョドロウ（Nancy Chodorow）『母親業の再生産』*The Reproduction of Mathering*（批）／ソンタグ『隠喩としての病い』*Illness as Metaphor*	ジム・ジョーンズ率いる人民寺院の集団自殺事件
1979	オクテイヴィア・バトラー（Octavia Butler）『キンドレッド――きずなの召喚』*Kindred*／バーバラ・チェイス＝リボウ（Barbara Chase Riboud）『サリー・ヘミングス』*Sally Hemings* ド・マン『読むことのアレゴリー』*Allegories of Reading*（批）／メイラー『死刑執行人の歌』*The Executioner's Song*／スタイロン『ソフィーの選択』*Sophie's Choice*／ヴォネガット『ジェイルバード』*Jailbird*	コッポラ監督『地獄の黙示録』公開
1980	スタンリー・フィッシュ（Stanley Fish）『このクラスにテクストはありますか』*Is There a Text in This Class?*（批）／スティーヴン・グリーンブラット（Stephen Greenblatt）『ルネサンスの自己成型』*Renaissance Self-Fashioning*（批）／バーバラ・ジョンソン（Barbara Johnson）『批評的差異』*The*	モスクワ・オリンピックをボイコット／アルビン・トフラー『第三の波』／ジョン・レノン暗殺

	／ウィリアム・ギャス（William Gass）『アメリカの果ての果て』*In the Heart of the Heart of the Country*	ポロ８号打ち上げ／カスタネダ『ドン・ファンの教え』／キューブリック監督『2001年宇宙の旅』公開
1969	ジョン・アーヴィング（John Irving）『熊を放つ』*Setting Free the Bears*／アーシュラ・K・ル・グィン（Ursula K. Le Guin）『闇の左手』*The Left Hand of Darkness*／トリリング『誠実とほんもの』*Sincerity and Authenticity*（批）／ヴォネガット『スローターハウス５』*Slaughterhouse-Five*	ニクソン第37代大統領就任／アポロ11号月面着陸／ワシントン・ヴェトナム反戦集会／ウッドストック・フェスティバル開催／ストーン・ウォール事件／ヒッピーの教祖チャールズ・マンソンが女優シャロン・テートを殺害
1970	トニ・モリスン（Toni Morrison）『青い目がほしい』*The Bluest Eye*	ニクソン・ドクトリン／大阪万博開催
1971	ポール・ド・マン（Paul de Man）『死角と明察』*Blindness and Insight*（批，改訂版83）／レイモンド・フェダマン（Raymond Federman）『二倍かゼロか』*Double or Nothing*／アップダイク『帰ってきたウサギ』*Rabbit Redux*	土居健郎『甘えの構造』
1972	バース『キマイラ』*Chimera*／ハロルド・ブルーム（Harold Bloom）『影響の不安』*The Anxiety of Influence*（批）／プラス『冬の木立』*Winter Trees*（詩）／イシュメイル・リード（Ishmael Reed）『マンボ・ジャンボ』*Mumbo Jumbo*／ロス『乳房になった男』*The Breast*／スティーヴン・ミルハウザー（Steven Millhauser）『エドウィン・マルハウス』*Edwin Mullhouse*	ニクソン、訪中・訪ソ／ウォーターゲート事件（～74）／ベイトソン『精神の生態学』／フランシス・コッポラ監督『ゴッド・ファーザー』公開
1973	ピンチョン『重力の虹』*Gravity's Rainbow*／モリスン『スーラ』*Sula*／アドリエンヌ・リッチ（A drienne Rich）『難破船に潜る』*Diving into the Wreck*（詩）／ロス『素晴らしいアメリカ野球』*The Great American Novel*	ヴェトナム和平協定調印
1974	ゲイリー・スナイダー（Gary Snyder）『亀の島』*Turtle Island*（詩）	ニクソン辞任／フォード第38代大統領就任
1975	ジョン・アッシュベリー（John Ashbery）『凸面鏡の中の自画像』*Self-Portrait in a Convex Mirror*（詩）／バーセルミ『死父』*The Dead Father*／ブルーム『誤読の地図』*A Map of Misreading*（批）／ジョナサン・カラー（Jonathan Culler）『構造主義の	

	ゾーイー』*Franny and Zooey*	
1962	オールビー『ヴァージニア・ウルフなんかこわくない』*Who's Afraid of Virginia Woolf ?*（戯）／フィリップ・K・ディック（Philip K[indred]. Dick）『高い城の男』*The Man in the High Castle*／ケン・キージー（Ken Kesey）『カッコーの巣の上で』*One Flew Over the Cuckoo's Nest*／ナボコフ『青白い炎』*Pale Fire*	キューバ危機／ビートルズ結成／レヴィ=ストロース『野生の思考』／マクルーハン『グーテンベルクの銀河系』
1963	シルヴィア・プラス（Sylvia Plath）『ベル・ジャー』*The Bell Jar*／トマス・ピンチョン（Thomas Pynchon）『V.』*V.*／カート・ヴォネガット（Kurt Vonnegut, Jr.）『猫のゆりかご』*Cat's Cradle*	ケネディ暗殺／L・ジョンソン第36代大統領就任／ヴェトナム戦争に突入（～73）／ワシントン大行進
1964	ベロー『ハーツォグ』*Herzog*／ホークス『もうひとつの肌』*Second Skin*／ベリマン『夢の歌』*The Dream Songs*（詩，～68）／アン・ペトリー（Ann Petry）『セイラム村のティテュバ』*Tituba of Salem Village*	新公民権法成立／ウォーレン報告書提出／ニューヨーク万博開催
1965	イェルジー・コジンスキー（Jerzy Kosinski）『異端の鳥』*The Painted Bird*／メイラー『アメリカの夢』*An American Dream*／J・ヒリス・ミラー（J. Hillis Miller）『現実の詩人』*The Poets of Reality*（批）	北ヴェトナムの基地を爆撃、北爆を開始／ヴェルヴェット・アンダーグラウンド結成
1966	バース『山羊少年ジャイルズ』*Giles Goat-Boy*／カポーティ『冷血』*In Cold Blood*／マラマッド『修理屋』*The Fixer*／プラス『エアリアル』*Ariel*（詩）／ピンチョン『競売ナンバー49の叫び』*The Crying of Lot 49*／スーザン・ソンタグ（Susan Sontag）『反解釈』*Against Interpretation*（批）	全米女性機構（NOW）結成／フーコー『言葉と物』／ジョンズ・ホプキンズ大学のシンポジウム「批評の言語と人間科学」でデリダがアメリカ初登場
1967	ドナルド・バーセルミ（Donald Barthelme）『雪白姫』*Snow White*／リチャード・ブローティガン（Richard Brautigan）『アメリカの鱒釣り』*Trout Fishing in America*／サミュエル・ディレイニー（Samuel Delany）『アインシュタイン交点』*The Einstein Intersection*／メイラー『なぜぼくらはヴェトナムへ行くのか』*Why Are We in Vietnam?*／スタイロン『ナット・ターナーの告白』*The Confessions of Nat Turner*	ヴェトナム非武装地帯への攻撃開始／ガルシア=マルケス『百年の孤独』／デリダ『グラマトロジーについて』
1968	ロバート・クーヴァー（Robert Coover）『ユニヴァーサル野球協会』*The Universal Baseball Association, Inc., J. Henry Waugh, Prop.*	キング牧師暗殺／ロバート・ケネディ上院議員暗殺／ウォーホル暗殺未遂／ア

1956	ジェイムズ・ボールドウィン(James Baldwin)『ジョヴァンニの部屋』*Giovanni's Room*／ジョン・バース (John Barth)『フローティング・オペラ』*Floating Opera*／ジョン・ベリマン (John Berryman)『ブラッドストリート夫人への賛辞』*Homage to Mistress Bradstreet*(詩)／アレン・ギンズバーグ(Allen Ginsberg)『吠える』*Howl and Other Poems*(詩)／オニール『夜への長い旅』*Long Day' s Journey into Night* (戯)	黒人学生、アラバマ州立大学入学事件／ブロードウェイ・ミュージカル『マイ・フェア・レディ』上演
1957	リチャード・チェイス(Richard Chase)『アメリカ小説とその伝統』*The American Novel and Its Tradition* (批) ／ノースロップ・フライ (Northrop Frye)『批評の解剖』*Anatomy of Criticism* (批) ／ロバート・A・ハインライン (Robert A[nson]. Heinlein)『夏への扉』*The Door into Summer*／ジャック・ケルアック (Jack Kerouac)『路上』*On the Road*／バーナード・マラマッド (Bernard Malamud)『アシスタント』*The Assistant*	ソ連、スプートニク打ち上げ成功／アーカンソー州リトル・ロック高校事件／ロラン・バルト『神話作用』ブロードウェイ・ミュージカル『ウェストサイド物語』上演 (映画化61)
1958	バース『旅路の果て』*The End of the Road*／カポーティ『ティファニーで朝食を』*Breakfast at Tiffany's*／ケルアック『地下街の人々』*The Subterraneans*	アラスカ州成立
1959	ウィリアム・バロウズ(William Burroughs)『裸のランチ』*The Naked Lunch*／ロレイン・ハンズベリー (Lorraine Hansberry)『太陽の下のレーズン』*A Raisin in the Sun*(戯)／ロバート・ローウェル(Robert Lowell／Traill Spence, Jr.)『人生研究』*The Life Studies*(詩)／フィリップ・ロス(Philip Roth)『さよならコロンバス』*Goodbye, Columbus*	ハワイ州成立／ヴァージニア州で黒人・白人の共学始まる／C・P・スノウ卿『二つの文化と科学革命』
1960	エドワード・オールビー (Edward Albee)『動物園物語』*The Zoo Story* (戯) ／ダニエル・ベル (Daniel Bell)『イデオロギーの終焉』*The End of Ideology*／フィードラー『アメリカ小説における愛と死』*Love and Death in the American Novel* (批) ／バース『酔いどれ草の仲買人』*The Sot-Weed Factor*／ジョン・アップダイク (John Updike)『走れウサギ』*Rabbit, Run*	米ソ冷戦激化／日米新安保条約
1961	ジョゼフ・ヘラー (Joseph Heller)『キャッチ=22』*Catch=22*／サリンジャー『フラニーと	ケネディ第35代大統領就任

	タリング・スカイ』*The Sheltering Sky*／ジョン・ホークス（John Hawkes）『食人者』*The Cannibal*／アーサー・ミラー（Arthur Miller）『セールスマンの死』*Death of a Salesman*（戯）	ージ・オーウェル『1984』
1950	ライオネル・トリリング（Lionel Trilling）『文学と精神分析』*Liberal Imagination*（批）	朝鮮戦争（～53）／マッカーシーの赤狩り旋風（～54）／フォークナー、ノーベル文学賞受賞
1951	マリアン・ムーア（Marianne Moore）『詩集』*Collected Poems*（詩）／J・D・サリンジャー（J[erome]. D[avid]. Salinger）『ライ麦畑でつかまえて』*The Catcher in the Rye*／ウィリアム・スタイロン（William Styron）『闇の中に横たわりて』*Lie Down in Darkness*	日米安全保障条約調印
1952		ベケット『ゴドーを待ちながら』
1952	ラルフ・エリソン（Ralph Ellison）『見えない人間』*Invisible Man*／ヘミングウェイ『老人と海』*The Old Man and the Sea*／フラナリー・オコナー（Flannery O' Connor）『賢い血』*Wise Blood*／スタインベック『エデンの東』*East of Eden*	水爆実験
1953	M・H・エイブラムス（M. H. Abrams）『鏡とランプ』*The Mirror and the Lamp*（批）／ベロー『オーギー・マーチの冒険』*The Adventure of Augie March*／チャールズ・ファイデルスンJr.（Charles Feidelson, Jr.）『象徴主義とアメリカ文学』*Symbolism and American Literature*（批）／A・ミラー『るつぼ』*The Crucible*（戯）	アイゼンハワー第34代大統領就任／映画『ローマの休日』公開
1954	フォークナー『寓話』*A Fable*／ウォレス・スティーヴンス（Wallace Stevens）『詩集』*Collected Poems*（詩）	最高裁、公立学校での人種別教育に違憲判決／日本映画『ゴジラ』公開
1955	エリザベス・ビショップ（Elizabeth Bishop）『詩集・北と南』*Poems, North and South*（詩）／レスリー・フィードラー（Leslie Fiedler）『無垢の終焉』*The End of Innocence*（批）／R・W・B・ルイス（R[ichard]. W[arrington]. B[aldwin]. Lewis）『アメリカのアダム』*The American Adam*（批）／メイラー『鹿の園』*The Deer Park*／ウラジミール・ナボコフ（Vladimir Nabokov）『ロリータ』*Lolita*	最高裁、公立学校における人種差別撤廃の実施を命令／キング牧師、アラバマ州モンゴメリーにてバス・ボイコット運動を指揮／カリフォルニア州アナハイムにディズニーランド開園

	パソス『U.S.A.』*U.S.A.*／ワイルダー『わが町』*Our Town*（戯）	
1939	ジョン・スタインベック（John Steinbeck）『怒りの葡萄』*The Grapes of Wrath*／ウェスト『イナゴの日』*The Day of the Locust*／T・S・エリオット『ポサムおじさんの猫とつきあう方法』*Old Possum's Book of Practical Cats*	ヨーロッパで第2次世界大戦始まる（～45）／ニューヨーク万博開催／ペーパーバック革命／映画『風と共に去りぬ』公開、／ハリウッド黄金時代
1940	ヘミングウェイ『誰が為に鐘は鳴る』*For Whom the Bell Tolls*／カーソン・マッカラーズ（Carson McCullers）『心は孤独な狩人』*The Heart Is a Lonely Hunter*／リチャード・ライト（Richard Wright）『アメリカの息子』*Native Son*	ローズヴェルト3選
1941	フィッツジェラルド『最後の大君』*The Love of the Last Tycoon*／F・O・マシーセン（F[rancis].O[tto].Matthiessen）『アメリカン・ルネッサンス』*American Renaissance*（批）／ジョン・クロウ・ランサム（John Crowe Ransom）『新批評』*The New Criticism*（批）	真珠湾攻撃、太平洋戦争始まる／国家非常事態宣言／オーソン・ウェルズ監督『市民ケーン』
1942	ネルソン・オルグレン（Nelson Algren）『朝はもう来ない』*Never Come Morning*	マンハッタン計画開始
1944	ソール・ベロー（Saul Bellow）『宙ぶらりんの男』*Dangling Man*	アイゼンハワー、ノルマンディ上陸作戦を指揮
1945	テネシー・ウィリアムズ（Tennessee Williams）『ガラスの動物園』*The Glass Menagerie*（戯）	ローズヴェルト死去／トルーマン第33代大統領就任／広島・長崎に原爆投下／第2次世界大戦終結
1946	マッカラーズ『結婚式のメンバー』*The Member of Wedding*／ウォレン『すべて王の臣』*All the King's Men*／ウィリアム・カーロス・ウィリアムズ（William Carlos Williams）『パタソン』*Paterson*（詩，～58）	太平洋における原爆実験
1947	T・ウィリアムズ『欲望という名の電車』*A Streetcar Named Desire*（戯）	トルーマン・ドクトリン、マーシャル・プランによる冷戦構造確立
1948	トルーマン・カポーティ（Truman Capote）『遠い声、遠い部屋』*Other Voices, Other Rooms*／ノーマン・メイラー（Norman Mailer）『裸者と死者』*The Naked and the Dead*／ロバート・スピラー編（Robert Spiller）『アメリカ合衆国文学史』*The Literary History of the United States*（批）	T・S・エリオット、ノーベル文学賞受賞
1949	ポール・ボウルズ（Paul Bowles）『シェル	フェアディール政策／ジョ

	ット（Samuel Dashiell Hammett）『マルタの鷹』*The Maltese Falcon*	
1931	パール・バック（Pearl Buck）『大地』*The Good Earth*／フォークナー『サンクチュアリ』*Sanctuary*	フーヴァー、モラトリアム提唱／エンパイア・ステート・ビル完成
1932	アースキン・コールドウェル（Erskine Caldwell）『タバコ・ロード』*The Tobacco Road*／ドス・パソス『1919』*1919*／ジェイムズ・T・ファレル（James T. Farrell）『若きロニガン』*Young Lonigan*／フォークナー『八月の光』*Light in August*／ヘミングウェイ『午後の死』*The Death in the Afternoon*／ヒューズ『夢の変奏』*The Dream Keeper*（詩）／アーチボルド・マクリーシュ（Archibald MacLeish）『コンキスタドール』*Conquistador*（詩）	復興金融会社法成立／リンドバーグの子息誘拐事件／ハックスリー『すばらしい新世界旅行』
1933	ナサニエル・ウェスト（Nathanael West）『孤独な娘』*Miss Lonelyhearts*	F・ローズヴェルト大統領就任／ニューディール政策／ナチス、政権獲得／映画『キング・コング』公開
1934	フィッツジェラルド『夜はやさし』*Tender Is the Night*／ヘンリー・ミラー（Henry Miller）『北回帰線』*Tropic of Cancer*／リリアン・ヘルマン（Lillian Hellman）『子供の時間』*The Children' s Hour*（戯）	ヒトラー、総統に就任
1935	ヘミングウェイ『アフリカの緑の丘』*Green Hills of Africa*／ロバート・ペン・ウォレン（Robert Penn Warren）『三十六の詩』*Thirty-Six Poems*（詩）	オハイオ州アクロンにアルコール中毒者更生会発足／ブロードウェイ・ミュージカル『ポーギーとベス』
1936	ドス・パソス『巨富』*The Big Money*／フォークナー『アブサロム、アブサロム！』*Absalom, Absalom!*／ヘミングウェイ「キリマンジャロの雪」"The Snows of Kilimanjaro"，「フランシス・マコーマーの短い幸福な生涯」"The Short Happy Life of Francis Macomber"／マーガレット・ミッチェル（Margaret Mitchell）『風と共に去りぬ』*Gone with the Wind*	オニール、ノーベル文学賞受賞
1937	ゾラ・ニール・ハーストン（Zora Neale Hurston）『彼らの目は神を見ていた』*Their Eyes Were Watching God*	
1938	クリアンス・ブルックス、R・P・ウォレン（Cleanth Brooks, R. P. Warren）『詩の理解』*Understanding Poetry*（批）／ドス・	パール・バック、ノーベル文学賞受賞／漫画ヒーロー、スーパーマン登場

1923	フロスト『ニューハンプシャー』*New Hampshire*（詩）／ジーン・トゥーマー（Jean Toomer）『サトウキビ』*Cane*	クーリッジ第30代大統領就任
1924	ユージーン・オニール（Eugene O' Neill）『楡の木陰の欲望』*Desire Under the Elms*（戯）	排日的移民法制定／ガーシュウィン交響曲『ラプソディ・イン・ブルー』
1925	キャザー『教授の家』*The Professor's House*／ドライサー『アメリカの悲劇』*An American Tragedy*／ジョン・ドス・パソス（John Dos Passos）『マンハッタン乗換駅』*Manhattan Transfer*／フィッツジェラルド『華麗なるギャツビー』*The Great Gatsby*／アーネスト・ヘミングウェイ（Ernest Hemingway）『われらの時代に』*In Our Time*／アレン・リロイ・ロック編（Alain Le Roy Locke）『新しい黒人』*The New Negro*（詩）／スタイン『アメリカ人の形成』*The Making of Americans*（執筆1903〜11）	
1926	ウィリアム・フォークナー(William Faulkner)『兵士の報酬』*Soldier's Pay*／ヘミングウェイ『日はまた昇る』*The Sun Also Rises*／H・D（H[ilda]. D[oolittle].）『パリンプセスト』*Palimpsest*／ラングストン・ヒューズ（Langston Hughes）『もの憂いブルース』*Weary Blues*（詩）	ヒューゴー・ガーンズバックによる *Amazing Stories* 創刊、パルプ・フィクションの流行／フリッツ・ラング監督による『メトロポリス』制作／マルセル・デュシャン「大ガラス」公開
1927	キャザー『大司教に死は来る』*Death Comes for the Archbishop*／ソーントン・ワイルダー（Thornton Wilder）『サン・ルイス・レイの橋』*The Bridge of San Luis Ray*（戯）	サッコ・ヴァンセッティ死刑判決／リンドバーグ、大西洋横断無着陸単独飛行に成功
1928	アレン・テイト（Allen Tate）『ミスター・ポープ』*Mr. Pope and Other Poems*（詩）	汎米会議開催／トーキー映画登場／ディズニー、最初のミッキー・マウス漫画映画発表
1929	フォークナー『響きと怒り』*The Sound and the Fury*／ヘミングウェイ『武器よさらば』*A Farewell to Arms*／トマス・ウルフ（Thomas Wolfe）『天使よ、故郷を見よ』*Look Homeward, Angel*	フーヴァー第31代大統領就任／大恐慌始まる
1930	ドス・パソス『北緯四十二度線』*The 42nd Parallel*／フォークナー『死の床に横たわりて』*As I Lay Dying*,「エミリーへの薔薇」"A Rose for Emily"／キャサリン・アン・ポーター（Katherine Anne Porter）『花咲くユダの木』*Flowering Judas*／ダシール・ハメ	シンクレア・ルイス、ノーベル文学賞受賞

	Booth Enters into Heaven（詩）	
1914	エドガー・ライス・バローズ（Edgar Rice Burroughs）『類人猿ターザン』*Tarzan of the Apes*／ロバート・フロスト（Robert Frost）『ボストンの北』*North of Boston*（詩）／ハリエット・モンロー（Harriet Monroe）『あなたと私』*You and I*（詩）／スタイン『やさしい釦』*Tender Buttons*（詩）	第1次世界大戦（～18／1917アメリカ参戦）／パナマ運河開通
1915	キャザー『雲雀の歌』*The Song of the Lark*／T・S・エリオット（T[homas]. S[tearns]. Eliot）『J・アルフレッド・プルーフロックの恋歌』*The Love Song of J. Alfred Prufrock*（詩）／エドガー・リー・マスターズ（Edgar Lee Masters）『スプーン・リバー詩集』*Spoon River Anthology*（詩）／エズラ・パウンド（Ezra Pound／ Weston Loomis）『詩篇』*The Cantos*（詩，～70）	アインシュタイン相対性理論完成（～16）／D・W・グリフィス監督ディクスン『クランズマン』をもとに『国民の創生』制作／フライシャー『ベティ・ブープ』執筆開始／ロシア・フォルマリスム胎動
1916	ランドルフ・ボーン（Randolph Bourne）「トランスナショナル・アメリカ」"Trans-National America"（批）／カール・サンドバーグ（Carl Sandburg）『シカゴ詩集』*Chicago Poems*（詩）／トウェイン『不思議な少年』*The Mysterious Stranger*	ヴァージン諸島購入／ソシュール『一般言語学講義』
1918	キャザー『私のアントニーア』*My Ántonia*	
1919	シャーウッド・アンダソン（Sherwood Anderson）『オハイオ州ワインズバーグ』*Winesburg, Ohio*／エリオット「伝統と個人の才能」"Tradition and the Individual Talent"（批）	禁酒法成立
1920	スコット・フィッツジェラルド（F. Scott Fitzgerald）『楽園のこちら側』*This Side of Paradise*／シンクレア・ルイス（Sinclair Lewis）『本町通り』*The Main Street*／パウンド『ヒュウ・セーウィン・モーバリー』*Hugh Selwyn Mauberley*（詩）／ウォートン『汚れなき時代』*The Age of Innocence*	女性参政権発効
1921	エドナ・セント・ヴィンセント・ミレー（Edna St. Vincent Millay）『第二の四月』*Second April*（詩）	ハーディング第29代大統領就任／サッコ・ヴァンゼッティ事件
1922	e・e・カミングス（E[dward]. E[stlin]. Cummings）『巨大な部屋』*The Enormous Room*／エリオット『荒地』*The Waste Land*／フィッツジェラルド『ジャズ・エイジの物語』*Tales of the Jazz Age*	ハーレム・ルネッサンス始まる／フィッツジェラルドの作品集に由来し、'20年代の通称が「ジャズ・エイジ」となる

	『怪談』*Kwaidan*／ジェイムズ『黄金の盃』*The Golden Bowl*	／セントルイスでルイジアナ購入／100周年記念万博開催／日露戦争(～05)／マックス・ウェーバー『プロテスタンティズの倫理と資本主義の精神』(～05)
1905	チャールズ・チェスナット(Charles Chesnutt)『大佐の夢』*The Colonel's Dream*／イーディス・ウォートン (Edith Wharton)『歓楽の館』*The House of Mirth*／トウェイン「黄色い恐怖のたとえばなし」"The Fable of the Yellow Terror"／トマス・ディクソン・ジュニア (Thomas Dixon, Jr.)『クランズマン』*The Clansman*	
1906	ビアス『悪魔の辞典』*The Devil's Dictionary*／O・ヘンリー(O. Henry／William Sydney Porter)「未完の物語」"An Unfinished Story"／ロンドン「比類なき侵略」"The Unparalleled Invasion" (1910発表)／アプトン・シンクレア (Upton Sinclair)『ジャングル』*The Jungle*	サンフランシスコ大地震
1907	アダムズ『ヘンリー・アダムズの教育』*The Education of Henry Adams*／ロンドン『鉄の踵』*The Iron Heel*／ハシムラ東郷 (Wallace Irwin)『日本人スクールボーイの手紙』*Letters of a Japanese Scohool Boy* (刊行09)	移民数、史上最高となる／ベルクソン『創造的進化』
1908		日米紳士協定による日本人移民制限／モンゴメリ『赤毛のアン』
1909	ガートルード・スタイン (Gertrude Stein)『三人の女』*Three Lives* (執筆03～06)	タフト第27代大統領就任／全米黒人向上協会 (NAACP) の結成
1910	ロンドン「火をおこす」"To Build a Fire"	メキシコ革命勃発 (～17)
1911	ウォートン『イーサン・フロム』*Ethan Frome*	シカゴ・ルネッサンス
1912	ウィラ・キャザー (Willa Cather)『アレキサンダーの橋』*Alexander's Bridge*／ジーン・ウェブスター (Jean Webster)『あしながおじさん』*Daddy-Long-Legs*	ローズヴェルト、共和党を脱退し、革新党を結成
1913	キャザー『おお開拓者よ』*O Pioneers!*／エレン・グラスゴー (Ellen Glasgow)『ヴァージニア』*Virginia*／ヴェイチェル・リンジー (Vachel Lindsay)『救世軍大将ウィリアム・ブース、天国へ入る』*General William*	ウィルソン第28代大統領就任／ストラヴィンスキー『春の祭典』パリで初演

	ット・パーキンス・ギルマン(Charlotte Perkins Gilman)『黄色い壁紙』*Yellow Wallpaper*／ジェイムズ「ほんもの」"The Real Thing"／フランシス・E・W・ハーパー (Francis E[llen]. W[atkins]. Harper)『アイオラ・リーロイ』*Iola Leroy*	
1893	スティーヴン・クレイン (Stephen Crane)『街の女マギー』*Maggie: A Girl of the Streets*	クリーヴランド第24代大統領再就任／シカゴ万博開催／ドヴォルザーク交響曲『新世界より』
1894	トウェイン『まぬけのウィルソンの悲劇』*The Tragedy of Pudd'nhead Wilson*	エジソン、キネトスコープ発明／日清戦争 (〜95)
1895	クレイン『赤い武勲章』*The Red Badge of Courage*／ジェイムズ「じゅうたんの下絵」"The Figure in the Carpet"	キューバ反乱
1897	ジョン・ルーサー・ロング(John Luther Long)『蝶々夫人』*Madame Butterfly*	マッキンレー第25代大統領就任／H・G・ウェルズ『宇宙戦争』(刊行98)
1898	ジェイムズ『ねじの回転』*The Turn of the Screw*	米西戦争／ハワイ併合
1899	ケイト・ショパン『目覚め』*The Awakening*／フランク・ノリス (Frank Norris)『死の谷』*McTeague*／ソースティン・ヴェブレン(Thorstein Veblen)『有閑階級の理論』*The Theory of Leisure Class*	コンラッド『闇の奥』
1900	ライマン・フランク・ボーム (Lyman Frank Baum)『オズの魔法使い』*The Wonderful Wizard of Oz*／デイヴィッド・ベラスコ(David Belasco)『蝶々夫人』*Madame Butterfly* (戯)／セオドア・ドライサー(Theodore Dreiser)『シスター・キャリー』*Sister Carrie*	金本位制採用／フロイト『夢判断』
1901	ノリス『オクトパス』*The Octopus*	マッキンレー暗殺／T・ローズヴェルト第26代大統領就任／マックレイカー運動始まる
1902	ジェイムズ『鳩の翼』*The Wings of the Dove*	
1903	W・E・B・デュ・ボイス(W[illiam]. E[dward]. B[urghardt]. Du Bois)『黒人のたましい』*The Souls of Black Folk*／ジャック・ロンドン (Jack London)『荒野の呼び声』*The Call of the Wild*／ジェイムズ『使者たち』*The Ambassadors*	パナマ運河建設 (〜14)／ライト兄弟、初飛行に成功
1904	ラフカディオ・ハーン (Lafcadio Hearn)	シカゴ食肉工場ストライキ

	「解放」 "Emancipation"	
1872	マーク・トウェイン(Mark Twain／Samuel L. Clemens)『苦難を忍びて』*Roughing It*	中国人労働者入国禁止法
1873	トウェイン&チャールズ・ダドレー・ウォーナー (Charles Dudley Warner)『金めっき時代』*The Gilded Age*	経済恐慌
1876	メルヴィル『クラレル』*Clarel* (詩) ／トウェイン『トム・ソーヤーの冒険』*The Adventures of Tom Sawyer*	ベル、電話を発明
1877	ヘンリー・ジェイムズ (Henry James)『アメリカ人』*The American*	ヘイズ第19代大統領就任／南部再建時代終わる
1879	ジェイムズ『デイジー・ミラー』*Daisy Miller*	エジソン、白熱電球を発明
1880	ヘンリー・アダムズ (Henry Adams)『デモクラシー』*Democracy*	
1881	ジョエル・チャンドラー・ハリス(Joel Chandler Harris)『アンクル・リーマス物語』*Uncle Remus*／ジェイムズ『ある貴婦人の肖像』*The Portrait of a Lady*	ガーフィールド第20代大統領就任・暗殺／アーサー第21代大統領就任
1883		ニーチェ『ツァラトゥストラ』(～85)
1884	ジェイムズ「小説の技法」"The Art of Fiction"／トウェイン『ハックルベリー・フィンの冒険』*Adventures of Huckleberry Finn*	
1885	ウィリアム・ディーン・ハウエルズ (William Dean Howells)『サイラス・ラパムの向上』*The Rise of Silas Lapham*	クリーヴランド第22代大統領就任
1886	サラ・オーン・ジュエット(Sarah Orne Jewett)「白鷺」"A White Heron"	ヘイマーケット事件／「自由の女神像」フランスより寄贈
1887	ハウエルズ「有害なる小説」"Pernicious Fiction"	初の電動路面電車
1888	エドワード・ベラミー (Edward Bellamy)『顧みれば』*Looking Backward*	
1889	トウェイン『アーサー王宮廷のコネチカット・ヤンキー』*A Connecticut Yankee in King Arthur's Court*	ハリソン第23代大統領就任
1890	エミリー・ディキンソン (Emily Dickinson)『詩集』*Poems*	フロンティアの消滅／フレイザー『金枝篇』(～1915)
1891	メルヴィル『ビリー・バッド』*Billy Budd* (出版1924)	人民党結成
1892	アンブローズ・ビアス (Ambrose Bierce)『いのちの半ばに』*In the Midst of Life* (「アウルクリーク橋の一事件」"An Occurence at Owl Creek Bridge"を収録) ／シャーロ	エジソン、動画用スタジオ「ブラック・マリア」を設立。以後動画作品を発表する

	ルズ・ブラウン (William Wells Brown)『クローテル――大統領の娘』*Clotel*	
1854	ファニー・ファーン (Fanny Fern／ Sara P. Willis)『ルース・ホール』*Ruth Hall*／ソロー『ウォルデン――森の生活』*Walden*	共和党結成
1855	ウォルト・ホイットマン (Walt Whitman)『草の葉』*Leaves of Glass* (詩, ～92) ／ロングフェロー『ハイアワサの歌』*The Song of Hiawatha* (詩)	
1857	メルヴィル『詐欺師』*The Confidence-Man*	土曜クラブ、*Atlantic Monthly*を創刊／ブキャナン第15代大統領就任
1859	ストウ『牧師の求婚』*The Minister's Wooing*	奴隷制廃止論者ジョン・ブラウン、ハーパーズ・フェリーを襲撃／ダーウィン『種の起原』
1860	ホーソーン『大理石の牧羊神』*The Marble Faun*	サウスカロライナ、連邦脱退を決議
1861	レベッカ・ハーディング・デイヴィス(Rebecca Harding Davis)「製鉄所の生活」"Life in the Iron Mills"／ハリエット・ジェイコブズ (Harriet Jacobs)『ある奴隷娘の人生で起こった事件』*Incidents in the Life of a Slave Girl, Written by Herself*／ロングフェロー「ポール・リヴィアの駿馬」"Paul Revere's Ride" (詩)	リンカーン第16代大統領就任／南北戦争始まる(～65)
1863	エイブラハム・リンカーン(Abraham Lincoln)「ゲティスバーグの演説」"The Gettysburg Address"	奴隷解放宣言／ゲティスバーグの戦い
1865	ソロー『ケープ・コッド』*Cape Cod*	リンカーン暗殺／A・ジョンソン第17代大統領就任／KKK結成
1867	ホレイショ・アルジャー(Horatio Alger, Jr.)『おんぼろディック』*Ragged Dick;or, Street Life in New York* (出版68)	南部再建法制定／マルクス『資本論』
1868	ルイザ・メイ・オルコット(Louisa May Alcott)『若草物語』*Little Women* (～69) ／エリザベス・スチュアート・フェルプス (Elizabeth Stuard Phelps)『門開かれて』*The Gates Ajar*	日本人移民ハワイへ
1869	ブレット・ハート (Bret Harte)「ポーカー・フラットの追放者」"The Outcasts of Poker Flat"／ストウ『オールドタウンの人々』*Oldtown Folks*／ケイト・ショパン(Kate Chopin)	グラント第18代大統領就任／大陸横断鉄道完成

1843	ポウ「黒猫」"The Black Cat",「黄金虫」"The Gold Bug",「陥穽と振子」"The Pit and the Pendulum"	オレゴンへの大量移住開始
1845	フレデリック・ダグラス(Frederick Douglass)『自伝』*Narrative of the Life of Frederick Douglass, An American Slave, Written by Himself*／マーガレット・フラー (Margaret Fuller)『19世紀の女性』*Women in the Nine-teenthCentury*／ジョージ・リッパード(George Lippard)『クエーカー・シティ』*The Quaker City*／ポウ「大鴉」"The Raven" (詩),「盗まれた手紙」"The Purloined Letter"	ポーク第11代大統領就任／テキサスとフロリダ、米連邦に合併
1846	ハーマン・メルヴィル (Herman Melville)『タイピー』*Typee*／ポウ「構成の原理」"The Philosophy of Composition"	メキシコ戦争始まる(～48)
1847	エマソン「円」"Circles"／ロングフェロー『エヴァンジェリン』*Evangeline* (詩) ／メルヴィル『オムー』*Omoo*	
1848	ポウ『ユリイカ』*Eureka*	カリフォルニアで金鉱発見／セネカ・フォールズで第1回女性の権利集会／ジョン・オサリヴァンを中心にしたヤング・アメリカ運動始まる
1849	メルヴィル『マーディ』*Mardi*／ヘンリー・デイヴィッド・ソロー (Henry David Thoreau)『コンコード川とメリマック川の1週間』*A Week on the Concord and Merrimack Rivers*,「市民的不服従」"Civil Disobedience"	テイラー第12代大統領就任／ゴールド・ラッシュ／ニューヨーク、アスタープレイスにて暴動
1850	エマソン『代表的人間』*Representative Men*／ホーソーン『緋文字』*The Scarlet Letter*／メルヴィル『白いジャケット』*White-Jacket*／スーザン・ウォーナー (Susan Warner)『広い、広い世界』*The Wide, Wide World*	フィルモア第13代大統領就任／1850年の妥協 (逃亡奴隷法強化)／アメリカン・ルネッサンス最盛期
1851	ホーソーン『七破風の屋敷』*The House of the Seven Gables*／メルヴィル『白鯨』*Moby-Dick*	西漸運動
1852	ホーソーン『ブライズデイル・ロマンス』*The Blithedale Romance*／メルヴィル『ピエール』*Pierre*／ハリエット・ビーチャー・ストウ (Harriet Beecher Stowe)『アンクル・トムの小屋』*Uncle Tom's Cabin*	ニューヨーク・シカゴ間に鉄道開通／バーナム博物館最盛期
1853	ストウ『アンクル・トムの小屋への鍵』*A Key to Uncle Tom's Cabin*／ウィリアム・ウェ	ピアス第14代大統領就任／ペリーの黒船、浦賀に到着

1829		ジャクソン第7代大統領就任
1830	チャニング「アメリカ国民文学論」"Remarks on National Literature"／チャイルド『やりくりじょうずの主婦』*The Frugal Housewife*	初の鉄道開通／インディアン強制移住法
1831	チャイルド『母の本』*The Mother's Book*,『女の子の本』*The Girls Own Book*／ナサニエル・ホーソーン(Nathaniel Hawthorne)「わたしの伯父、モリヌー大佐」"My Kinsman, Major Molineux"	黒人奴隷指導者ナット・ターナーの反乱
1833		アメリカ反奴隷制協会設立／*Nickerbocker Magazine* 創刊（〜65)
1835	ホーソーン「ヤング・グッドマン・ブラウン」"Young Goodman Brown"	第2次セミノール戦争(〜42)
1836	エイモス・ブロンスン・オルコット（Amos Bronson Alcott)『福音をめぐる子供たちとの会話』*Conversation with Children on the Gospels*（〜37）／ラルフ・ウォルドー・エマソン（Ralph Waldo Emerson)『自然論』*Nature*	テキサス共和国独立／アラモの戦い
1837	エマソン「アメリカの学者」"The American Scholar"／ホーソーン『トワイス・トールド・テールズ』*Twice-Told Tales*	ヴァン＝ビューレン第8代大統領就任／経済大恐慌／*Democratic Review* 創刊(〜49)
1838	クーパー「アメリカの民主主義者」"The American Democrat"／エドガー・アラン・ポウ（Edgar Allan Poe)『ナンタケット島出身のアーサー・ゴードン・ピムの体験記』*The Narrative of Arthur Gordon Pym of Nantucket*	奴隷の自由州への脱走を助ける秘密組織「地下鉄道」確立
1839	ヘンリー・ワズワース・ロングフェロー(Henry Wadsworth Longfellow)『ハイペリオン』*Hyperion*(詩)／ポウ「アッシャー家の崩壊」"The Fall of the House of Usher"	奴隷制廃止論者、リバティ党を結成
1840	クーパー『道を拓く者』*The Pathfinder*	*The Dial*創刊（〜44)
1841	クーパー『鹿狩人』*The Deerslayer*／エマソン「自己信頼」"Self-Reliance"／ポウ「モルグ街の殺人」"The Murders in the Rue Morgue"	ハリソン第9代大統領就任・病死／タイラー第10代大統領就任／ブルック・ファーム設立(〜47年)／カーライル『英雄と英雄崇拝』
1842	ポウ「マリー・ロジェの謎」"The Mystery of Marie Rogêt"	P・T・バーナムのアメリカ博物館始まる

	Chivalry	
1793		フィラデルフィア、黄熱病流行でパニック
1797	ハンナ・フォスター（Hannah Foster）『放蕩娘』*The Coquette*／ロイヤル・タイラー『アルジェリアの捕囚』*The Algerine Captive*	J・アダムズ第2代大統領就任
1798	チャールズ・ブロックデン・ブラウン（Charles Brockden Brown）『ウィーランド』*Wieland*	外国人法および治安法制定成立
1799	C・B・ブラウン『アーサー・マーヴィン』*Arthur Mervyn*,『エドガー・ハントリー』*Edgar Huntly*	
1801	タビサ・ギルマン・テニー（Tabitha Gilman Tenney）『ドン・キホーテ娘』*Female Quixotism*	ジェファソン第3代大統領就任
1803		ルイジアナ購入
1805	M・O・ウォレン『アメリカ独立革命の勃興とその推移と終結』*History of the Rise, Progress, and Termination of the American Revolution*	
1807	ジョエル・バーロウ『コロンビアッド』*Columbiad*（詩）	
1809	ワシントン・アーヴィング（Washington Irving）『ニューヨークの歴史』*A History of New York*	マディソン第4代大統領就任
1812		第2次米英戦争（～14）
1817		モンロー第5代大統領就任
1819	アーヴィング『スケッチ・ブック』*The Sketch Book*／ウィリアム・エラリー・チャニング（William Ellery Channing）「ユニテリアンのキリスト教」"Unitarian Christianity"	フロリダ購入
1821	ウィリアム・カレン・ブライアント（William Cullen Bryant）『詩集』*Poems*（詩）／ジェイムズ・フェニモア・クーパー（James Fenimore Cooper）『スパイ』*The Spy*	
1823	クーパー『開拓者たち』*The Pioneers*	モンロー・ドクトリン
1824	リディア・マリア・チャイルド（Lydia Maria Child）『ホボモク』*Hobomok*	
1825		J・Q・アダムズ第6代大統領就任／エリー運河開通
1826	クーパー『最後のモヒカン族』*The Last of the Mohicans*	
1827	クーパー『大草原』*The Prairie*／キャサリン・マリア・セジウィック（Catherine Maria Sedgwick）『ホープ・レズリー』*Hope Leslie*	

1767	ジョン・ディキンソン（John Dickinson）『ペンシルヴェニア農夫からの手紙』*Letters from a Farmer in Pennsylvania*	タウンゼント法制定
1771	フランクリン『自伝』*Autobiography* 執筆開始（～90, 出版1818）	
1772	ジョン・トランブル（John Trumbull）『魯鈍歴程』*The Progress of Dulness*（詩）	
1773	フィリス・ホィートリー（Phillis Wheatley）『多彩な主題の詩集』*Poems on Various Objects*（詩）	ボストン茶会事件
1774	アダムズ「ノヴァングルス」"Novanglus"	第１回大陸会議
1775	マーシー・オーティス・ウォレン（Mercy Otis Warren）『グループ』*The Group*（戯）	第２回大陸会議／独立戦争始まる（～83）
1776	トマス・ペイン（Thomas Paine）『コモン・センス』*Common Sense*／トマス・ジェファソンほか（Thomas Jefferson）「独立宣言」"The Declaration of Independence"	アメリカ独立
1782	ミシェル=ギョーム・ジャン・ド・クレヴクール（Michel-Guillaume Jean de Crévecœr）『アメリカ農夫からの手紙』*Letters from an American Farmer*	
1784	ジェファソン『ヴァージニア覚書』*Notes on the State of Virginia*	
1786	『アナーキアッド』*The Anarchiad*（詩）／フィリップ・フレノー（Philip Freneau）『詩集』*Poems*（詩）	シェイズの反乱
1787	アレグサンダー・ハミルトン、ジョン・ジェイ、ジェイムズ・マディソン（Alexander Hamilton, John Jay, James Madison）『フェデラリスト』*The Federalist*／ロイヤル・タイラー（Royall Tyler）『好対照』*The Contrast*（戯）／ジョエル・バーロウ（Joel Barlow）『コロンブスの幻想』*The Vision of Columbus*（詩）	憲法制定会議
1788	ティモシー・ドワイト（Timothy Dwight）『不実の勝利』*The Triumph of Infidelity*（詩）	ニューハンプシャー州代表による憲法批准を受け、合衆国憲法成立
1789	ウィリアム・ヒル・ブラウン（William Hill Brown）『共感力』*The Power of Sympathy*	ワシントン、初代大統領に就任／合衆国憲法発効／フランス革命勃発
1791	スザンナ・ローソン（Susanna Rowson）『シャーロット・テンプル』*Charlotte Temple*	権利章典
1792	ヒュー・ヘンリー・ブラッケンリッジ（Hugh Henry Brackenridge）『当世風騎士道』*Modern*	

1690		ロック『人間悟性論』
1692		セイラムの魔女狩り
1694	コットン・マザー (Cotton Mather)『アメリカにおけるキリストの大いなる御業』*Magnalia Christi Americana* 執筆開始(〜98，出版1702)	
1710	C・マザー『善行論』*Bonifacius*	
1719		デフォー『ロビンソン・クルーソー』
1721	C・マザー『キリスト教科学者』*The Christian Philosopher*	ボストンにて最初の天然痘予防接種
1722	ジョナサン・エドワーズ(Jonathan Edwards)『決意』*Resolutions*	
1723	エドワーズ「蜘蛛の手紙」"The Spider Letter"	ボストンにクライスト教会(現在のオールド・ノース教会) 建設
1726	C・マザー『聖職への手引』*Manuductio ad Ministerium*	スウィフト『ガリバー旅行記』
1732	ベンジャミン・フランクリン (Benjamin Franklin)『貧しきリチャードの暦』*Poor Richard's Almanack* (〜57)	リッチモンド建設
1734	エドワーズ『聖なる神の光』*A Divine and Supernatural Light*	大覚醒運動 (〜35)
1741	エドワーズ「罪人は怒れる神の手のうちに」"Sinners in the Hands of an Angry God"	デンマーク人ベーリング、アラスカを発見／バッハ『ゴールドベルク協奏曲』
1746	エドワーズ「宗教的情動論」"A Treatise Concerning Religious Affections"	
1754	エドワーズ『意志の自由論』*Freedom of the Will*	
1755		フレンチ・インディアン戦争 (〜63)
1757	フランクリン『富にいたる道』*The Way to Wealth* (単行本58)	
1758	エドワーズ『原罪論』*The Great Doctrine of Original Sin*	ニュージャージーに初のインディアン居留区設立
1760	ブリトン・ハモン (Briton Hammon)『ある黒人奴隷ブリトン・ハモンの異常な苦難と脅威的な救出』*A Narrative of the Uncommon Suffering and Surprising Deliverance of Briton Hammon*	
1765	ジョン・アダムズ (John Adams)「教会法と封建法について」"A Dissertation on the Canon and the Feudal Law"	印紙条例

	Bradford)『プリマス植民地の記録』*Of Plymouth Plantation* 執筆開始（～1650，出版1856）／ジョン・ウィンスロップ（John Winthrop）「キリスト教的慈愛の雛型」“A Model of Christian Charity”	建設
1636		反律法主義論争（～38）／ロジャー・ウィリアムズ、ロードアイランド植民地を建設／ハーバード大学設立
1637	トマス・モートン（Thomas Morton）『ニューイングランドのカナン』*New English Canaan or New Canaan*	ジョン・コットンによるアン・ハチンソンの追放
1641	トマス・シェパード（Thomas Shepard）『誠実な改宗者』*The Sincere Convert*	
1642		ピューリタン革命
1645	ロジャー・ウィリアムズ（Roger Williams）「受洗したからといってキリスト教徒が生まれるわけではない」“Christenings Make Not Christians”	
1650	アン・ブラッドストリート（Anne Bradstreet）『アメリカに最近現れた10人目の詩神』*The Tenth Muse Lately Sprung Up in America*（詩）	植民地人口五万人を超す
1660		王政復古
1662	マイケル・ウィグルスワース（Michael Wigglesworth）『最後の審判の日』*The Day of Doom*（詩）	マサチューセッツ教会会議半途契約を承認
1667		ミルトン『失楽園』（～74）
1673	サミュエル・シューアル（Samuel Sewall）『日記』*Diary* 執筆開始（～1729，出版1878-82，完本1973）	
1674	インクリース・マザー（Increase Mather）「災いの日は近い」“The Day of Trouble Is Near”	
1675		フィリップ王戦争（～76）
1682	メアリ・ホワイト・ローランドソン（Mary White Rowlandson）『崇高にして慈悲深き神はその公約を守りたもう』*The Sovereignty and Goodness of GOD, Together with the Faithfulness of His Promises Displayed*／エドワード・テイラー（Edward Taylor）『瞑想詩』*Preparatory Meditations before My Approach to the Lord's Supper*（詩，～1725）	ウィリアム・ペン、ペンシルヴェニアに移住／フィラデルフィア建設

アメリカ文学年表（作成：永野文香・大串尚代）

※本文中の記述に出てくる作品及び、その他代表作を2000年まで網羅した。
※※小説ジャンル以外に関しては詩を（詩）、批評を（批）、戯曲を（戯）として作品名の後ろに明記した。

西暦	アメリカ文学関連事項	歴史的事項
985？ 986？		ヴァイキング北米に到達
12c後半	『グリーンランド・サーガ』*Saga of the Greenlanders*（ヴァイキング・サーガ）	
13c半ば	『赤毛のエリックのサーガ』*Saga of Erik the Red*（　〃　）	
1356		ジョン・マンデヴィル『旅行記』
1445		グーテンベルクの活字印刷術発明
1492		コロンブス、アメリカに到達
1493	クリストファー・コロンブス（Christopher Columbus）『航海記』*The Journal of the First Voyage of Christopher Columbus*	
1507		『世界地理入門』の中で新大陸が初めて「アメリカ」と呼ばれる
1516		トマス・モア『ユートピア』
1596	ウォルター・ローリー（Sir Walter Ralegh）『壮麗で豊饒なギアナ帝国の発見』*The Discovery of the Large, Rich, and Beautiful Empire of Guiana*	
1607		英植民地ジェイムズタウン建設
1610		ガスパー・ペレス・ド・ヴィラグラ『ニューメキシコの歴史』
1611		シェイクスピア『テンペスト』執筆（公刊23年）
1619		黒人奴隷、南部植民地へ
1620		メイフラワー号到着。ピルグリム・ファーザーズによりプリマス植民地建設始まる
1624	ジョン・スミス（John Smith）『ヴァージニア、ニューイングランド、サマー諸島の歴史』*General Historie of Virginia, New England, and the Summer Isles*	ヴァージニア植民地建設
1630	ウィリアム・ブラッドフォード（William	マサチューセッツ湾植民地

講談社現代新書　1521

アメリカ文学史《ぶんがくし》のキーワード

二〇〇〇年九月二〇日第一刷発行

著者――巽《たつみ》 孝之《たかゆき》　©Takayuki Tatsumi 2000

発行者――野間佐和子　発行所――株式会社講談社

東京都文京区音羽二丁目一二―二一　郵便番号一一二―八〇〇一

電話（出版部）〇三―五三九五―三五二一　（販売部）〇三―五三九五―三六二六　（製作部）〇三―五三九五―三六一五

装幀者――杉浦康平＋佐藤篤司

印刷所――凸版印刷株式会社　製本所――株式会社大進堂

（定価はカバーに表示してあります）　Printed in Japan

N.D.C.930　254p　18cm

ISBN4-06-149521-6　（学一）

「講談社現代新書」の刊行にあたって

教養は万人が身をもって養い創造すべきものであって、一部の専門家の占有物として、ただ一方的に人々の手もとに配布され伝達されうるものではありません。

しかし、不幸にしてわが国の現状では、教養の重要な養いとなるべき書物は、ほとんど講壇からの天下りや単なる解説に終始し、知識技術を真剣に希求する青少年・学生・一般民衆の根本的な疑問や興味は、けっして十分に答えられ、解きほぐされ、手引きされることがありません。万人の内奥から発した真正の教養への芽ばえが、こうして放置され、むなしく滅びさる運命にゆだねられているのです。

このことは、中・高校だけで教育をおわる人々の成長をはばんでいるだけでなく、大学に進んだり、インテリと目されたりする人々の精神力の健康さえもむしばみ、わが国の文化の実質をまことに脆弱なものにしています。単なる博識以上の根強い思索力・判断力、および確かな技術にささえられた教養を必要とする日本の将来にとって、これは真剣に憂慮されなければならない事態であるといわなければなりません。

わたしたちの「講談社現代新書」は、この事態の克服を意図して計画されたものです。これによってわたしたちは、講壇からの天下りでもなく、単なる解説書でもない、もっぱら万人の魂に生ずる初発的かつ根本的な問題をとらえ、掘り起こし、手引きし、しかも最新の知識への展望を万人に確立させる書物を、新しく世の中に送り出したいと念願しています。

わたしたちは、創業以来民衆を対象とする啓蒙の仕事に専心してきた講談社にとって、これこそもっともふさわしい課題であり、伝統ある出版社としての義務でもあると考えているのです。

一九六四年四月　野間省一